何も、覚えていませんが

M i k a & R y o y a

あかし瑞穂

Mizuho Akashi

EB
エタニティ文庫

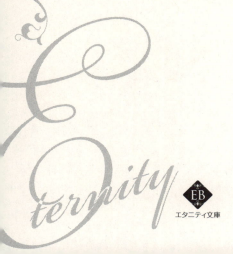

目次

何も、覚えていませんが

プロローグ　～何も、覚えていませんでした～

誰かが私に囁《ささや》く。甘い毒を含んだ低い声で。
『俺はお前を逃がさない』
「ん……」
眩《まぶ》しい程の光を感じ、私はゆっくりと目を開けた。
「まあ、目が覚めたんですね」
見覚えのない看護服姿の女性が私を覗き込んでいる。
身体を動かそうとしたら、頭がズキズキと痛んだ。思わず眉を顰《ひそ》めると、彼女から
「まだ動いちゃだめですよ、頭を打ったんですから」とやんわりたしなめられる。
頭をなるべく動かさないようにしながら辺《あた》りを見回すと、左手に刺さってる点滴《てんてき》の
チューブが見えた。枕元近くのテーブルには、洗面用具や手鏡といった身の回り品と、
綺麗《きれい》な薔薇《ばら》が生《い》けられた花瓶《かびん》が置いてある。

（ここって……病室？）

看護師さん＋《プラス》点滴＋《プラス》痛む頭から考えると、私は入院中なんだろう。個室なのか、他に患者さんはいない。広い室内には、大型液晶テレビや高そうなソファセットまである。

痛みを堪《こら》えながら、私は看護師さんを見た。

「あの……ここは？」

「ここは、聖カトリーナ病院ですよ。目を覚まされて良かったです。先生をお呼びしますね」

お辞儀《じぎ》をして看護師さんが部屋から出ていく。

頭に手を当ててると、包帯が巻かれてあった。上体を起こすと、頭が重く痛んだが、身体は動くみたいだ。

「聖カトリーナ病院って……あの？」

天才脳外科医がいるカトリック系の病院。敷地内にあるチャペルが有名で……って、あれ？

ぞわりと背筋《せすじ》を襲《おそ》う悪寒《おかん》。とっさにテーブルの上の手鏡を手に取り、覗き込んだ。

肩に掛かるくらいの明るめの茶髪、茶色がかったまん丸の瞳――そこには、幼い印象のある女性が映っている。

「え……？」

全身に鳥肌が立った。おかしい。絶対におかしい。

鏡に映ってる人物が、誰だか分からないなんて……

「……私……誰？」

——目が覚めたら、私は何も覚えていなかった。

＊＊＊

どうやら私は、「外傷後健忘《がいしょうごけんぼう》」かつ「全生活史健忘《ぜんせいかつしけんぼう》」らしい。つまり、怪我《けが》のせいで自分自身の事を全部忘れちゃった状態だ。

「頭部を打った衝撃《しょうげき》が原因でしょうね。無理に思い出そうと焦《あせ》らず、自然に思い出すのを待って下さい。それと、身体中に打撲《だぼく》の痣《あざ》があるので、しばらくは安静が必要です」

「はあ」

看護師さんが呼んでくれた白衣姿のドクターは、端整《たんせい》な顔立ちに黒ぶち眼鏡を掛けていた。

うん、ドSが似合いそう。きっと夜中のナースステーションで、純情な看護師さんを虐《いじ》めたりするんだわ。お気に入りの子猫を虐《いじ》めるドクター、ちょっといいかも。

つい上の空で話を聞いていたら、半ば呆れたような瞳《なか》が私を見ていた。

（しまった、つい妄想に浸《ひた》ってしまった）

私はこほんと咳払《せきばら》いをして、ドクターに確認をした。

「えっと……私は、綾瀬未香《あやせみか》、二十五歳。性別女性、で合ってますよね？」

「そうですよ」

「階段から落ちて頭を打って、この病院に運ばれてきた、と」

キラリとドクターの眼鏡が光った。手元のバインダーを捲《めく》る指は長く、器用そうだ。

「ええ。あなたはかなり不摂生《ふせっせい》な生活を送っていたようです。寝不足に栄養失調気味《ぎみ》でしたよ。そんな状態で階段を駆け下りて足を踏み外した、と聞いています」

「私って、もしかして、間抜《まぬ》け……？」

「そうですね」

あ、ばっさりと切られた。やっぱりこのドクターはドSだ。

ちらと見た名札には、「斉藤卓《さいとうすぐる》」と書いてある。

（斉藤ドクターはドSだって、メモしたいのに書くものがない！）

内心悔しがっていると、斉藤ドクターは椅子を引いて立ち上がり、私を見てにっこりと笑った。

「まあ、後は婚約者さんに聞いて下さいね。もうすぐお見舞いにこられるそうですから」

「はあ？」

私の目は点になっているに違いない。

（今、なんて？　コンヤクシャ？）

私はとっさに左手を見た。指輪はしていない。

「いずれ思い出すと思いますが、あなたには婚約者がいらっしゃいます。怪我《けが》をしたあなたをここの救急に連れてこられたのも、この個室を手配されたのも、その方ですよ」

「婚約者さんが……」

全く思い出せない。私が首を傾《かし》げると、斉藤ドクターはええ、と頷いた。

「後はお二人で話し合って下さいね。では」

部屋を立ち去るスマートな後ろ姿に漂《ただよ》う胡散臭《うさんくさ》さ。ドSなイケメンドクターに、謎の婚約者。

とても美味《おい》しくない？　私の中で妄想が始まった。

「これは、お金を渡して医者を買収《ばいしゅう》……いや、親戚の病院で色々隠してるパターン……それとも……」

右手の指がもぞもぞと動く。思い付いた事を書いておきたい。

（あれ？　どうして急に妄想したり、メモを取りたくなったりしたんだろう？）

と、疑問を感じながらも、まずは筆記用具が必要だとナースコールを押した。

『どうされました？』

「あの……思い出した事を書き留めたいので、ノートとペンを買ってきてもらってもいいでしょうか？」

『分かりました、お持ちしますね』

「あ、そういえばお金は……」

お金の問題をすっかり忘れていた私がそう聞くと、『大丈夫ですよ、婚約者の方からお預かりしていますから』と返ってきた。

そうなんだ。気が利《き》くなあ、覚えていない婚約者サンって。

「ふう」

色々と聞いて疲れたのかな。なんだか眠たい。私はリモコンでベッドを水平にして、横になった。

「メモが来たら、書き留めて……ふああ……」

大きな欠伸《あくび》をした私は、そのまま瞼《まぶた》を閉じて、眠りに落ちた。

＊＊＊

「身体全体がピンク色に染まって、息も荒い。この媚薬《びやく》はよく効くだろう？」

「うう っ……あああんっ」

媚薬《びやく》のせいで腰が立たなくなった私を彼がベッドに括《くく》りつけた。胸と太股《ふともも》の間にも、熱いどろっとした液体を擦《こす》りつけられ、かあっと身体が熱くなる。太股《ふともも》を擦《す》り合わせても、疼《うず》く箇所《かしょ》には届かない。

(苦しい。苦しい。誰か助けて。この疼《うず》きを鎮《しず》めて)

くすくすと笑い声がした。彼の口角は上がり、瞳はギラギラと輝いている。その獰猛《どうもう》な熱で、この身体を貫《つらぬ》いてほしい。

(私……変……)

「どこを触ってほしいのか、ちゃんと言えたら触ってやるよ」

「あうっ、あ、はあん」

腰をくねらせて吐息《といき》を漏《も》らす。涙で潤《うる》んだ瞳で、彼を見上げた。

「わ、たし……の、ああんっ」

「わたしの?」

「胸、を触って……下さ、い……」

「胸のどこだ?」

どこまでも意地悪な彼は、まだ動かない。切羽詰《せっぱつ》まった私は、悲鳴《ひめい》のような声を出した。

「乳、首をっ……触って……っ！」

「――よくできました」

「ひゃあああん！」

きゅっと軽く先端を抓《つま》まれただけで、私は絶頂を迎えてしまった。

「これだけでもうイッたのか？　淫乱だな、お前の身体は」

「はあっ、ああああっ……」

どろりと熱い欲望が、太股《ふともも》を伝って流れる。彼が、私の右胸に齧《かじ》り付き、左胸の乳首を指でこねくり回し始めた。

「ああああっ、はああんっ、ああん！」

感じやすくなった身体は、容易《たやす》く彼に従う。乳首を吸われる感触も、指で擦《こす》られる感触も、そのどれもが気持ち良すぎて。

「まだまだ、これからだ」

小刻みに震える私の肌を舐《な》めながら、彼が呟いた。

「俺なしでは生きていけないようにしてやる。俺が触れただけで、快楽に身も心も奪われてしまうように……な」

何を言われたのか理解できないまま、彼が与えてくれる極上の痺《しび》れに、私は喘ぎ声を漏《も》らし続けたのだった……

＊＊＊

ぱっと目を開けた。どくんどくんと心臓《しんぞう》が鳴り、手のひらに汗が滲《にじ》んでくる。

（何、今の……）

ふと枕元のテーブルを見ると、新品の青いB5サイズのノートと黒のボールペンが置いてあった。眠っている間に看護師さんが買ってきてくれたんだろう。

ベッドを起こしてペンを右手に持つと、なんだか凄く落ち着いた。私は必死に夢で見た事をノートに書き留めていく。

（媚薬《びやく》……焦《じ》らされて感じて……堕《お》ちる……？）

「あの人、誰……？」

低くて甘くて残酷《ざんこく》な声だった。顔はよく見えなかったけど、背の高い男の人だったと思う。

書いたノートを読んでみると、まるで官能小説のようで、とても人に見せられる内容じゃない。

――コンコン
ノックの音に、私は急いでノートとペンを枕の下に隠した。慌てている間にドアが開く。

こちらに近付いてくる人を見て、私は大きく目を見開いた。

すらりと背の高いその人は、灰色のスーツを着ていた。革靴とか時計とか、装飾品《そうしょくひん》がやたらと高そうだ。それにモデルでもできるぐらい鼻筋《はなすじ》の通った綺麗《きれい》な顔は、動く彫刻みたい。黒髪がさらっとしていて、いいシャンプーを使ってそう。あんぐりと口を開けた私を見下ろし、彼はこう言った。

「大丈夫か、未香」

一瞬で鳥肌が立った。この、痺《しび》れるような甘く低い声は。

(夢で出てきた声と同じ……!?)

私はごくりと唾《つば》を呑み込み、恐る恐る聞く。

「あの……あなたは」

眉を顰《ひそ》めた彼は、こう告げた。

「俺の名前は城崎涼也《しろさきりょうや》——お前の婚約者だ」

こ・ん・や・く・しゃ?　セレブそうなこのイケメンが?　私の?

「嘘でしょ?」

とっさに私の口から出た言葉は、それだった。

面と向かって嘘だと決めつけたのに、自称《じしょう》私の婚約者サンは動じない。椅子にどかっと腰を下ろして、彼は聞いてくる。

「何故《なぜ》そう思う？」

ううう、顔が近くなった。何一つ見逃さないぞ、と言っている瞳。ここまで顔が良いって、ある意味犯罪だと思う。じっと見つめられると、心臓《しんぞう》に悪い！　私は、やや目を逸《そ》らしながら、もぞもぞと言った。

「だ、だって。私、どう考えても庶民だし」

そう。こんな豪勢《ごうせい》な個室よりも、大部屋の方が落ち着くはずだ。お見舞いの花だって、薔薇《ばら》は私には似合わない。

「でも、あなたはセレブだろうし」

「根拠《こんきょ》は？」

私はきょとんと彼を見た。さっきから彼の表情は変わっていない。私を注意深く見つめる瞳は冷静だ。

「靴は手縫《てぬ》いのイタリア製っぽいし、時計はロレックスだし、スーツだって量販店物に見えないし。この病室を手配してくれたのも、あなただって聞いたから、お金持ちなんだろうなって……だから、そんなセレブなあなたと出会う事なんてなかったと思うんです。それに私、婚約指輪もしてないですし」

まじまじと私を見ていた涼也さんは、突然「ぶっ！」と噴《ふ》き出した。

「ふ、は、はははははっ！」

「へ？」

なんで上半身曲《ま》げて、お腹抱《なかかか》えて大笑いしてるの、この人は。椅子から転《ころ》がり落ちないだろうか。

しばらくして、涼也さんは「す……すまない、くくっ」と心底おかしそうに言った。

「記憶喪失になったと聞いたから心配していたんだが、そういうところはまるで変わってないんだな。安心した」

「え、と、私ってこんな人でしたか？」

にしても、笑いすぎじゃなかろうか。むむむと口を曲《ま》げた私に、涼也さんがにやりと笑った。

「ああ。すっとぼけている割には、無駄《むだ》に観察眼が鋭い。記憶をなくして不安がっているんじゃないかと思ったのに、動じないところも相変わらずだ」

「……それは」

――私、何も覚えていないの。怖いわ……

――大丈夫だ、俺がついてる。思い出すまで傍《そば》にいるから。

――もっと抱《だ》き締めていて……離さないで……

――ああ……

（よもや、こーゆー展開を期待されていたんじゃ⁉　しまった、外した）

私は内心舌打ちした。女としての評価が下がり、代わりに珍獣度《ちんじゅうど》が上がった効果音が聞こえた気がする。

「すみません、期待に添えなくて」

そう謝ったら、また涼也さんが噴《ふ》き出した。むっとした私の頬を、身を乗り出した涼也さんが人差し指で軽く突《つつ》く。

「そういうところが、相変わらず可愛いな、お前は」

どくんと鳴る心臓《しんぞう》の音。頬に熱が集まってくる。

（ううう、近付かないでほしい）

その心の叫びを察したのか、涼也さんは椅子に座り直して、にやにや笑いながら話を続けた。

「婚約指輪がなかったのは、まだ買ってないからだ。俺の仕事が一段落したら、一緒に買いにいく予定だった。俺がある程度金を持っているというのも正解。これでも一応社長だからな」

「あ、そんな感じしてました」

社長と言われて納得した。どこか偉《えら》そうだし、命令し慣れてる感じがする。

「医師から話は聞いている。あまり情報を与えても混乱するだろうから、落ち着ける環境で養生《ようじょう》したほうがいいと」

「はあ……」

のんびりするのがいいって、さっきも言われたよね。

「だから退院後は、俺が所有する別荘にお前を連れていく」

「はい⁉」

私は思わず目を見張《みは》った。別荘⁉　そんなもの持ってるの、この人⁉

『俺なしでは生きていけないようにしてやる。俺が触れただけで、快楽に身も心も奪われてしまうように……な』

その時、夢の中の台詞《せりふ》がふいに頭を過《よぎ》った。瞬間、全身に悪寒《おかん》が走る。

あれが涼也さんだったとしたら、別荘に連れていかれて、あんな事やこんな事を……？

私は恐る恐る言葉を続けた。

「あ、あの……私、仕事とかは」

「フリーランスで働いている。抱《かか》えていた仕事が終わったところだとお前が言っていた」

じゃあ職場から連絡があるって事はないのか。

「それなら、家族は……」

彼の瞳がすっと細くなった。腕を組んで、私を睨《にら》みながら言う。

「お前を引き取れる家族はいない」

「う……」

（家族は亡くしたのか、元々いなかったのか……。どちらにせよ伝手《つて》なしだ、どうしよう）

私はうむむと考え込んだ。

家族なし。仕事もない。という事は、退院してから一人で暮らすのは難しいって事だ。せめて記憶が戻るまでは、誰かの――というよりこの人のお世話になるのが一番いい。という事は分かるのだけれど。

（あの夢……）

警報音《けいほうおん》が頭の中で鳴り響く。あの声はこの人の声だった。もっと甘くて残酷《ざんこく》な響きだったけど、単なる偶然にしては、でき過ぎてる……

「うにゃっ！」

むにっと左頬を抓《つね》られたかと思ったら、覆《おお》い被さってきた涼也さんの顔が、数センチの距離にまで近付く。ち、近い……っ！

「お前は余計な事を考えるな。身体を治す事を第一にしろ。大体、お前が考え込むとロクな事がない」

「う、あ、の」

心臓《しんぞう》のバクバクいう音が聞こえる。頬が熱くて堪《たま》らない。

全身の産毛《うぶげ》が逆立つようなこの感覚を、どう表現すればいいんだろう。何も言えない私を見た涼也さんが、満足気に微笑んだ。

「とにかく、お前は何も心配しなくていい。婚約者である俺が、お前の面倒をみる」

長い指が私の頬をするりと撫《な》でた。

「また来る。ちゃんと養生《ようじょう》しろよ？」

指の動きも、にやりと笑う口元も、無駄《むだ》にエロチックなんですけど、この人⁉

「う、は、はい――っ⁉」

柔らかな感触が唇の上を掠《かす》めた。固まったままの私の唇を、優しく啄《ついば》むように動く涼也さんの唇。下唇を軽く噛《か》まれて、思わず身体が揺れた。

（え⁉　えええ⁉　私……っ⁉）

軽いリップ音を立てて、涼也さんの唇が離れた。口端《くちは》を上げて妖艶《ようえん》に微笑む涼也さんがエロ過ぎる。

「な！　ななな、何してるんですかーっ！」

上掛けを引き上げて顔を隠した私とは対照的に、涼也さんは何事もなかったように席を立った。

「婚約者なんだから、これぐらい当たり前だろう。言っておくが、怪我人《けがにん》だから本気は出してないぞ」

本気出してないって、そういう問題なの⁉

「そんな事言われても、私はあなたを覚えてないんですから！」

「……へえ。覚えていない、ねえ」

涼也さんの周囲の気温が一気に下がった気がする。もしかして、私、地雷《じらい》を踏んだのかも……上掛けをぐっと握《にぎ》り締める私の手に、大きな手が重なった。その温かさに、心が絆《ほだ》される——事はなく、ますます背筋《せすじ》が寒くなっただけだった。涼也さんの笑顔は、綺麗《きれい》だけど黒すぎてコワイ。

「なら、覚えるんだな。これから何度でもヤるつもりだからな」

「ふえ⁉」

「ヤる」の発音に不穏《ふおん》な響きを感じたのは気のせい？　引《ひ》き攣《つ》った表情の私を見て不敵に笑った涼也さんは、最後にデコピンをして病室を出ていった。後ろ姿までカッコいいってどういう事だろう。

「ううう……疲れた……」

身体から力が抜けた私は、ずるずるとベッドの背もたれに身を預けた。

(何か、いいようにされた気がする)

結局のところ、退院したら涼也さんの別荘に行く事が決まってしまった。衣食住には不自由しなさそうだけど、でも。

(うーん……)

夢の中のあの人は、本当に涼也さんなんだろうか。同じ声だったし、色っぽかったし。でも、あんな事する人なの……？

「いたた……」

考えすぎて頭が痛くなってきた。私は手元にあったリモコンに手を伸ばし、ゆっくりとベッドの頭を下げた。

「とりあえず、身体を治す事が先決だよね」

私は素直に上掛けに潜《もぐ》り込み、そのまま目を閉じて力を抜いた。まだ回復しきっていない身体は、すぐに私を夢の世界へ連れていってしまったのだった。

1　別荘行きはサスペンスエロドラマの始まりでした

結局、退院するのに二週間ぐらい掛かった。おかげで身体中の痣《あざ》はほとんど分からなくなり、頭の怪我《けが》も深傷《ふかで》ではなかったため包帯は取る事ができた。けれど、記憶は戻らないままだった。

この間みたいな変な夢は時折《ときおり》見ていて、全部ノートに書き溜めているけれど、何故《なぜ》か官能的な夢ばかり。さすがに誰にも相談できず、ただ書いているだけになってしまった。

涼也さんは、ほぼ毎日お見舞いに来てくれて、怪我《けが》の具合やリハビリの様子を聞いてくる。無理に迫ったりしない彼は、穏やかな感じではあったが、時折《ときおり》ちらつく腹黒《はらぐろ》さに寒々《さむざむ》しい思いをした。別荘以外に行くところはないのか、何度か食い下がってみたけれど、あっさり却下。納得いかないまま、退院の日を迎えた。

そうそう、怪我《けが》が治るまではほとんど寝たきりだったから、少しずつ運動してリハビリするように、とドSな斉藤ドクターに言われている。確かに身体がなまったのか、起きていると疲れやすい。

退院の日、濃いシルバーのランドローバーで迎えに来てくれた涼也さんは、さっさと手続きを済ませ、わずかな荷物（病院で買ってもらった日用品）を持った私を乗せて、手際《てぎわ》良く別荘へ向かう。彼に任せきりだった私は、先生達にありがとうございました、とお礼を伝えただけだった。

「うわあ……」

車の窓から見えるのは、濃い緑色の森ばかりだ。砂利道《じゃりみち》を走る車はちょっとガタガタして、座席が小刻みに揺れている。

午後一番に病院を出てから、もう一時間以上は経《た》ってるかなあ。コンビニもない、本当に山の奥だ。

私は自分を見下ろした。薄手のセーターにジーンズ、靴下に靴、ジャケット、それに下着に至るまで全部差し入れだ。「凄くお似合いですよ、さすがは婚約者さんですね！」と理学療法士《りがくりょうほうし》さんに言われたけれど、なんか腑《ふ》に落ちない。どうしてサイズが全部合っているのかは、考えないでおこう、うん。

私はちらと隣の運転席を見た。サングラスを掛けた涼也さんは、前を向いて運転に集中している。今日の彼は、革ジャンにジーンズというラフな格好だけど、やっぱり雑誌に出てくるモデルみたいに決まっていた。

まだまだ山の中は寒いから、と身体に掛けられたフリースの肩掛けの下、私はぎゅっと身を縮《ちぢ》こまらせていた。

（この人が、あんな事……？）

――今朝の夢も強烈《きょうれつ》でしたよ、はい。

＊＊＊

「ふっ……く、えっえっ……」

半泣きになって呻《うめ》きながらベッドに転《ころ》がる私。後ろ手に嵌《は》められた手錠《てじょう》と、赤い紐《ひも》のせいで身体が動かない。お腹《なか》の辺《あた》りにできた六角形が亀甲縛《きっこうしば》りの特徴。身体を揺すると紐《ひも》が擦《こす》れるが、喰い込んで痛みを感じるまではいかない、絶妙な縛《しば》り加減だった。

「裸にひん剥《む》いてから縛《しば》れば良かった。服を脱がすのが面倒になったな」

彼が圧《の》し掛《か》かってきて、紐《ひも》のせいで一層盛り上がった胸を掴《つか》む。彼の瞳が妖《あや》しく光った気がした。

「ああ、いいな。身動きが取れないお前を触るのは気持ちいい」

「あうっ」

強めに胸を揉《も》まれて、思わず背中を反《そ》らすと、紐《ひも》の結び目がきゅっと擦《こす》れた。

「――」

「はう、んんんんーっ」

呼び掛けられたと同時に、奪われた唇から彼の息と舌が入り込んできた。彼の息も、唇も、舌も熱い。舌と舌が絡《から》み合ういやらしい水音。食《は》むように動く薄い唇。口の中に「雄」の匂いが充満した。自分の身体に、その匂いと熱が共に沁《し》み込《こ》んでいく。どろりと濃密《のうみつ》な液体の中に沈んでいくような、そんな感覚が私を襲《おそ》った。甘くて激しくてどこか後ろめたい。

まるで唇と舌が所有権を主張しているようで、逆らう事ができない。

「はあ、や、あ」

ゆっくりと唇を離された時には、すっかり息が上がっていた。彼の息も荒い。煮えたぎるような瞳が私を捉《とら》えている。ほんの少しだけ、彼の口端《くちは》が上がった。笑う、というには壮絶すぎる表情。

何かを言おうと彼が口を開いた。

「――」

＊＊＊

衝撃《しょうげき》的な事を言われたと思ったところで、目が覚めた。そしてとっさに手首を確認する。だって、思いきり身を捩《よじ》ったんだもの、痕《あと》が付いていたらどうしようと思ったのだ。綺麗《きれい》な手首を見てほっとした次の瞬間、枕元に隠していたノートを開き、一気にあのシーンを書いてしまった。

(このノート、本当に誰にも見せられない……ううう)

ノートとペンだけは、青いリンゴ柄のポーチ（これも買ってもらったものだけど）に入れて、しっかりと胸に抱き締《だ》めていた。どう読んでも、官能小説なんだもの。しかも、顔が見えないから断定はできないけれど、声は涼也さんだったし。

もし本当に涼也さんだったとしたら、寝る度にあんな夢を見る理由は――

1）私がエロいから

2）過去の事を思い出しているから

3）実は未来予知だから

のうちのどれかか。だとしたら、まだ2番がマシかなあとつい思ってしまう。

(いやいやいや、私苛《いじ》められてるからね!?)

暴力振るわれている訳じゃないけれど、手錠《てじょう》掛けられて、亀甲縛《きっこうしば》りされて、あんな事やこんな事されてて……それが過去の事だなんて……

(でも心底嫌《きら》いじゃ……なかったのよねえ……)

そう、酷い事をされているのに、夢の中の私は彼を大嫌《だいきら》いという訳でもなかった。逃げたいとは思ったけれど、顔も見たくない程じゃない。何なんだろう、このなんとも表現しがたい感覚は。縛《しば》られてこんな事を思うなんて、もしかして私、M気質があったの？

「ふう……」

考え過ぎて溜息《ためいき》を漏《も》らすと、涼也さんがこちらを見た。

「まだ掛かるから、しばらく寝ておけ。退院したばかりで体力ないだろう」

「……はい」

確かに身体はだるい。早く体力を戻すために、リハビリしないと……

「……あふ」

堪《たま》らず大きな欠伸《あくび》を漏《も》らした私は、そのまま車の振動に身を委《ゆだ》ねた。

「んっ……」

柔らかくて温かい感触が、唇の中に侵入《しんにゅう》してきた。唇が擦《こす》れる度に、身体に熱が溜まっていく。舌を吸われて背中が震えた。

（また……夢……）

「んは、ん……んんっ!?」

むにっと胸を掴《つか》まれた感触がして、私は目を開ける。

（ゆっ、夢じゃないっ！）

重ねられた唇が熱くて強引で、私は一瞬固まってしまったが、すぐに我に返った。

（ななな、何してるのよ、この人ーっ！）

「んんんんんーっ！」

ドンドンと涼也さんの胸を叩く。なのに全然動く気配《けはい》がない。セーターの裾《すそ》から手が忍び込もうとしているのを感じ、なりふり構っていられなくなった。

どすっと鈍《にぶ》い音がして、涼也さんが顔を歪《ゆが》める。肘鉄《ひじてつ》を鳩尾《みぞおち》に決めてやったわ！

「なっ、何してるんですかーっ！」

逃げるように車の窓に張り付くと、涼也さんはやれやれと頭を振った。

「婚約者が色っぽくうたた寝してたら、襲《おそ》うのは当たり前だろうが」

いつの間にサングラスを外したのか、目付きは肉食獣《にくしょくじゅう》そのものだった。また顔を寄せてきた涼也さんを、必死に手で押しのける。

「当たり前じゃないですっ！　大体、色っぽいって！」

くすっと笑う涼也さんの口元をつい見てしまう。ううう、そっちの方が色っぽいじゃない！

「熱い吐息《といき》を漏《も》らして、頬が少し赤くなって……おまけにくねくねと身を捩《よじ》られたらな。喜んで据《す》え膳《ぜん》食うぞ、俺は」

「んきゃあああーっ！」

またあんな夢を見てたの、私⁉　かっと頬が熱くなる。そんな私を見る涼也さんの瞳は、完全に夢の中の人の視線と一緒だった。涼也さんの大きな手が、火照《ほて》った私の頬を撫《な》でる。

「婚約者なんだから、これくらい我慢しろ」

（はっ、もしかして⁉）

私は目を見開いた。

「もしかして、『記憶はなくなったけど、身体は覚えてるはずだ』っていう、あの展開をしようとしてますっ⁉」

そうだ、記憶喪失の定番パターン！　覚えてないのに、指や唇に翻弄《ほんろう》されて、身体が蕩《とろ》けて堕《お》ちていくという……あれなの⁉　それで据《す》え膳《ぜん》食べちゃうつもりなの⁉

「は」

涼也さんは絶句し、一瞬固まった後、「ふははっ、ははははっ！」と大笑いし始めた。

「おまっ……お前、どんな思考回路を……くくっ、はははははは！」

笑う涼也さんを殴りたくなった私は悪くない。むうと頬を膨《ふく》らませるも、涼也さんは笑い続けたままだった。

「お前さえ良ければ、『身体は覚えてるはずだ』をやってもいいが？」

「激しく遠慮《えんりょ》させて頂きますっ！」

にやにや笑いの涼也さんにきっぱりと拒絶を伝えると、彼はあっさりと身を引いた。

「まあ、お楽しみは後に取っておこう……着いてるぞ」

「へ」

涼也さんへの応戦に必死で、車が止まっていた事に全然気が付かなかった。涼也さんが先に車を降り、助手席に回ってきてドアを開けてくれる。車高《しゃこう》の高いランドローバーから、涼也さんに抱《だ》き降ろしてもらう。砂利《じゃり》の上に降ろされた私は目を丸くし、「わあっ……！」と歓声を上げた。

目の前に建っていたのは、赤い三角屋根の別荘だった。白い壁に縦に長い窓があり、イギリス風《ふう》ホテルみたい。周囲の針葉樹《しんようじゅ》の森に違和感なく溶け込んでいる。冬には雪が積《つ》もってさぞ綺麗《きれい》だろう。正面には、丸太を半分に切って造られた手すり付きの階段があり、その上には精巧《せいこう》な彫刻が施《ほどこ》された木のドアがあった。

「これ……密室殺人によく出てくる別荘……！」

雪で閉じ込められた男女七人。携帯の電波も届かず、電話線も雪の重みで切れてしまった。そんな中、一人ずつ殺されていって……

そう、そんな推理ドラマに出てくる別荘そのものじゃない！

(後でメモしよっと)

ポーチを握《にぎ》り締めていた私の後ろから、くくくっと笑う声が聞こえる。振り向くと、私の荷物を持った涼也さんがすぐ後ろにいた。

「前も同じ事を言っていたな。連続殺人の現場にピッタリだと」

「うっ」

どうやら、記憶を失う前の私もこんな調子だったらしい。記憶喪失になったからって、劇的に性格は変わったりしないのよね、と妙に安心した。

「ほら早く中に入れ。春が近付いているとはいえ、この辺《あた》りはまだ肌寒いからな」

「はい」

そう促《うなが》されて、階段を上《のぼ》る。玄関にたどりつくと、涼也さんがチャイムのボタンを押した。

「はい――まあ、お帰りなさいませ！」

すぐにドアを開けてくれたのは、にこにこと笑う、私より小柄な初老の女性だった。白いエプロンにジャージのズボンという姿を見ると、別荘の管理人さんだろうか。

「ただいま。こちらが俺の婚約者の綾瀬未香だ。よろしく頼むよ」

（うわ！　凄い好青年みたいだっ！）

落ち着いていて優しい声。黒さのない笑顔。これぞ正しく、ロマンス小説の正統派ヒーローだ。涼也さんの変わり身っぷりにびっくりしていると、女性は「まあ、あなたが！」と私の前に来た。私の手を握《にぎ》り締める彼女の手は、働き者の手だった。

「ようこそおいで下さいました。私はここの管理を任されております、井口美恵子《いぐちみえこ》と申します。事故の事は旦那様から聞いておりますよ。大変な目に遭《あ》われたとか……。ここなら、落ち着いて療養《りょうよう》できますので、どうぞごゆっくり滞在して下さいね」

「美恵子さんは看護師の資格も持ってる。体調の事で不安があったら、すぐ彼女に相談してくれ」

看護師。うん、そんな感じ。笑顔が温かくて、責任感が強そうで、きっと優秀な看護師さんだったんだろうなあ。

あ、美恵子さんがここにいるって事は、涼也さんと二人きりじゃないんだ！　やった！

「ありがとうございます、お手数をお掛けする事もあると思いますが、よろしくお願いいたします」

私が素直に感謝の気持ちを口にすると、美恵子さんの目が、うるうると潤《うる》んだ。

「こんなに可愛らしくて素敵なお嬢さんが……。さあ、早く中へどうぞ。暖めておきましたからね」

私は美恵子さんに勧《すす》められるまま、別荘の中に足を踏み入れた。ふわっと暖かい空気が私を包む。

「うわ……」

内側も推理ドラマに出てくる別荘そのものだった。

広い玄関から中に進むと、天井が吹《ふ》き抜けになっている広間があった。二十畳以上ありそうな広間の真ん中には、大きなブリキ製のストーブがでんと設《しつら》えられており、赤とオレンジ色の火が小さな窓から見えている。他にも大きな木のテーブルや、ビリヤード台、お酒の瓶《びん》が並んだ戸棚などがあった。

右手にある二階への階段は少しカーブしていて、犯人が上から下りて来そうな雰囲気だ。容疑者《ようぎしゃ》全員をこの場に集めたイケメン探偵が、「犯人はこいつだ！」と指差す場面が目に浮かんだ。

「さあ、お部屋にご案内いたしますね。どうぞこちらへ」

美恵子さんについて歩きながら、私はきょろきょろと辺《あた》りを見回していた。涼也さんは後ろを黙ってついてきている。

広間の左側のドアから廊下に出て、玄関から見て奥へ進む。右の広間側の壁には縦長のはめ込み窓があり、左側にはドアがいくつか並んでいた。ドアの中央に彫られている模様は一つ一つ異なっている。きっと、「〇〇の間」とかそれぞれに名前が付いているんだろう。こんなに手が掛かった内装をしてるなんて、涼也さん本当にお金持ちなんだ。

「こちらですよ、どうぞ」

美恵子さんに連れてこられたのは、一番奥のドアの前だった。ドアの彫刻は菱形《ひしがた》の中に羽のモチーフ。突き当たりのドアは他の部屋とは違い、ガラスの引き戸になっている。

「引き戸の向こうは浴場と地下に下りる階段になっています。ここは天然温泉を引いてるんですよ。まだ身体が辛いだろうから、温泉に一番近い部屋にと旦那様が」

「え」

後ろを振り返ると、涼也さんがゆっくりと頷いた。

「地下にはプールがあるから、どちらも好きに使っていい。筋力のリハビリにはもってこいだろ？　ただし、プールには一人で入るなよ。必ず誰かと一緒に入る事。分かったな？」

「は、はい。ありがとうございます」

確かに、衰《おとろ》えた体力のまま一人でプールは危険すぎる。本当に、よく気が回る人だなあ。

「ほら、部屋に入れ」

涼也さんに言われて、私はドアをゆっくりと開けた。小花柄《こばながら》が散っているベージュ色の壁紙と、大きな窓に掛けられた明るいグリーンのカーテンが目に入った。

「うわあ」

私は口をぽかんと開けたまま、部屋を見回した。外国の貴族の部屋とでもいうのか、アンティークっぽい雰囲気がある。部屋の中央には小さな白い丸テーブルに椅子が二脚《きゃく》。椅子の曲線がロココ調っぽい。右側の壁際にはふかふかそうなベッドが置かれ、反対側の壁にはクローゼット兼物入れが備わっている。その隣にあるドアの向こうがユニット式の洗面所だ、と美恵子さんが説明してくれた。

涼也さんがテーブルの上に私の荷物を置く。

「移動で疲れただろうから、しばらく休んでいろ。着替えはそこのクローゼットに用意してあるから適当に選べばいい。俺は書斎《しょさい》で仕事をしている。何かあったら、内線電話があるからそれに掛けてこい」

「わ、分かりました」

涼也さんは、踵《きびす》を返してさっさと部屋を出て行ってしまった。美恵子さんは、そんな涼也さんを見て、苦笑する。

「お嬢様をこちらにお迎えする、という事で、かなりお仕事を前倒しされたそうですよ？　ここからメールやお電話で指示するだけで済むようにして、一ヶ月休暇を取られたんです。あの仕事中毒の旦那様がそんな事をなさるなんて……余程《よほど》お嬢様の事が大切なんですね」

一ヶ月休暇⁉　そんなロングバケーションを取らなくても、美恵子さんか他の誰かがいてくれたらいいのに⁉　と思ったけれど、きらきらした瞳を向けてくる美恵子さんにそんな事を言えるはずもなく……

「では、ごゆっくりなさって下さいね。夕食の支度《したく》が整いましたら、お声掛けしますので」

「……ありがとうございます」

美恵子さんがいなくなった後、私はボスンとベッドにダイブした。ふっかふかの羽毛布団だわ、これ。

「ふう……」

やっぱり山道はかなり応《こた》えたらしい。横になっただけで、強烈な睡魔《すいま》が私を襲《おそ》ってきたのだ。私は上掛けに潜《もぐ》り込み、あっさりと意識を手放した。

「……様、お嬢様？」

「う、ん……？」

目を開けると、心配そうな美恵子さんの顔があった。私はゆっくりと上半身を起こす。

「美恵子、さん？」

「夕食の支度《したく》が整いましたよ」

ああ、もうそんな時間なんだ。ちらと窓の方を見ると、カーテンの向こう側は暗そうだった。私は抱《だ》き締めたまま眠ってしまったポーチを枕元に置く。

「あれ？」

ふと右手で首元を擦《こす》ると、肌がしっとりとしている。

「寝汗《ねあせ》を掻《か》かれていますね、お着替えならこちらに」

美恵子さんがさっと立ち上がってクローゼットの引き戸を開くと、ずらりとハンガーに掛けられた衣服が見えた。その下にある、箪笥《たんす》のような引き出しも。

（何着あるの、これ!?）

「あの、この着替えって」

「ええ、旦那様が全て選ばれたんですよ。そうですね、夕食の時ぐらいはおめかししてはどうですか？」

（どう見ても、高そうなんですが。いくら使ったのよ、あの人は！）

と美恵子さんには言えなかった私は、「あの、良く分からないのでオマカセシマス……」と頭を下げる事しかできなかった。

途端《とたん》に、美恵子さんの表情が明るくなる。

「まああ、こんなおばさんにお任せだなんて。よろしいんですか？」

「はい。私まーったくセンスないと思いますので」

何故《なぜ》か確信が持てる。私が、東京コレクションなんかでウォーキングしていたモデルである可能性はない。

「分かりました。じゃあ、このお色とかお似合いだと思いますよ？」

「……ハイ」

自分には見合わない高級そうなワンピースを見て、はあと溜息《ためいき》をついた私だった。


「ここが食堂……」

玄関から見て、広間の奥が食堂だった。私の部屋からだと、玄関に向かう途中にある、左側のドアから入れた。

しかし食堂も広い。外に接した窓はないけれど、代わりに奥一面の壁は、外国の風景が描かれた壁画になっている。その前にはステージみたいな台があって、小さなピアノが置かれていた。お金持ちの考える事は分からない。

食堂の真ん中に置いてある白い四角いテーブルは、パーティー会場でしか見ない大きさで、十人以上は一緒に座れそうだ。高い天井から吊るされているのは、ウェディングケーキみたいな形をした金色のシャンデリア。あれがガシャンと落ちて、事件が起こる……みたいなドラマのワンシーンが頭の中に描かれる。

「さあ、どうぞ」

美恵子さんが引いてくれた椅子は、涼也さんに向かい合う席だ。私が腰掛けると、「では、お料理をお持ちしますね」とキッチンの方へ消えた。

「似合ってるな」

涼也さんがにっこりと笑う。私は目を逸《そ》らして、もごもごと礼を言った。

「あ、ありがとうゴザイマス」

私が着ているのは、薄い黄色のシンプルなワンピース。袖丈《そでたけ》は八分ぐらいの前開きタイプで、包みボタンがずらりと並んでいる。ウエスト部分は紐《ひも》を通して後ろでリボン結びをしていた。着心地《きごこち》はさらりとしているし、柔らかいし、いい生地を使っているのだろう。

対する涼也さんも着替えたらしく、カーキ色のゆったりめのスラックスに、生成《きな》り色をしたVネックの薄手のセーターを着ていた。正装じゃなくて良かった、本当。

「まだ身体が辛いだろうから、前開きの服をメインに買ったんだ。着替えが楽だろう」

「え」

私が目を丸くすると、涼也さんがくっくっくと可笑《おか》しそうに笑う。

「というのは言い訳だ。前開きの方が、いざという時に脱がせやすいだろう？」

「ふええ⁉」

ぼん！　と頭が爆発《ばくはつ》した音が聞こえた。涼也さんは「冗談《じょうだん》だ、冗談《じょうだん》」とお腹《なか》を抱《かか》えて大笑いしている。

(そ、そーゆー際どい冗談《じょうだん》は止めてよ！)

ただでさえあんな夢を見ていて、居心地が悪いっていうのに！　顔だけじゃなく、身体全体がゆだるように熱くなってきた。

「あら、どうなさいました？　お顔が少し赤いようですが……」

銀色のカートに料理を載《の》せてやってきた美恵子さんが、私の顔を見て言った。すると涼也さんがそつなく答える。

「少し暖房が効きすぎていたみたいだな。温度を下げたから大丈夫だろう」

暖房のせいじゃなくて、あなたのせいなんですけど。悔しそうに歯ぎしりをする私の横で、美恵子さんは手際《てぎわ》よく二人分の料理を並べていく。

本来ならフランス料理が載《の》っていそうなカートだったけれど、私の目の前に置かれたのは、ほかほかと湯気《ゆげ》の立つすいとんだった。野菜がたっぷり入っていて美味《おい》しそうな匂いがする。

「退院したばかりですからね、消化のよいものにしました」

「ありがとうございます、美恵子さん。いただきます」

手を合わせて、スプーンで口に運ぶ。じんわりと温かくなる味だ。

対する涼也さんはがっつり肉！　だった。分厚いステーキにサラダ。ナイフとフォークで綺麗《きれい》に肉をカットして食べている。

この人、肉食獣《にくしょくじゅう》みたいだけど食べ方は綺麗《きれい》だよね。と、見惚《みと》れていたら、涼也さんと目が合った。

「どうした？」

美恵子さんの前では好青年の顔だ。今もいやらしさとか意地悪さとか微塵《みじん》も感じられない表情をしている。いつもこんな感じだったら、ヒーローになれるのに。

「な、なんでもアリマセン」

私は、ふうふうはふはふと、温かいすいとんを食べる事に専念《せんねん》したのだった。

「美味《おい》しかったです、ご馳走様《ちそうさま》でした」

そう言うと、美恵子さんは嬉しそうに笑い、食器類をカートに片付ける。それが終わった頃、涼也さんが美恵子さんに話し掛けた。

「これで帰っていいから。後は俺が食器洗い機に入れておく。こんな時間までご苦労だったな」

美恵子さんがまあという顔をした。

「よろしいんですか、旦那様。夫にも言ってきましたし、今日くらいはこちらに泊まり込みでも……」

「構わない。未香の調子もいいようだし、何かあれば俺が対処するから。旦那さんの体調が気になるんだろう？」

（ちょっと待って。美恵子さんって、ここに住んでる訳じゃないの⁉）

さあっと血の気が引いた。二人きりじゃないと思ってたのに！　こんな野獣みたいな人と殺人現場（？）で二人きりなんて！

「ですが……」

「いいんだよ、美恵子さん。娘さんが来られるのは昼間だけだろう。夜は美恵子さんが傍《そば》にいてあげた方がいい」

話を聞くと、どうやら美恵子さんの旦那さんは、数ヶ月前に大怪我《おおけが》をして自宅療養《りょうよう》中だそうだ。日中は娘さんが来てくれるらしいけれど、夜間は美恵子さんがお世話をしているらしい。本当は美恵子さんが一日中付き添えればいいんだろうけど、それだと収入がなくなってしまう。だから、ここの管理人をしていた旦那さんに代わって働いているとか。

「ありがとうございます、旦那様。何から何まで世話をして下さって……」

美恵子さんの瞳が潤《うる》んでる。一緒にいてほしいとは言いだせない雰囲気……。私はガクッとうな垂れた。

「では、お言葉に甘えて。最後にお嬢様をお風呂場にご案内しますね？」

「ああ、頼む。未香を案内したら帰っていいよ」

「ありがとうございます。では、お嬢様。こちらへどうぞ」

「は、はい」

私はそそくさと席を立ち、美恵子さんについて食堂を後にした。

私と美恵子さんは一度部屋に戻り、着替えを手にして、廊下の突き当たりにある引き戸の中に入った。

「こちらの備品は、お好きにお使い下さいね。脱いだお洋服は、そちらに入れて頂ければ、明日洗濯いたしますので」

「旅館《りょかん》みたいですね……」

脱衣所に設置された白い棚には、籐《とう》の籠《かご》が綺麗《きれい》に並んでいた。バスタオルや手ぬぐいタオルも折りたたまれて、棚の一つに積《つ》まれている。棚の前には、ホテルでよく見る大きな布製のカートがあり、ここに脱いだ服を入れるらしい。反対側の壁には大きな鏡があり、洗面台が三つ、すぐ横にドライヤーやコスメグッズなんかも置いてある。

「プールの後、皆さんで入られる事もありますからね、大きめに造られているそうですよ」

「なるほど。もう大丈夫です、美恵子さん。ありがとうございました」

私がそう言うと、美恵子さんは「気分が悪くなられたら、浴室内にもこれと同じボタンがありますから、それを押して下さいね」と木の壁を指差した。そこには、非常ベルのボタンにしか見えない、大きな赤いボタンがある。

「では、失礼いたしますね。お湯に浸《つ》かりたいでしょうが、今日はシャワーだけにしておいて下さいませ？」

「はい、分かりました」

お辞儀《じぎ》をして美恵子さんが出ていった後、籠《かご》の一つに着替えを入れ、前開きボタンをぷちぷちと外した。確かに後ろのファスナーより楽だけれど、さっきの会話のせいで下心を感じ、落ち着かない。

脱いだ服をカートに入れ、大きめの手ぬぐいタオルを身体に巻いて、浴室の引き戸を開けた。一歩中に入った私は、「あれ？」と首を傾《かし》げる。

紺色《こんいろ》のタイルが敷き詰められた大きな浴室には、三人ぐらいは優《ゆう》に入れそうな大きさの夜空色のバスタブがある。その前には大きな鏡と、洗面器に腰かけが置かれている。シャワーの金色の縁取りが印象的だ。

（見た事ある……？）

そう思った瞬間、いきなり頭の中にイメージが浮かんだ。白い裸体を後ろから責められている女の姿だった。

＊＊＊

「ひあっ……！」

甘く淫《みだ》らな声が響く。湯気《ゆげ》の中、上気《じょうき》した肌はピンク色に染まっていた。

紺色《こんいろ》のタイルが敷き詰められた浴室内の、夜空の色をしたバスタブの中に私達はいる。

正確には、バスタブのへりを両手で掴《つか》み、お尻を突き出すポーズを取っている私の背後から、彼が手を伸ばしていた。

長い指が私の肌を弄《もてあそ》ぶ度に、身体に力が入ってしまう。太股《ふともも》付近の水面《みなも》がちゃぷんと揺れた。

「ああ、お前の肌は気持ちがいいな。まるで吸盤《きゅうばん》のように吸いついてくる」

「ああんっ、やめてっ」

「やめろ？」

くすくすと笑いながら、彼の指が尖《とが》りきった胸の先端を引っ張った。

「あああん！」

「こんなに感じているくせに。ゆらゆらと腰を揺らして俺を誘っているぞ。ほら、前を大きな鏡には、後ろから私の胸と熱く濡れた箇所《かしょ》に触れている彼と、そんな彼に翻弄《ほんろう》されている私の姿が映っている。

恥ずかしくて、きゅっと目を閉じた。

「お前がよがる姿は最高に可愛い」

「いやあ、言わないでっ」

背中に感じる張りのある筋肉質な肌。そして、私の太股《ふともも》の間には、硬《かた》くそそり立ったモノが挟まっていた。彼の背中に当たったシャワーの水滴《すいてき》が、私の身体にも流れてくる。その金色の縁取《ふちど》りのシャワーをさっきまで襞《ひだ》に当てられ、彼が満足するまで責められていたのだった。

「そろそろこちらも蕩《とろ》けてきたようだな。俺が擦《こす》る度に、いやらしい汁が溢《あふ》れてくる」

「あああっ！」

太股《ふともも》の間に侵入《しんにゅう》してきた手に敏感《びんかん》になった豆を親指と人差し指で抓《つま》まれた私は、思わず悲鳴《ひめい》を上げて仰《の》け反《ぞ》った。

「ナカが寂しいだろう？　俺を誘うように蠢《うごめ》いている」

「ああ、ああああん」

見てみろよ」

「いやあっ」

恥ずかしくて死にそう。お湯の中でなかったら、きっと立っていられない。襞《ひだ》を擦《こす》る肉の塊も、敏感《びんかん》な豆をいじくり回す指も、腰が砕《くだ》けそうな程の快楽を私に与えていた。

「俺をほしいと言え」

首筋から背中を熱い舌が舐《な》める。身体がびくんと震えた。

「あ、はあんっ」

「ほら、この肉棒を入れてほしいと。かき混ぜてぐちゃぐちゃにしてほしいと言えよ」

自分の奥がざわりと揺れる。襞《ひだ》が締まり、早く熱いモノを咥《くわ》えたいと訴える。

逆らえない。この焦《こ》がれるような欲望から、逃れられない。

「ほ、し……い……の」

「何が？」

彼の意地悪い声が耳元で囁《ささや》く。

ちゃんと言わないと許してもらえない。私は半分泣き声で言った。

「あなたの、熱いのが、私の……ココに、ほしいの……」

「よく言えたな。いい子にはご褒美《ほうび》をやろう」

そう言うと、彼の両手が私のお尻を掴《つか》んだ。そして――

＊＊＊

「ななな、何今の!?」

かっと頬が熱くなった。私はくらくらする頭を抱《かか》えながら、浴室の中をもう一度見回した。紺色《こんいろ》のタイルも、夜空の色のバスタブも、高級感あふれる金縁《きんぶち》のシャワーも、やっぱり見覚えがある。

「まさか、ここで……？」

バスタブに近付いた私はタオルを外して右手に持ち、中に入った。ちゃぷん、とちょうどよい温度のお湯が揺れる。二人一緒に入るのに問題のない大きさだ。

「えーっと、こうやってへりを持って、前かがみになって、顔を上げる……と」

鏡に映る自分の姿は、さっきのイメージと同じ格好になった。たゆんと下を向いたバストが揺れる。違うのは、後ろに見えた筋肉質な身体がない事だけだ。

「うわ……へりの厚さまで一緒……」

両手でへりを掴《つか》んだ感触も、鏡までの距離感も、全て同じ。という事は、ここであんな事やこんな事があったの!?

「って事は、やっぱりあの男の人って……涼也さん？」

だって、同じ声だし、ここの持ち主だし。身体は見た事ないから、あそこまで筋肉質なのかどうか分からないけれど、背の高さは同じくらいだった。頭に血が上《のぼ》りそう。

（あ、だめだ。考えすぎて目まいが）

外に出ようとして、慌ててバスタブを跨《また》ぐ。右足をタイルに下ろしたはずが、ずるりと前に滑《すべ》ってしまった。

「んきゃあああああああっ！」

ずでん！　と派手に転《ころ》び、左半身を床にぶつける。

ううう、右手に持ってたタオルが下に垂れてて、それを踏んじゃった……

「いたあ……」

思い切り左腰の辺《あた》りを打った。お尻までじんじんと痛む。起き上がろうと上半身を起こしたけれど、かなり痛くて立ち上がる事ができない。

「右足首も捻《ひね》った気がする……いたた」

なんとか横座りの姿勢になり、左腰を擦《さす》っていると、がらりと戸が開いた。

「おい、大丈夫か？」

「へ」

私の思考回路が停止した。湯気《ゆげ》の向こうに見えるのは、スラックスをはいた長い脚。

視線を上にあげていくと、そこにいたのは。

（りょ、涼也さんっ⁉）

目が合った瞬間、信じられないくらい大声が出た。

「きゃあああああああああーっ！」

とっさに胸の前で腕を交差させ、身を隠すように前かがみになる。心臓《しんぞう》がドキドキして止まらない。

（やだやだやだやだーっ！）

ぎゅっと目を瞑《つむ》っていたら、身体の上に柔らかいものが掛けられた。

「転《ころ》んだのか？　ったく、世話の焼ける」

「ひあっ⁉」

突然身体が宙に浮いた。涼也さんが掛けてくれた白いバスタオルごと私を抱《かか》え上げて、浴室の外に出る。

彼の腕が太股《ふともも》に直《じか》に当たるのがこの上なく恥ずかしい。

涼也さんはそのまま、私を抱《だ》いて廊下に出る。空気がひんやりとしていて、くしゃみが出た。恐る恐る涼也さんを見上げると、なんでもない顔をして真っ直ぐ前を見ている。

（ううう……）

恥ずかしがっている私が自意識過剰《じいしきかじょう》みたい。隠れるように涼也さんの胸に顔を埋めた。

一方、彼の足取りは全く変わらない。こっちはこんなにドキドキしてるのに、なんか癪《しゃく》だ。

私の部屋のドアを、涼也さんが肩で押して開ける。ゆっくりとベッドに身体を下ろされ、うつ伏せにさせられた。

「で？　どこを打った？」

「ひ、左の腰のあた……きゃあああああっ！」

びくんと身体が震えた。

何⁉　今の感触っ！　ぬるりと温かな感触がお尻に⁉

少しだけ身体を起こして振り向くと、タオルを捲《めく》った涼也さんが、あろう事か私のお尻を舐《な》めていた。

「ひゃん！」

肌を甘噛《あまが》みされた後も、舌が弧《こ》を描くように動いている。ぞくりと背中に震えが走った。悪戯《いたずら》めいた笑顔が黒い！　黒すぎる！

「怪我《けが》は舐《な》めた方が早く治るぞ？」

「打ち身ですから！　それに打ったのは腰で、お尻は関係ないでしょーがっ！」

上掛けを手繰《たぐ》り寄せようと必死な私の上に、涼也さんが乗っかってくる。

「やめっ、んんんんんーっ！」

私の言葉は、涼也さんの口の中に消えた。強引に捻《ね》じ込まれた舌が、私の口の中を舐《な》め回している。ねっとりと纏《まと》わりつく舌の感触がいやらしくて、身体から力が抜けていく。

「んあっ……ああん！」

左胸を掴《つか》まれ、思わず悲鳴《ひめい》を上げた。

涼也さんが、柔らかな胸の肉を揉《も》みながら呟く。

「お前、小柄な割に胸はでかいよな。俺の手から零《こぼ》れ落ちそうだ」

「やだあっ！」

な、なんて事言ってるの、この人はっ！　あわあわと逃げ出そうとすると、胸を掴《つか》む手に力が入った。胸の先に熱が集まって、じんじんと痛くなる。更に先端を弾《はじ》かれて、

「ひゃうん！」と声を上げてしまった。

「相変わらず、敏感《びんかん》な身体だな。張りのある柔らかい肌も気持ちがいい」

「あ、やんっ」

相変わらずって事は、前にもしてるの!?　肌を這《は》う涼也さんの手に白旗《しろはた》を上げてしまいそうになるのは、そのせい!?

「試してみるか？」

じっと私を見下ろす漆黒《しっこく》の瞳。ぎらぎらと光って見えるのは、気のせいじゃない。

涼也さんの纏《まと》う気迫《きはく》に、身体が竦《すく》んで動けない。

「な、何を」

開けっ放しの私の唇に、軽いキスを落として涼也さんが囁《ささや》く。

「身体は覚えてるかどうか、試してみるか？」

「えええ、遠慮《えんりょ》しま……あああんっ」

拒否の言葉を言いきる前に、右胸の先端を食べられた。ちゅくちゅくと吸われている間に、左胸の先端を親指と人差し指で転《ころ》がされる。すると手の先まで痺《しび》れてきた。

（やだ……からだ、熱い……）

奥の方から、熱さがじわじわと染《し》み出てくる。夢の中よりも、もっともっと熱くて溶けてしまいそうだ。私は首をぶんぶんと横に振った。

「ああっ、やあん」

涼也さんの指が、舌が甘い軌跡《きせき》を肌の上に描いていく。その度に、身体が揺れる。なぞるような指の動きに、太股《ふともも》がぷるぷると震えた。

「はあ、ああっ、ひゃうん！」

抵抗《ていこう》できない。肌に走る快感に、頭の芯まで痺《しび》れてしまった。吐く息が熱く乱れる。

（こんな事、してたの……？）

思い出せないけど、私の身体は涼也さんに触れられて反応している。熱が身体の奥から喉元《のどもと》までせり上がってきて、訳が分からない。

「悶《もだ》えるお前は可愛い。このまま食べてしまいたくなる……」

涼也さんの舌が、おへその周りをぐるりとなぞった。舌が下の方に移動していく。

(だだだ、だめっ！　このままじゃ、食べられちゃうっ……！)

「まっ、待って！」

涼也さんの頭を手で突っぱねながら、私は必死に叫んだ。涼也さんが顔を上げる。

「なんだ？」

黒い瞳に宿る光が火傷《やけど》しそうで怖い。

「あああ、あのっ！」

喉の奥が引《ひ》き攣《つ》る。手も脚も力が入らなくて動けない。それでも私は必死に口を動かした。

「わっ、私何も覚えていないしっ、だ、だから、あなたの事も、その、知らない人と同じで」

「……」

涼也さんは何も言わず、突き刺すような視線を向けてくる。

「し、知らない人と、そのすぐに、ベッドっていうのは、あの、ちょっと」

「出会ったその日に一目惚《ひとめぼ》れってパターンもあるぞ」

不埒《ふらち》な動きを再開する手をぺしぺしと叩きながら、私は訴えた。

「私は、そーゆーパターン好きじゃないんですってば！　もっとよく知り合ってからっ……！」

涼也さんの眉が上がった。

「へえ？　じゃあよく知り合えばＯＫ、って事だな？」

「うっ……」

なんか言質《げんち》を取られた気がするんだけど……

うっすらと笑みを浮かべる涼也さんは、悪魔にしか見えなかった。長い舌がぺろりと私の首元を舐《な》める。

「明日は会社に行く用事があるが、それから後はずっとここにいる。その間に、ゆっくりと知り合おうな？」

「そう言いながら、お尻を撫《な》でるの、止めて下さいっ！」

「お前の肌が気持ちいいのが悪い。ぷるんとしていて、手のひらに吸いつくようで、やっぱりこのまま……」

また手が動きだしたっ！

大きな手がお尻を持ち上げるように撫《な》でた後、前の方に回ってきたのを、なんとか膝《ひざ》を曲げる事で阻止《そし》する。

「だーめーでーすーっ!!」

すったもんだした後、ようやく涼也さんは私から離れてくれた。

しっかりと上掛けを身体に巻き付けた私は、ベッドサイドに立った涼也さんをじと目で睨《にら》む。

「だ、大体、どうして涼也さんがお風呂に来たんですかっ」

するとと涼也さんが今更何を、と言いた気な顔をした。

「様子を見にきたら、間抜《まぬ》けな悲鳴《ひめい》が聞こえたからな。確認しただけだ」

「……ソレハドウモ」

(間抜《まぬ》けな悲鳴《ひめい》で悪かったわねっ！)

ぷいっと横を向くと、涼也さんの笑う声が聞こえる。

「ちょっと待ってろ。クローゼットの中に救急箱が……ああ、あった」

クローゼットから持ち出した救急箱をテーブルの上に置いた涼也さんは、緑色の蓋《ふた》を開け、湿布《しっぷ》を手に戻ってきた。

「ほら、腰を出せ」

そう言う間に、もう上掛けをめくり上げている。

「ひゃあっ！」

ぺたりと冷たい感触。少し赤くなっていた腰骨の辺《あた》りに湿布《しっぷ》を貼られた。

「全く、俺の自制心《じせいしん》に感謝しろよ。本当なら、お前を組み敷いて、一晩中喘がせ、その柔肌に吸い付き、俺の痕《あと》を残して……」

「そそそ、そういう事を言わないで下さいっ！」

涙目で震える私を見た涼也さんは、物凄く爽《さわ》やかな笑顔になった。

「まあ、すぐに堕《お》ちるのもつまらないからな。これから、じっくりねっとり攻めてやる」

好青年の顔で、この台詞《せりふ》⁉　私はがっくりと肩を落とす。

「もう、涼也さんの笑顔は信じない」

「俺は正常な男だからな。婚約者の裸を見て手を出さないなど、失礼な事はしない」

「失礼な方がいいです……」

高笑いをした涼也さんは、「ゆっくり休め」と言い残して部屋を出ていった。

涼也さんの足音が完全に聞こえなくなるのを確認してから、私はベッドから下り、クローゼットを物色《ぶっしょく》する。見事に可愛らしいネグリジェしかなかったので、それに着替えてベッドに戻った。

「ううう……」

なんとか助かったけれど、涼也さんが本気を出していたら、きっとダメだった。抵抗《ていこう》しようとしても、力が抜けて、どうしようもなかった。

（だって、涼也さんの指や舌が……その……なんだか、凄く優しくて）

今でも身体の奥に、むずむずするような感じが残っている。

（やっぱり、本当に婚約者だったのかなあ……）

少なくとも嫌悪感《けんおかん》は全くなかった。恥ずかしくて死にそうだったけれど、気持ち良かった……と思う。

（でも……私が涼也さんみたいな人と婚約って……信じられないなあ）

私だったら、普通の人を選ぶと思うんだけど。セレブって面倒くさそうだから。

そもそも、接点なんてなさそうなのに、何がきっかけで知り合ったんだろう。

「あーっ、もう寝よ寝よ！」

思い出さない事には、考えても何も分からない。私はがばっと布団を被り、とりあえず身体を休める事にしたのだった。

＊＊＊

翌日、聞いていた通り、涼也さんは朝食を終えてすぐに出掛ける準備をした。

長期間休む前に、あちこちの部署《ぶしょ》に顔を出しておかないといけないらしい。黒のスーツを着ている涼也さんは、サングラスを掛けたらきっと殺し屋のように見えたと思う。

一方の私は、ジーンズにオレンジ色の薄手のVネックセーターをセレクト。今日はこの辺《あた》りを探索するつもりだから、軽装《けいそう》にした。

「じゃあ、行ってくる」

朝一番で来てくれた美恵子さんの目の前で、涼也さんは私に堂々とキスを落としていった。

「むぐっ!?」

思わず叫びたかったけど、「まあ、仲が良くてよろしいですわね」と言いた気な美恵子さんの笑顔に悲鳴《ひめい》を呑み込んだ私は、ただじと目で睨《にら》むにとどめた。

「この周辺の森には入るなよ。遭難《そうなん》するぞ」

涼也さんはそう忠告し、上機嫌で出勤していった。

その後、私は美恵子さんにこの辺《あた》りの事を聞いてみた。そもそもこの別荘は、涼也さんのご両親が忙しい日常から離れるために建てたもので、わざと交通の便《べん》が悪いこの地を選んだのだそうだ。周囲数キロの範囲に人家《じんか》はなく、もう少し麓《ふもと》に降りたところに美恵子さん達が住む町があるらしい。

獣道《けものみち》しかないこの森は、地元の人でも迷う事があるそうだ。おまけに山奥にはイノシシやクマもいるとか。涼也さんが言っていたように、下手に森に入ると遭難《そうなん》しそうな感じだった。

(車で出るしかないのね……)

自分が運転できるかどうかも分からないし、タクシーを呼ぼうにもここには固定電話がない。何キロも人気《ひとけ》のない車道を歩くのは、退院したての身体では危険だ。

(なんだか、軟禁《なんきん》されているような気がするのは、気のせい？)

私はうーんと唸《うな》ったけれど、とりあえず現時点でできる事は、状況把握《じょうきょうはあく》だ。

美恵子さんに別荘内を案内してほしいと頼んだら、快《こころよ》く引き受けてくれた。

「お嬢様？」

美恵子さんの声に、私は思考を中断した。

「すみません、ぼーっとしちゃって。次は？」

「じゃあ、地下に行きましょうね。プールやジムがありますよ」

そう言って、美恵子さんはにっこりと笑った。

廊下の突き当たりを地下に下りてすぐ、両面開きのガラスのドアがあった。そのドアの隣にある重そうな木のドアは、ワインセラーだそうだ。

ガラスのドアを開けると、そこにはスイミングスクールのプールのような光景が広がっていた。

「うわあ……！」

なみなみと温水が張られたプールを前に、私は目を見張《みは》る。

白いタイルで囲まれた空間に、青い水を湛《たた》えたプールは似合いすぎる程似合っていた。

入り口の右手の壁にはシャワーや洗面台が二台ずつある。その隣がトイレの入り口だ。キョロキョロと見回す私を見て、ふふふと美恵子さんが笑う。

「本格的でしょう？　ここは冬の間は雪に閉《と》ざされますからね。運動不足解消のためだそうですわ。左手の壁にあるドアがトレーニングジムの入り口ですよ。こちらも本格的な器具が揃《そろ》ってます」

運動不足解消のためだけに、こんな豪勢《ごうせい》な施設を作るなんて。

（本当に、こんなお金持ちとどうして婚約したんだろう、私……）

まるで分からない。謎だらけだ。

というか、今の私の性格が前と変わらないなら、お金持ちと婚約だなんて、きっと逃げ出したくなってるはず。でも逃げなかった……んだよね？

涼也さんの笑顔がぽんと浮かび、身体が熱くなる。思わず首を横に振ってそれを追い払った。美恵子さんが不思議そうな顔をしているけど、咳払《せきばら》いをして誤魔化《ごまか》す。

（とりあえず、地下の間取りは大体把握《はあく》したわね。次は一階だ）

私は美恵子さんとともに、プールを出て階段を上《のぼ》っていった。

一階の間取りは、玄関に続く広間と食堂が一番広い部屋で、廊下を隔《へだ》てて並ぶのは客人が泊まるための部屋。客室は私の部屋の大きさと大体同じだそうだ。二階も、同じように部屋が並んでいるらしい。私の部屋の前を通った時に、美恵子さんが「こちらが旦那様の部屋ですよ」と左隣の部屋を指さした。

「涼也さんの部屋って、ここだったんだ……」

呆然《ぼうぜん》と呟く私に、美恵子さんがにこにこ笑いながら言った。

「旦那様はお嬢様が心配で、何かあったらすぐに駆け付けられるようにと、お隣の部屋をお嬢様の部屋にしたそうですよ？　旦那様の部屋の左隣は書斎《しょさい》です。こちらは機密情報があるとかで、私も入った事はないんです」

書斎《しょさい》の鍵は涼也さんしか持っていないらしい。書類を動かされたら気が散ると言って、部屋の掃除も自分でしてるとか。

「そうそう、大奥様——旦那様のお母様が無類の読書好きで、ここには図書室もあるんですよ」

「え‼　図書室ですか⁉」

本が読める⁉　目を輝かせた私に、美恵子さんがぷぷっと笑った。

「お嬢様も本がお好きなようですね。蔵書《ぞうしょ》の多さにびっくりしますよ。行ってみますか？」

「はい！」

凄く楽しみ！　ああ、私って活字に飢《う》えていたんだなあ。るんるんと美恵子さんの後についていく。図書室は、二階へ続く階段の左にドアがあった。

「うわ……！」

背の高い棚にずらりと並べられた、本、本、本。

本棚の高さは、大体五メートルぐらいありそう。それが奥に向かって縦に三つ並び、棚の間は人一人が余裕で通れる広さ。壁の部分も全部本棚だ。図書室というよりも図書館みたい。脚立《きゃたつ》まで置いてある。

私は棚をうろうろと見回った。難しそうな経済の専門書もあれば、大判カラーの地図もあり、一般的な小説も置いてある。

ああ、こんな資料がいっぱいの書斎《しょさい》が欲しかった。本に囲まれると、懐かしさが込み上げてくる。やっぱり本が大好き――あれ？

（私、こんな感じだったのかな……？）

これだけワクワクするって事は、かなり本が好きだったんだろう。今も素敵な小説を読みたくて仕方がないもの。たくさん本を読んで、それから――

（……あれ？　何だっけ）

何かをしようと思ったのに、するりと記憶は逃げて行ってしまった。もう少しだったのに。

（まあ、焦《あせ》っても仕方ないか）

ふう、と溜息《ためいき》をついて、また本に目を向ける。

随筆から推理小説、詩集に手芸のハウツー本。種類別に並べてあるんだと棚を眺めていた私は、二番目の棚で足を止めた。

「うわ、恋愛小説もある！」

涼也さんのお母様はロマンティックな本もお好きなのかな。海外の物まで幅広くある。うわー、帯も綺麗《きれい》に付けたままで、ちゃんと巻数も揃《そろ》えてある。

「あれ？　ここ、抜けてる……？」

今まで見た棚は、ぎっしりと本が詰まっていたけれど、恋愛小説を置いている棚の一部に空《あ》きがあった。十冊分ぐらいない。

「もしかしたら、大奥様がお持ちになったのかもしれませんね。たまにここから持ち出される事がありますので」

「そうなんですね」

「もしよろしかったら、お嬢様も何冊か部屋に持ち帰りますか？」

「はい‼」

思わず元気よく返事をしてしまった私は、きっと悪くない。

だって凄いんだもの！　もう古本屋じゃないと手に入らないような、昔の小説まである！　これは読まねば！

私は更に上機嫌になり、両手に本を抱《かか》えて、図書室を後にしたのだった。

「あーっ……やっぱいい！　紙の本、サイコーっ！」

ベッドの上で転《ころ》がりながら、借りてきた恋愛小説を読んでいた私は、どっぷりと本の世界に浸《つか》りきっていた。

貧乏貴族令嬢と、大金を手にした男。身分差美味《おい》しいわー。ヒーローは不遇《ふぐう》の状況からのし上がって、お金に困った健気《けなげ》なヒロインを買う。よくあるパターンだけど、やっぱり王道物っていい。ああ、萌えポイントをメモしないと。

ノートを取り出し、ストーリーのぐっときたところと、印象的な台詞《せりふ》を書き留めていく。簡潔《かんけつ》にまとめられたメモ書きを見つめ、何か引っ掛かるものを感じる。

「何か、手慣れてる……？　私もしかして、こういう文をよく書いてた……？」

そんな風《ふう》に考えた矢先、窓の外から車の音が聞こえた気がした。

「涼也さん、もう帰ってきたのかなあ」

時計を見ると、ちょうど十二時。うわ、二時間も物語の世界にいたわ。

私はベッドサイドのテーブルに栞《しおり》を挟んだ本を置き、ノートを枕の下に入れた。それからドアを開けて、玄関へ向かった。

「……ります、そんな」

玄関へのドアを開きかけた時、美恵子さんの声が聞こえた。

「いいから、通しなさいよ。その女ここにいるんでしょ」

「ですが、お嬢様はこの前まで入院なさっていたんですよ。今は療養《りょうよう》中ですから、どうか」

「私達は別に危害《きがい》を加えようという訳ではありませんの。涼也さんが心変わりされた理由を知りたいだけですわ」

「何言ってるのよ、あなた。涼也は最初からあなたの事なんて、これっぽっちも思ってなかったじゃない」

「あら、そういうあなたこそ、なんなんですの？　涼也さんの事に口出しする権利などないではないですか」

「ですから、おやめ下さい、お二人とも」

言い争う様子にびっくりして、思わず手に力が入り、ぎいと音を立ててドアが開いてしまった。

「あ」

「お嬢様!?」

「まあ、その女なの!?」

「あなたが？」

困り切った美恵子さんの前に立つ、二人の女性。

一人はかなり明るい茶髪のウェーブをふわりと肩になびかせ、身体の線がばっちり出る黒のタイトなワンピース姿をしている。猫みたいに吊り上がった目に、真っ赤なルージュ。背も高くて、まるでモデルみたいなド派手な美人だ。

もう一人は、真っ直ぐな黒髪に白い肌の、日本人形みたいな美人。白と緑を基調《きちょう》とした高そうな振袖《ふりそで》を着ている。赤い帯の上に輝く、ダイヤの帯留めが煌《きら》びやかだった。視線の強さが、しっかりとした意思の持ち主だと告げている。

（うわーどちらも、悪役令嬢みたい。タイプは違うけど）

そんな事を思っていた私に派手な美人さんが近づき、頭のてっぺんから爪先《つまさき》までじろじろと見回される。

「なあに、この貧相《ひんそう》な子。こんな子を涼也が？」

美恵子さんが慌てて私の前に立つ。

「おやめ下さい。お嬢様はまだ本調子ではないのですよ」

「あら、結構元気そうじゃない。肌もつやつやだし。せっかくここまで来たのだから、お茶ぐらい出してよ？　ねえ、あなたもそう思うわよね？」

呼びかけられた日本人形さんは、小さく頷いた。

「私はお話をさせて頂きたいだけですわ。用が済めばすぐに帰ります」

眉を顰《ひそ》める美恵子さんの顔を見て、私は覚悟《かくご》を決める。

「私なら大丈夫です、美恵子さん。体調もいいですし」

「お嬢様……」

派手な美人さんがほほほと高笑いをした。分かりやすい悪役だな、この人。

「ほら、本人がいいって言ってるじゃない。広間で話をしましょ。たしかテーブルもあったわよね？」

中の構造を知っているって事は、ここに来た事があるんだ。

「早く入れて下さらないかしら。立ちっぱなしは、その方の身体にも障《さわ》るのでしょう？」

日本人形さんは知略タイプの悪役だ。見た目は大人しいけれど、一筋縄《ひとすじなわ》ではいかない何かを感じる。

美恵子さんは溜息《ためいき》をついて、「どうぞ」と二人を招き入れた。二人が私の横を通って広間に入る。

「さて、行きますか」

とりあえず、悪役令嬢さん×二とお話しせねば。私は美恵子さんと一緒に、二人の後を追って広間に入っていったのだった。

――ねえ、あなたはあの人の何なの？　私は正式な許嫁《いいなずけ》なの。あなたみたいな、どこの馬の骨とも知れない使用人とは違うのよ。

――で、でも……

――まさか、愛があればなんて戯言《ざれごと》を言うのではないでしょうね？　愛してるなんて嘘よ。あの人、ちょっと退屈してたのよ。あなたみたいな女に手を出した事、後悔していたわ。

――そ、んな……

ばしゃっと熱い飛沫《しぶき》が女性の古びた衣服に掛かった。美女が空《から》になったカップを持ち、「あら、ごめんなさい。手が滑《すべ》ったわ」と白々《しらじら》しく謝る。

淹《い》れたての紅茶が掛かった部分が熱い。女性はくっと唇を噛《か》んだ。

――大体、あなたは生意気なのよ。目障《めざわ》りだわ、とっととこの屋敷から出ていきなさい！

この館の一人娘にそう言われてしまっては、どうする事もできない。女性は頭を下げ、濡れた服のままドアを開けた……

って、展開になったら悲劇のヒロインになれたのに。悪役令嬢が二人じゃ難しいなあ、と私はそっと溜息《ためいき》をついた。

お茶だけと言っていたけれど、ちょうど昼食時だったので、悪役令嬢さん×二と食事をしている私。広間のテーブルに、向かって左から悪役令嬢その一とその二が並んで座り、その一の向かいに私が座っていた。

そうそう、悪役令嬢その一、ド派手な美女さんの名前は柏木南《かしわぎみなみ》さん、その二、日本人形さんは一之宮智子《いちのみやともこ》さんというのだそうだ。

自己紹介を終え、美恵子さんが運んできてくれた鍋焼きうどんを見て、南さんが眉を顰《ひそ》めた。

「食事まで貧相《ひんそう》になったのかしら。前はフランス料理だったのに」

その言葉に美恵子さんは笑顔を見せたが、ちょっと目がコワい。

「お嬢様はまだお身体が万全《ばんぜん》ではございませんから。消化の良い、身体に負担の少ない食事をご用意しております」

あれ？　確か涼也さんにはステーキが出てたよなあ、と思いつつお汁《つゆ》を飲んで、うどんを食べる。だしが染《し》みて美味《おい》しい～！　あ、この大根も格別！

「野菜にもうどんにも味が染《し》みていて凄く美味《おい》しいです、美恵子さん」

私がそう言うと、「ありがとうございます」と美恵子さんが本当に笑った。南さんはどこか嫌《いや》そうにうどんを食べ始めた。

一方の智子さんは、綺麗《きれい》な箸遣《はしづか》いで、黙って鍋焼きうどんを食べている。南さんも箸《はし》遣《づか》いは綺麗《きれい》で、さすがはお嬢様だと思った。

（えーっと、南さんが涼也さんの親戚で、智子さんがお見合い相手……）

食べながら、さっき聞いた情報を頭の中で整理する。涼也さんから二人の事を聞いてない、と言ったら懇切丁寧《こんせつていねい》に教えてくれたんだよね、ご本人が。

柏木南さんは、涼也さんの母方のはとこなんだとか。実家が近く幼馴染《おさななじみ》でもある。で、南さんは涼也さんを小さい頃から好きで、「私こそ涼也に相応《ふさわ》しい！」と意気込《いきご》んでいたらしい。柏木家にとっても、涼也さんと繋がりを深めるのは悪い事じゃないから、二人の仲を推《お》していたそう。南さんが食事とかに誘うと、涼也さんは嫌《いや》がりもせず応じていたらしいので、南さんはその気になってたんじゃないかな。

それなのに、急に涼也さんの付き合いが悪くなり、南さんの誘いを断るようになった。涼也さんのお母さんに話を聞くと、「どうやら息子には意中《いちゅう》の女性ができたらしい」と言われたのだ。焦《あせ》った南さんは涼也さんに会おうとしたけれどなかなか会えずじまい。

それでも伝手《つて》を使い情報収集したところ、涼也さんが休暇を取って別荘に行く事、しかも女性連れだと分かったらしい。南さんは花嫁修業中らしいけど、探偵にもなれるんじゃないかしらと思った。

そしてもう一人、一之宮智子さんは、元華族《もとかぞく》にも連なる一之宮家のご令嬢だ。涼也さんのお父さんと智子さんのお父さんは大学時代の友人らしく、その縁《えん》で涼也さんとのお見合い話が出たらしい。

涼也さんとの簡単な顔合わせは終わっていて、次に正式なお見合いを、という段階で、涼也さんサイドから断られたそうだ。「涼也さんに恋人ができた」という理由で。

で、断られた事に納得のいかない智子さんは、その恋人を一目見ようと、遠路《えんろ》はるばるここまでやってきたらしい。

別荘に来ようとしていたら無理やりついてきたって、南さんが文句を言う。

ちなみに、智子さんはデイトレーダー。腕利きの株売買人《かぶばいばいにん》で、億単位のお金を数分で稼ぐなんて事も慣れているらしい。楚々《そそ》としたお嬢様に見えるのに、人は見かけによらない。

（さて、どうするか……）

なんとなく、この二人に弱味を見せたらまずい気がする。どう考えても、私に一言言いたくて来たんだよね。ここは記憶がない事は伝えず、そしらぬ風《ふう》でやり過ごした方が得策と見た。

そんな事を思いながらも、気まずい雰囲気の食事タイムは終了し、美恵子さんが薫《かお》りの良いブレンドティーを淹《い》れてくれた。

陶器のお皿に載ったお茶菓子も、美恵子さんの手作りなんだって。なんでもできる、スーパー家政婦だ。

「じゃあ、次はあなたの事を話してもらいましょうか。一体どこで涼也と知り合ったの？」

先制攻撃《せんせいこうげき》を仕掛けてきたのは、南さんだった。智子さんは冷静に成り行きを見守っている。

「ノーコメントです」

私はきっぱりと言い切った。南さんのこめかみがぴくりと動き、テーブルの上に置かれた彼女の握《にぎ》り拳《こぶし》が小刻みに震えだす。

「じゃあ、あなたのどこが涼也に相応《ふさわ》しいと思うの？」

尖《とが》った声を出されても、私にも答えられない。

「そんな事を言われても分かりません。涼也さんに確認して下さい」

途端《とたん》に、南さんの眉間《みけん》の皺《しわ》が深くなり、目も吊り上がる。美人が台無しだ。ますます鋭くなった彼女の視線が、ぐさぐさと私に突き刺さる。

「どうやらあなた、一筋縄《ひとすじなわ》ではいかないお方のようね」

智子さんが静かに口を開いた。ローズ色のルージュを塗った唇が、優雅《ゆうが》に言葉を紡《つむ》ぎだす。

「私からもお聞きいたしますわ。涼也さんは、なんと言ってあなたをここにお連れになったのです？」

「え？」

私が瞬《まばた》きすると、智子さんが右手を口元に当てて、ふふっと微笑んだ。

「この別荘は、涼也さんのご両親が家族水入らずで楽しむために建てた、と伺《うかが》っていますわ。ですから、涼也さんはかなり親しい友人でも、ここには連れてきていないはず。ご親戚は別でしょうけれどね」

智子さんがちらと南さんに流し目を送った。南さんがうっと喉を詰まらせる。

そうか、南さんがここに来た事があるのはあくまで親戚だからって、牽制《けんせい》してるんだ。

怖いな、この人。

「当然、涼也さんがお付き合いしていた数多《あまた》の女性も、連れてきていないでしょう。あなたが初めてじゃないかしら、血の繋がりもないのに、ここに来た女性は」

「そうなんですか？」

私は優雅《ゆうが》にブレンドティーを飲む智子さんを見つめた。一つ一つの仕草《しぐさ》が様《さま》になる人だ。

(涼也さんの事、かなり調べてるよね)

智子さんも探偵に向いているのかもしれない。まあ、凄腕《すごうで》デイトレーダーなんだから、頭が切れる事は間違いないだろうけど。私も一口ブレンドティーを飲んで、喉を潤《うるお》した。

「怪我《けが》の療養《りょうよう》のためにここに連れてきてもらったんです。別に他意《たい》はないと思いますけど」

「数多《あまた》の女性」という表現に引っ掛かりつつも、私は冷静に答えた。

涼也さんぐらいハイスペックイケメンだったら、女の一人や二人いてもおかしくない。そう思うと、何故《なぜ》か胸の奥が重くなる。

智子さんが口元をくいっと上げた。でも目が笑っていない。

「……私、どこかであなたを見たような覚えがありますの。それがどこでなのかが、思い出せなくて」

「えっと、そうでしたっけ？　ごめんなさい、私も覚えていません」

覚えていないのは智子さんの事だけじゃないけれど、とりあえず謝っておく。

すると智子さんの隣でイライラしていた南さんが、ばんと机を叩いて立ち上がる。

「いい加減にしなさいよ！　あなたなんか、涼也に相応《ふさわ》しくないわよっ！　どう見たって、普通の子じゃない！」

「はあ、平凡だという事は、重々承知《じゅうじゅうしょうち》してますが」

私がそう言うと、南さんは顔を真っ赤にして身体を震わせた。私の後ろに控えていた美恵子さんが、私を庇《かば》うように一歩前に出る。

「およしなさいな。この方、あなたが敵《かな》う相手ではないですわよ？」

冷静な智子さんの声に、南さんがキッと彼女を睨《にら》み付けた。

「なんですって!?」

すっと椅子を引いて、智子さんが音もなく立ち上がる。彼女の方が南さんよりも背が低いのに、存在感はこちらの方が凄かった。

「元々お茶だけ、というお約束ですから。もう戻りましょう。ぐずぐずしていては、お戻りになった涼也さんと鉢合《はちあ》わせすると思いますわ」

智子さんの視線が、私から美恵子さんへ移る。

「お食事やお茶の準備で席を外している間に、私達がここに来た事を涼也さんに報告したのでしょう？　彼の性格なら、連絡を受けてすぐに引き返すわ。それでも、後二時間は掛かるでしょうけどね」

南さんがくっと歯を食いしばった。勝手に押しかけてきたこの状況で、涼也さんと会いたくないいんだろう。

「いえ、それ程時間は掛からないと思いますよ？　一之宮様」

美恵子さんが私の横に立ち、智子さんを真っ直ぐに見つめる。

「南様がこちらに向かったと、彼女のお父様から旦那様に連絡があったそうですわ。行き違いになっては困るという親心《おやごころ》でしょうね。私がご連絡した時には、旦那様はすでにこちらに向かわれてました」

美恵子さんがふふふと微笑んだ。

はっきり言って、コワい。美恵子さんだけは、敵に回さないようにしよう。私は固く心に誓う。

「ですからここで、旦那様に直接伺《うかが》われてはいかがですか？」

智子さんは一瞬目を閉じた。再び開けた時も表情は全く変わっていない。

「そう。ならそうさせて頂くわ。南様もお座りになれば？」

あっさりと頷いた智子さんは、また音もなく椅子に座った。南さんは納得いかないと顔に書いてあったけれど、渋々《しぶしぶ》席につく。私は、なんとも言えない気まずい雰囲気の中、温かいブレンドティーをちびちびと飲んでいた。

それから十数分後、玄関のドアが開く音が聞こえてきた。南さんの顔はちょっと引《ひ》き攣《つ》り、智子さんは表情を変えないまま、そして私はゆっくりとドアの方を見る。

バンと大きな音を立てて広間のドアが開いた。涼也さんはネクタイに右手の指を引っ掛け、くいっと緩《ゆる》めながら、私の席の後ろに立つ。

「それで？　俺のいない間に何をしようとしていたんだ、あなた達は？」

地獄の底で鎖《くさり》を引きずり回しているような黒い声出すの、やめて頂けませんか。黒スーツを着ているあなたは、禍々《まがまが》しいオーラを纏《まと》った悪魔のように見えるんです。

（涼也さんの方が、精神衛生上《せいしんえいせいじょう》よくないよね……一体私はどうすればいいんだろう）

私はくらくらしてきた頭を押さえ、思わず呻《うめ》いてしまった。

涼也さんからは怒りのオーラを感じるし、南さんは顔色が悪くなってるし、智子さんは……普通だ。

何事もないかのようにブレンドティーを楽しんでいる彼女は、ある意味凄い。

音も立てずにティーカップをソーサーに置いた智子さんは、くすりと笑って涼也さんを見た。

「あら、涼也さん。お久しぶりですこと。慌ててお帰りになったようですわね」

涼也さんが私の右隣の椅子を引いて、どかっと座った。ちょうど智子さんの真向かいだ。

「未香はまだ怪我《けが》の療養《りょうよう》中だ。ここに連れてきたのは、ゆっくり怪我《けが》を治すためだというのに、あなた達が押しかけてきたとあれば帰ってきて当然だろう」

涼也さんの声は硬《かた》い。ちらと隣を見ると、不機嫌なのがありありと分かった。視線はいつもより数倍鋭い。

（くわばらくわばら）

そう思っていたら、南さんが勢いよく立ち上がって、私をびしっと指《さ》した。

「涼也！　急に会えなくなったと思ったら、恋人ができたって聞いたわ！　それがその女なんでしょ⁉　本気なの⁉」

涼也さんがじろりと南さんを睨《にら》むのと同時に、私の右手を取る。

（ななな、なんで私の指先にキスしてるの、この人はっ⁉）

あああ、飛び上がらなかった私、エライ。

「未香は俺の婚約者だ。怪我《けが》が治れば正式に発表する」

「なんですって⁉」

「あら」

南さん、大声ありがとうございます。おかげで私、手を引っ込める事ができました。

ううう、背中がむず痒《がゆ》いよう……

「婚約者ですって？　半年前にお会いした時は、そのような方がおられるとは聞いていませんでしたわ」

智子さんの冷静さが逆にコワイ。ごくりと唾《つば》を呑んだ私を横目に、涼也さんがしれっと説明をした。

「まだ、その時には未香と出会っていなかったからな。彼女と知り合ったのは最近だ」

涼也さんが私ににっこりと微笑んだ。圧力を感じる笑顔に、私の全身が凍り付く。

『余計な事を言うな。黙っていろ』

（って、顔に書いてあるっ……！）

引《ひ》き攣《つ》った笑いを口元に浮かべる私。冷や汗まで出てきた。

「あっという間だった、俺が恋に落ちたのは。それから未香を追い掛け回して、やっと振り向いてもらえたと思ったら、今回の怪我《けが》で正式な婚約が延びたという訳だ」

智子さんと涼也さんの言う事が正しければ、「二人の初顔合わせ」が半年前、最近になって「涼也さんと私が出会い、彼が追い掛け回して」、現在は「婚約者」になってるって事？

（スパンが短い……私って、そういう事をぱっと決めちゃう性格だったっけ？）

私が内心首を傾《かし》げていると、南さんがまた声を上げる。

「婚約なんて話聞いてないわよっ！　おじ様やおば様は知っているの⁉」

「それはそうだろう。まだ報告していないからな。親父達は船の上、二度目のハネムーンをすると言って、世界一周旅行中だ。日本に戻るのは二ヶ月先だから、その時に婚約した事を報告するつもりだった」

豪華客船の旅なのかなあ。セレブだなあ。

（動く白亜《はくあ》の城……カジノに劇場、プールに図書館、レストランも完備で、部屋も豪勢《ごうせい》なんだろうなあ。シャンデリアに絵画調《かいがちょう》の壁紙に……）

船の方に意識が飛んでいた私は、智子さんの言葉で我に返った。

「ねえ、涼也さん。私、この方をお見かけした事があると思いますの。涼也さんは見当つきませんこと？」

涼也さんのこめかみがぴくっと動く。

「気のせいでは？　俺が知る限りでは、そんな機会はなかった」

冷静な声で答える涼也さんを、智子さんがじっと見つめている。彼女の漆黒《しっこく》の瞳は深い色で、そのまま吸い込まれて堕《お》ちてしまいそうな気がした。

「そうですか。分かりましたわ、本日はこれで失礼いたします」

すっと音もなく智子さんが立ち上がった。南さんは、抗議《こうぎ》をするように睨《にら》み付けたけれど、智子さんはそしらぬ風《ふう》だ。

「ねえ、未香さん？」

智子さんに名前を呼ばれると、一瞬で背筋《せすじ》が寒くなった。絶対さぶいぼができてる！

「な、なんでしょう」

くすりと笑う智子さんがあまりにも色っぽくて、今度は頬が熱くなってくる。

「あなたとは、まだじっくりとお話しさせていただきたいわ。……ね？」

一瞬で蛇に睨《にら》まれたカエル状態になった。私の身体はピキッと硬直《こうちょく》し、「エエ、ソウデスネ」と返す事しかできない。

（智子さんが呪詛《じゅそ》使《つか》いだったとはっ……！）

やっぱり古くからのお家柄だから、秘術《ひじゅつ》とか伝わっているんだ。そうに決まってる。

隣で涼也さんが深い溜息《ためいき》をついていたけれど、私は悪くない。

「さ、失礼いたしましょう、南様。遅くなってはお父上が心配なさりますよ」

「っ、いちいち煩《うるさ》いわねっ！　分かったわよっ！」

「お見送りはいりませんから」と残し、智子さんは南さんと一緒に玄関へ向かった。美恵子さんが慌てて二人の後を追う。私は呪縛《じゅばく》が解《と》けた後も、椅子に座ったままほけっとしていた。

「大丈夫か、未香。俺のいない間に、何かされていないか」

「へい……大丈夫れす……」

疲れで力が抜けた身体を、椅子の背もたれに預けた。私を見る涼也さんの瞳は、心配そうだ。

「とりあえず涼也さんには、幼馴染《おさななじみ》の美女とお見合いしかけた美女がいるのが分かりました」

「感想はそれだけか？」

それだけって、どういう意味だろう？　どこか残念そうな顔をしている涼也さんを見上げた。

「はあ。今の私には二人とも初対面ですし」

智子さんの「どこかで見た発言」が気に掛かるものの、今の私には何も分からない。

そう伝えると、涼也さんはますます微妙な顔付きになった。

「……まあいい。傷付いていないなら」

溜息《ためいき》混じりに言う涼也さんの背後に、哀愁《あいしゅう》が漂《ただよ》って見えるのは何故《なぜ》だろう。ああでも、そこは突っ込まない方がいいと本能が告げている。何も言うまい。

「そういえば、今日お前は何をしていた？」

涼也さんに問いに、私は美恵子さんに別荘内を案内してもらった事を話した。

「凄い図書室ですよね！　蔵書《ぞうしょ》数も多いし、ジャンルも多岐《たき》にわたっていて……全部読むのには時間掛かりそうですけど、いつか制覇《せいは》したいです！　ひとまず、恋愛物を五冊お借りしました！」

涼也さんがああと頷く。

「その辺《あた》りは母の趣味《しゅみ》だな。あの部屋の本は好きに読んでいいぞ」

(やった！　家主《やぬし》の許可GET！)

私は心の中でガッツポーズをした。

「はい、そうします！　ありがとうございます！」

わーいと喜ぶ私を見て、涼也さんは噴《ふ》き出す。

「相変わらず本好きなんだな。前も『ここに住みたい』と図書室でうっとりした顔をしていた」

「好き嫌《きら》いって、記憶とは関係ないみたいですね」

何も覚えていないけれど、本が好き！　というのははっきり分かった。前も大好きだったに違いない。と、そこまで考えて、私は首を捻《ひね》った。好きなものは好き。それは変わらないとしたら、涼也さんの事は？

（好き……？）

今の私は涼也さんの事、どう思ってるんだろう。単純な「好き」ではないような気がする。でも、「嫌《きら》い」という感情も湧かない。

（強《し》いて言うなら……警戒心《けいかいしん》？　に近いような）

油断《ゆだん》ならない、というセンサーはびしばし働いている。だけど、危害《きがい》を加えられそう、という訳じゃない。

キスや身体を触られるのは、びっくりしたけど、嫌《いや》じゃなかった。私は、うむむと考え込んだ。

「何を考えている？」

涼也さんの声が、思考の沼に嵌《はま》り掛けてた私を引っ張り上げた。私は涼也さんを改めて見つめる。

黒の上下スーツに、高そうなネクタイは喉元《のどもと》で緩《ゆる》んだままだ。思わず見惚《みと》れる程綺麗《きれい》な顔だけど、繊細《せんさい》という感じはしない。眼光《がんこう》は鋭いし、口元はきりりと結ばれていて、意思の強さが分かる。

（本当、こんなセレブなイケメンとどこで知り合ったの、私？）

過去の自分に問いたい。絶対、私の生活圏内《せいかつけんない》にいなかった人種だ。やっぱりどうやって婚約者になったのか、見当もつかない。

「いえ、私達ってどうやって知り合ったのかなあって」

私がそう答えると、涼也さんがにやりと笑った。

「知りたいか？　なら……」

「えっ、涼也さん⁉」

いきなり椅子から立ち上がった涼也さんが、私を抱《だ》き抱《かか》える。

「あああ、あのっ、もうすぐ美恵子さんが戻ってくると思いますけど⁉」

必死に訴える私に顔を寄せてきた涼也さん。その表情は、限りなく黒かった。

こんな表情をする時の涼也さんはろくな事をしない。

「美恵子さんには、なるべく二人きりにしてくれと言ってある。玄関を出れば裏口からキッチンに入れるから、気を使ってくれたんだろう」

（キッチンに裏口があったのか！　しまった、それは見逃してた！）

キッチンを案内してもらい忘れた事を嘆《なげ》く私を、涼也さんは軽々と運んでいく。気が付くと私の部屋がある方へ向かっていた。

「そ、それで、今は一体何を……」

「どうやって知り合ったのか、知りたいんだろ？」

笑顔が怖いー！　思わず首が縮《ちぢ》んだ私に、低くて甘い声が落ちてきた。

「お前の部屋でじっくりと教えてやる……ベッドの上でな」

「きゃあああーっ！」

抵抗《ていこう》しようとじたばた足を動かしても、膝《ひざ》をがっしりと抱《かか》え込まれているせいで、涼也さんの逞《たくま》しい腕はびくともしない。

「暴れると落ちるぞ」

「そんな事言われてもっ！」

いつの間に着いたのか、ドアを開けた涼也さんはベッドに近付き、私の身体をほいっと投げた。柔らかな布団に身体が沈む。

「えっ!?」

上着とネクタイを椅子に放り投げた涼也さんが、私の上に圧《の》し掛《か》かってきた。

「あ、あの？」

間近《まぢか》にあるぎらつく瞳がコワイです。涼也さんが、私の身体の両側に手をついて、すっと顔を近付けてきた。

「んひゃあ！」

耳たぶを軽く噛《か》まれて、変な声が出た。涼也さんが耳元でくすくすと笑う。

（息が耳に当たって、熱い……っ！）

「お前を初めて見た時、子どもみたいだなと思った」

「へ？」

子ども？　私が目をぱちくりさせていると、涼也さんが耳から顎《あご》の辺《あた》りに唇を這《は》わせてきた。

「きらきら輝く瞳に、上気《じょうき》した頬。とても可愛くて――柔らかそうな白い肌を触りたくなった」

「ん、あっ」

セーター越しに左胸を掴《つか》まれる。やわやわと揉《も》まれる感触に、身体全体が震えた。

「そして、甘そうで可愛い唇を奪いたかった」

そう言った涼也さんの唇は、しっかりと私の唇を塞いでいた。息が、詰まる。

「んっ……！」

涼也さんの体温が高い。

動けない私の唇の上で、食《は》むように動く涼也さんの唇。

ぴりぴりと電気にも似た刺激が背筋《せすじ》を走った。涼也さんの手もゆっくりと動いて、私を戸惑わせる。

「ここに連れてきた時初めて会ったんだ。お前は覚えていないだろうが」

唇が触れるか触れないかの位置で、涼也さんが甘く囁《ささや》く。

「……え」

(でも、別荘《ここ》って、家族しか連れてこないって智子さんが……)

どういう事？　前にも来た事があるの？　急いで頭を回転させていると、涼也さんの口端《くちは》がにっと上がり、私の左の耳たぶを唇で軽く引っ張った。

「ひうっ⁉」

思わず悲鳴《ひめい》を上げた。耳たぶ弄《もてあそ》ばないでーっ！

「母さんがお前を招待したと知って、俺がお前を迎えにいったんだ」

「涼也さんのお母さん⁉」

ますます訳が分からない。ああ、でも話を聞きたくても今は聞けないんだ。

二ヶ月後に帰ってくるって言ってたっけ、と別の事に気を取られていた隙《すき》に、涼也さんは私のセーターの裾《すそ》から手を入り込ませた。

「ひゃあ！」

ひやりとした感触に身体が震える。

「お前の肌は気持ちがいいな」

そう言いながら首筋舐《な》めるの、止めてほしい。とっさに顔を逸《そ》らすと、ブラ越しに右胸を掴《つか》まれる。

「やっ、やあんっ、んんんーっ！」

文句を言おうと開けた唇をまた奪われた。口の中を舐《な》めまわす舌のぬめりとした感触に、言いかけた文句が消えてしまう。

ブラの下に滑《すべ》り込んだ手が、直接胸の先を弄《もてあそ》び始めた。

「んんっ、あふっ、んんっ」

じんじんと身体の奥が熱くなる。

こりこりと乳首を抓《つま》む指。絡《から》まる舌。そのどれもが、ねっとりと熱くて、私から思考や手の力を奪っていく。

「あ、やあんっ……」

(今の声、私の⁉)

鼻に掛かった甘い声が聞こえてきた。自分にびっくりしていたら、涼也さんが耳元で囁《ささや》いてくる。

「お前を喰いたい……」

その言葉を聞いた瞬間、気が遠くなりかけていた頭の中に、ふっと声が聞こえてきた。

『美味《うま》そうだ……柔らかくていい匂いのするこの身体も』

『丸かじりしたい。喰い荒らしたい。骨の髄《ずい》まで』

『早々《そうそう》に諦めた方が身のためだぞ。俺はお前を逃がさない』

『ままま、待って下さい！　今捕まったら、私っ……！』

（――え!?）

「ちょっと待ったあああああ！」

私は涼也さんの胸を思い切り押した。

「……なんだ？」

ギラギラと輝く目が間近《まぢか》に迫ってるし、まだ指は肌に触れたままだけど、これは譲れない。

私はごくりと唾《つば》を呑み込んで、涼也さんを見上げた。

「あ、あの……私達、本当に婚約してたんですか？」

涼也さんの眉が上がる。きゅっと胸の先端を抓《つま》まれて、「あんっ」と思わず声を上げてしまう。

「何故《なぜ》そう思った？」

「だ、だって……って、ちょっとその指止めて下さいっ！」

まだ悪戯《いたずら》な動きを見せる涼也さんの手を、ぺしぺしと叩いてなんとか撃退《げきたい》する。不服そうな涼也さんだったが、一応手は引いてくれた。

「今、思い出したんです。私と涼也さんの声。多分、今と同じような場面で……それで私、涼也さんから逃げようと……」

涼也さんの表情は変わらなかったけれど、私を見つめる瞳に凄みが増した気がする。

「最初の頃はな。俺とは住む世界が違うと言って、逃げ回ってた」

凄く納得できる。涼也さんから逃げる私——うん、想像できる。私はうんうんと頷いた。

「だが」

黒い笑みを浮かべる涼也さんが怖い！　怖いのに目が離せない。動けなくなった私に、また涼也さんがキスをした。

「逃げ切れないと観念したお前は、俺に向き合ってくれた。そして婚約して公《おおやけ》にしようとしていた時に、お前が事故に遭《あ》ったという訳だ」

（に、逃げ切れないと観念したあ⁉）

確かに逃げさせてくれないオーラが、ばしばしと涼也さんから出てますけど。

一体何があったの、過去の私⁉　目を丸くして口をぱくぱくさせている私を見下ろす涼也さんは、肉食獣《にくしょくじゅう》そのものだった。

「言っておくが、記憶がないからといって逃がさないからな。お前は俺のものだ」

「ひええっ⁉」

かあああっと一気に体温が上がった。なんて事言うの、この人⁉

くすりと笑った涼也さんが、私の右頬を愛おしそうに撫《な》でる。

「心配するな、お前も俺とこうなりたいと望んでいたはずだからな」

「ふえっ⁉　こうなりたいと思ってた？　私が⁉」

パニックに陥《おちい》る私を見て、涼也さんが「ああ」と頷いた。

「甘く激しい関係を、誰にも邪魔《じゃま》されない二人だけの淫《みだ》らな夜を、お前は――」

その瞬間、夢で見たあんな事やこんな事が頭の中を駆け巡り、私の頬はますます熱くなる。

（あ、あれって、やっぱり本当にあった事なの⁉）

甘い責め苦に身体を震わせていた私。私を弄《もてあそ》びながら低い声で囁《ささや》く誰か。あれは本当に涼也さんだった……？

涼也さんの唇が固まったまま動けない私の唇に重なろうとした時、耳障《みみざわ》りな着信音が聞こえた。

びくっと私の肩が動き、涼也さんはしかめっ面《つら》になる。

「……ちっ」

舌打ちをして私の身体から離れた。椅子に掛かっていた上着のポケットからスマホを取り出した涼也さんは、「もしもし？」とぶっきらぼうに電話に出る。

（た、助かった……？）

よろよろと身体を起こした私は、乱れた衣服を手早く整えた。私に背中を向けて話している涼也さんの声は、どう聞いても不機嫌そうな感じ。

「……分かった。社に戻る」

通話を終えた涼也さんが振り返って私を見下ろした。

ベッドから起き上がっていた私は、少しずつ後ずさる。そんな私に、涼也さんはどす黒い笑みを見せた。

「邪魔《じゃま》が入って残念だったな？　……まあいい、時間はまだある。身体が覚えているかどうか、ゆっくりと確認してやるよ」

「いりませんっ！」

ぶんぶんと首を激しく横に振る私に、「遠慮《えんりょ》するな」と涼也さんが笑う。

もごもごと口籠《くちご》もる私の唇に、彼が軽くキスを落とした。

「じゃあ、行ってくる」と優しく囁《ささや》く悪魔を前にして、私は石になってしまう。甘い感触を残す唇が熱くて堪《たま》らない。

涼也さんの背中がドアの向こうに消えたのを見て、ようやく掛けられた呪いが解《と》ける。

「ふう……」

力が抜けてベッドに突《つ》っ伏《ぷ》してしまう。

（過去に何があったの……？）

涼也さんの言葉。熱く私を見つめる瞳。触られるだけで、魂が抜けそうになる、長い指。低くて甘い声。

そして、淫《みだ》らで濃厚な夢。溺れてしまいそうで思わず逃げたくなる。

「私、涼也さんの事……」

(嫌《きら》いじゃないけど……でも……)

涼也さんに触れられると、心臓《しんぞう》が痛くなる。

甘くて熱くて気が遠くなりそうになって、それが……怖い。

この怖さはどこから来ているのだろう。涼也さんが怖いのか、それとも自分の気持ちが怖いのか……

「頭がずきずきしてきた……」

だめだ、この謎は今は解《と》けない。情報が足りなすぎる。

「もっと情報収集しないと」

智子さんの言葉も気になるし、涼也さんにも美恵子さんにももっと話を聞きたい。

よし、気になる点をまとめておこう。

私は枕の下からノートを取り出した。いつものように思い付くまま言葉を書き留める。

結局、美恵子さんが夕食に呼びに来るまで、私は言葉を書くのに夢中になっていた。

何故《なぜ》だか「きっとここはこうなるはず!」「この謎は私が解《と》く!」みたいな文章に

なってしまい、またもや人に見せられない中身になってしまったのだった。

2　これ、リハビリなんですよね!?

「未香。今日はお前の筋トレに付き合う」

と爽《さわ》やかな笑顔で涼也さんが言ってきたのは、ホテルのような朝食を食べている最中だった。

「え？　筋トレ？」

焼き立てパンを味わっていた私は、真向かいに座る涼也さんを見る。

今朝の涼也さんは、青い綿のシャツにジーンズというラフな格好だった。にもかかわらず、ファッション雑誌に載《の》っていてもおかしくないくらい格好いい。私も長袖Tシャツにジーンズという似たような格好なのに、どうしてこんなに違いが出るんだろう。

「医者に言われていただろうが。体力が落ちているからリハビリしろと」

「あ、そうでした」

涼也さん、まさかスパルタ筋トレさせる気じゃ……

疑《うたが》いの眼で見る私に、涼也さんはくすりと笑う。

「一時間後に地下のプールに来い。クローゼットの中に、水着も用意してある」

それだけ言うと、涼也さんはコーヒーを飲み干し、さっさと退室してしまった。うむむと考え込む私に、片付けにきた美恵子さんが「旦那様も色々とお考えなんですよ」とにっこりと笑って言った。

「はい、きっとそうだと思います……」

語尾が自信なさ気になってしまった。だって、涼也さんが色々と考えてるって、物凄く危険な香りがするんだもの。でもそんな事、美恵子さんに言えないし。

はははと乾いた笑いを漏《も》らした私は、ポテトサラダとゆで卵をパンに挟み、食事を続けたのであった。


私が地下プールに行った時、涼也さんはすでに泳いでいた。黒のスパッツ型の水着に黒のゴーグルを付けている。

柔らかい素材のすのこが敷き詰められたプールサイドに立って、向こう側でターンをした涼也さんをじっと見る。凄く綺麗《きれい》なフォーム。無駄《むだ》のない泳ぎってこんな感じなんだろうなあ。

（うわー……筋肉の付き方が滑《なめ》らか……細マッチョ体型だったんだ、涼也さん）

肩とか筋肉が盛り上がってるって事は、相当鍛《きた》えてるんだろうなあ。

そんな事を思っているうちに、こちら側に着いた涼也さんがざばりと立ち上がり、ゴーグルを頭の上にずらした。

「遅かったな。早く入れ」

「う……やっぱり泳がないとだめ、ですか？」

私は、タオルを巻き付けた身体を見下ろす。クローゼットの中に置いてあった水着は際どいデザインばかりだったのだ。恐ろしくハイレグとか、恐ろしくマイクロビキニとか。

一番派手じゃない紺色《こんいろ》のビキニにしたけれど、これだって下は両脇を紐《ひも》で、上は首の後ろと背中で紐《ひも》を結ぶタイプだ。私の運命は細い紐《ひも》に託《たく》されている。

嫌《いや》な予感と恥ずかしさから躊躇《ちゅうちょ》し、タオルを中々外せない私に、涼也さんが片眉を上げた。

「泳ぐというよりは歩く、だな。こちら側は浅いから、お前でも歩けるだろう」

「はい……」

ああ、もう仕方ない。思い切ってタオルを外した私は、急いではしごを伝ってプールに下りた。ふわりと身体が浮く。胸元は完全に水に浸《つ》かるけど、これくらいの方が見られなくて済むかも。そう思っていた私の腰に、後ろから腕が巻き付いてきた。

「りょ、涼也さんっ⁉」

ウエストを掴《つか》まれて、くるりと反転《はんてん》させられた私は、否応《いやおう》なく綺麗《きれい》な身体と向き合う羽目《はめ》になってしまった。うわ、この人の肌、水滴弾《すいてきはじ》いてるよ！　張りがあって柔らかそうな筋肉。逆三角形だ、本当に。発達した胸筋《きょうきん》と割れている腹筋《ふっきん》。二の腕も逞《たくま》しいし、筋トレグッズのＣＭに出てくるイケメンみたい。

「理想的だわ……」

涼也さんの身体を観察していた私に、彼は嬉しそうな笑顔を見せた。

「似合ってるな、その水着」

じっと見られると恥ずかしいっ……！

「ううう……もうちょっと、スポーティータイプとかなかったんですか⁉　どうして全部、その……」

「お前の肌を隠すのがもったいないからだろうが。白くてもちっとしていて滑《なめ》らかで」

「でも、恥ずかしくて……」

涼也さんの口元がぴくっと上がった次の瞬間、私の身体は彼の肌に押し付けられていた。

「ええっ⁉」

ぴたりと密着する肌と肌。一気に顔に熱が集まる。涼也さんの大きな手が、私の背中から腰の辺《あた》りを撫《な》でるように動く。

「相変わらずいい触り心地だ」

「ひゃあん⁉」

涼也さんの指が、首元の紐《ひも》と背中の紐《ひも》を同時に引っ張る。するりと解《ほど》け、水に浮く頼りない布。

とっさに両手で胸を隠して後ろを向いた私を、涼也さんが逃がしてくれる訳もなく。

「やあんっ」

涼也さんの両手が、私の手の下に入り込んで、胸を直接掴《つか》んだ。やわやわと全体を包み込むように揉《も》む間に、右の耳たぶにはぬるりとした感触が襲《おそ》ってくる。思わず竦《すく》めた首に、涼也さんが顔を埋めた。肌を舐《な》められて吸われる感触に、ぶるっと身体が震える。

「揉《も》み甲斐《がい》があるな、お前の胸。ああ、尖《とが》ってきた」

「やっ……あ！」

先端を親指と人差し指で抓《つま》んだり扱《しご》いたりされる度に、鋭い刺激が襲《おそ》ってくる。じんじんと身体の奥で響く熱に、足から力が抜けそうになる。涼也さんの手の中で形を変える胸と、染まっていく先端の色が、水の青さに混ざって暗く見えた。

「ああんっ⁉」

涼也さんの右手が下におりてきて、そのまま水着の中まで侵入《しんにゅう》してきた。長い指が、敏感《びんかん》な部分をなぞるように前後に動く。

「やあ、あああんっ、あ」

必死に脚を閉じようとしても、涼也さんの手を防ぐ事はできなかった。

どくんどくんと脈打つ音だけが、耳の中に響く。

柔らかな茂みの中を優しく動く指が、更に深く入ろうとした。涼也さんの指が、閉じられた花びらを開くように動き、ある部分をくいっと押し込める。

「あ、っ――――!」

鋭い刺激に、びくんと背中が仰《の》け反《ぞ》った。ちゃぷんと音を立てる水面《みなも》。

くすくす笑いながら、涼也さんが私の肌を吸う。赤みを帯びツンと立った乳首が、妙にいやらしく見えて、思わずぎゅっと目を瞑《つむ》った。

「やあ、ああん、ああっ」

右手の指の腹で敏感《びんかん》な箇所《かしょ》を撫《な》でながら、他の指は太股《ふともも》の間を動き回る。その動きは滑《なめ》らかで優しいのに残酷《ざんこく》な程容赦《ようしゃ》がなかった。かすかな違和感と共に、開いた部分に指が埋められる。

「あっ、あう、ああん」

少しずつ出し入れされる指。ざわざわと蠢《うごめ》く身体の奥。熱がお腹《なか》の底に溜まっていく。

涼也さんの指が、舌が、唇が触れる度に、腰がゆらゆらと揺れた。息が浅く荒くなる。

熱い。身体が熱くて堪《たま》らない。何かが私のナカから外に流れだす。

「はあっ、あっああっ」

「お前は敏感《びんかん》だな。もうこんなにとろとろになって、俺を誘ってる——」

「ああ、んんんっ、やん」

気がつくと涼也さんに後ろから抱《かか》えられていて、つま先はほとんど底についていない。力が入らず、ゆらゆらと身体が動いている気がした。

「ひゃあんっ⁉」

突然、水音と共に、身体に重さが掛かった。目を開けると、左手で私のウエストを抱《かか》えた涼也さんが、プールから上がるところだった。軽々と私を抱《だ》き抱《かか》え、すのこの上に仰向《あおむ》けに寝かせた。背中にでこぼこした感触がある。

涼也さんは両手を私の肩の横について、覆《おお》い被さった状態で上からじっと見下ろしている。

火傷《やけど》しそうなぐらい熱い瞳から視線が外せない。張りのある涼也さんの身体から、ぽたりと水滴《すいてき》が私の身体に落ちた。濡れて乱れた黒髪が、とても色っぽい。涼也さんの口がうっすらと開いた。

「未香」

「んっ！」

ぶつかり合うような激しいキス。絡《から》め取られた舌が強く吸われる。唇同士を擦《す》り合わされて、息が止まった。プールの味と涼也さんの味が混ざって、口の中に流れ込んでくる。

何も、抵抗《ていこう》できない。うねる波に流される。流されて、何も分からなくなる——

「んはっ、はあっ、あ」

涙で滲《にじ》んだ瞳に映る涼也さんは、頬骨《ほおぼね》の辺《あた》りが少し赤くなっていた。私と同じように息が荒い。無意識のうちに、両手を涼也さんの胸に当てていた。私の頭のてっぺんから足の先までをなぞる視線が、痛い程熱い。

「お前は綺麗《きれい》だ。全部喰いたい……」

涼也さんの頭が下がっていく。首元に、肩に、そして胸の盛り上がりにも、舌と唇が動いていく。

「あ、あうっ」

ちりと胸の先が焼けた気がした。指で扱《しご》かれるのとは違う刺激が左胸に走った。吸われて、甘噛《あまが》みされて、身体にぴりぴりと電気が走る。涼也さんの濡れた髪の毛に私の指が埋まった。ちくちくとした刺激の度に、声にならない喘ぎ声が漏《も》れる。

「ああああんっ」

貪欲《どんよく》な唇が右胸に移動したのと同時に、また長い指が柔らかな部分をなぞりだした。太股《ふともも》の付け根からお尻の方までなぞった指が、腰にある紐《ひも》を引っ張った。頼りない布があっさりと取り払われてしまう。

「やあっ、やだあっ」

首を横に振る私に、涼也さんの掠《かす》れた声が聞こえた。

「最後まではしない。まだ身体が本調子に戻ってないからな。だが――」

大きな手が私の膝《ひざ》を持ち、ぐいと両脇に広げた。温かい息が太股《ふともも》に当たり、私はひくりと身を震わせる。

「ああ、綺麗《きれい》だ。薔薇《ばら》色の柔らかな襞《ひだ》も、それから――」

「ひあっ、あああっ、あああああんっ!?」

一気に意識が弾《はじ》け飛んだ。ちゅくちゅくと吸い付かれているのは、自分でも触った事のない一番敏感《びんかん》な花芽。熱く潤《うる》んだナカがぎゅっと締まって、何かを探している。

「ああ、軽くイッたか？　襞《ひだ》が蠢《うごめ》いてる」

ぐいと差し込まれた指に、纏《まと》わり付くようにナカが動くのが分かる。小刻みに震える柔らかな肉に、涼也さんの熱い舌が押し当てられた。

「や、ああ、あっ、あんっ」

「蜜《みつ》が零《こぼ》れ出てる。甘い……」

「あっ、あっ、あああっ」

だめ、もうだめ……指も舌も唇も、耐えられない……っ！

「はあっ、ああんっ、あああああーっ！」

大きく背中を仰《の》け反《ぞ》らせた私は、さっきよりももっと高みへ押し上げられた。どくんどくんと身体中が脈打っている。

乱れた息を吐く私の唇は、涼也さんの唇に塞がれた。噛《か》み付くようなキスとは違う、優しいキス。蕩《とろ》けるような感覚が身体に広がる。逞《たくま》しい腕に抱《だ》き締められて、涼也さんの肌と私の肌が溶け合っていく。

（え……？）

ぼうっと熱に浮かされた頭の片隅《かたすみ》が、次第に冷静になっていく。

重なった涼也さんの身体が——正確には身体の一部が——硬《かた》い!?

（これって！）

さあああーっと血の気が引く音がした。

（大きすぎませんかっ!?）

「んんんっっ!?」

大慌てで胸を押し唇を離すと、涼也さんが不満そうな顔をした。私は、そうっと視線を下の方へ移動した。

「りょ、涼也さん」

私の視線の先を見た涼也さんが、「ああ」と唇を歪《ゆが》めた。

「最後までしないと言っただろ。だが、興味があるなら俺も脱ごうか？」

「えええ、遠慮《えんりょ》しますっ」

（身体にぴったりと張り付いた水着じゃ、全然隠せてませんってば！）

とそこまで考えた私は、自分の今の状態に気が付いた。トップレスの上、下の水着も紐《ひも》が外れてて――

（ほとんど、裸っ！）

「きゃあああっ」

片手で胸を隠し、もう片方の手で大事なところを隠す私に、涼也さんは「今更遅いだろ。もう全部見たから」としれっと言った。

「そういう問題じゃないんです！　大体、リハビリするって言ってたのになんで全然違う事してるんですかっ！」

「ちゃんと身体を開いて柔軟体操《じゅうなんたいそう》しただろ？　声も出したし、腰も動いてたし、筋肉動かしてたぞ」

涼也さんの熱い声を耳元に注《そそ》ぎ込まれる。

「それに、気持ちが良かっただろ？　俺の指を美味《うま》そうにしゃぶるお前の濡れた――」

「いやあああああっ！」

赤くなった顔を隠したいのに、隠せない。できるだけ身体を丸くして震える私に、涼也さんがカラカラと笑った。

「分かった分かった。ちゃんとリハビリもするから。ちょっと待ってろ」

すっと立ち上がった涼也さんがプールに向かった。その隙《すき》に、私は解《ほど》けてしまった水着の紐《ひも》を固く固く結び直す。涼也さんはプールの中に残したままだった紺色《こんいろ》の布切れを掴《つか》み、こちらに戻ってきた。

「ほら」

私の背中側に腰を下ろした涼也さんは、手際《てぎわ》よく首の後ろと背中の紐《ひも》を結んでくれた。彼の指が肌に触れると、まだ身体の奥が疼《うず》いた気がしたけれど、必死に知らんぷりをする。

「立てるか？」

先に立ち上がった涼也さんが、今度は私の前に来て、手を差し出した。私はその手を取り、身体を引っ張り上げてもらう。私が立ち上がった後も、涼也さんは手を離さない。

「じゃあ、柔軟体操《じゅうなんたいそう》は終わったから、次は水中歩行だな」

「ううう」

手を引かれたまま、プールに入る。今度は向かい合わせに両手を繋ぎ、ちゃぷちゃぷとプールの中を歩く。結構水が重たい。

「ほら、もっとリズミカルに脚を動かせ。太股《ふともも》をもっと上げろ。呼吸を安定させろ」

太股《ふともも》を上に上げると、脚がつりそうになる。

「イチ、ニ、サン、シ……こらサボるな」

「さっき体力を消耗《しょうもう》させたの、誰だと思ってるんですかーっ！」

「あれくらいで？　……もっと体力つけさせないとな。もたないぞ、お前」

……一体、何にもたないんでしょうか。聞くのが怖い。

その後は真面目になった涼也さんにビシバシと鍛《きた》えられ、次の日に全身筋肉痛になってしまったのだった。

＊＊＊

「彼女の父親の会社を追い詰めたのがお前だと知ったら、あの子はどうするんだろうな」

私はさっと血の気が引くのを感じた。

(お父さんの会社を追い詰めたって……どういう事？　だって、彼、は)

がたがたと身体が震える。だめ、ここにいちゃだめ。私は根が生えたように動かない足を必死に動かそうとした――その時。

「誰だ!?」

バンとドアが開いた。見た事もない程冷たい瞳で私を見下ろす彼の姿が目に入った。

「聞いたのか」

「あ……」

身体を小さくした私の両肩を、大きな手がぐっと掴《つか》んだ。

「決して逃がさない。お前は、俺のものだ……それを忘れるな」

私の全身がぞくりと震えた。

「やめて、放してっ！」

いくら抵抗《ていこう》しても、彼の力には及ばない。ずるずると廊下を引きずられる。階段を下り、重そうな木のドアを彼が開けた。

「きゃっ……！」

突き飛ばされた私は、冷たい床の上に転《ころ》がった。彼はそんな私を見て、冷酷な声で言う。

「しばらくここにいろ。全て片が付いたら出してやる」

「待って……っ！」

がちゃん、と無情《むじょう》にもドアが閉まる音が響く。起き上がった私は、必死にドアを叩いた。

「お願い、ここから出して！」

しばらく叩き続けてみたけれど、何も反応はない。もう立ち去ってしまったのだろうか。

冷え切った空気が肌を刺す。私は二の腕を擦《こす》りながら、閉じ込められた部屋の中を見た。

「ここ、ワインセラー……？」

薄暗い部屋にずらりと並ぶ、ワインが置かれた棚。真ん中に点《とも》された灯りが、ぼんやりとオレンジ色の光を放っていた。

ぽたりと涙が床に落ちる。両親を事故で亡くし、天涯孤独《てんがいこどく》の身になった私に、手を差し伸べてくれたのは彼だけだったのに。

「どうして、こんな事をするの？　さっき聞いた話は本当なの？　優しくしてくれたのは、全部全部……嘘だったの？」

私は床にしゃがみ込み、ただただ涙を流す事しかできなかった――

＊＊＊

「――!?」

跳ね起きた私は、とっさに辺《あた》りを見回した。

私の部屋のベッドの上。すっかり部屋の中は明るくなっている。

「さっきの……夢？」

よ、良かった……って、良くない！　なんなの、あの夢⁉

（きゅ、急展開すぎるって！）

枕元のノートを取り上げ、必死に夢を書《か》き綴《つづ》っていく。さらさらと文字が生まれる音が響いた。

――両親の事故……嘘……そして、監禁。

今の自分の境遇《きょうぐう》と夢が重なる。両親を亡くして天涯孤独《てんがいこどく》になった女性。「引き取る相手はいない」と涼也さんに言われた私。そして、どちらも別荘に連れてこられて、閉じ込められてる？

「だって、この一週間、涼也さんと美恵子さん以外の人の顔見てない……」

ここにはインターネットもテレビも、ラジオすらない。私は携帯も持っていないから、外の様子を知る術《すべ》が全くない。外界の刺激を遮断《しゃだん》して、ゆっくり記憶が戻るように配慮してると聞いていたけれど、本当にそれだけなの？

南さんと智子さんを除けば、ここに来る人もいなかった。ここでする事といえば、毎日涼也さんと……

「うっ」

かあっと頬が熱くなる。

この一週間、毎日涼也さんにプールに誘われ、怪し気な柔軟体操《じゅうなんたいそう》をさせられた。もちろんリハビリ運動もしたけれど、いやらしい事をされた記憶ばかりだ。「もうプールはいいですっ！　ジムの方にします」って言ったら、「ちっ」と舌打ちした彼に睨《にら》まれた。大体、日替わりで際どいビキニを着させられる私の身にもなってほしい。本当ダメージ半端なかったんだから！

昨日からジムに切り替えて、Tシャツ短パン姿になった事で、ようやく一息《ひといき》つけるようになった。涼也さんの不満気な顔は無視だ。

（最後まではしないっていう約束は守ってくれてるけど……ううう）

もう思い出すのも恥ずかしい。

美恵子さんも分かっているのか、二人で地下にいる間は絶対に来ない。

リハビリ以外でも、涼也さんは隙《すき》あらばべたべた触ろうとする。そんな彼の手を叩く私を、美恵子さんは生温かい視線で見守ってくれていて、それがまた、恥ずかしくて堪《たま》らない。

だけど、触られてもろくに抵抗できない私がいるのも事実で、いつも涼也さんに流されてしまう。熱さと甘い痺《しび》れに、気持ちが良すぎて訳が分からなくなるのだ。

「私、やっぱり涼也さんが好きだった……のかなあ？」

少なくとも嫌《きら》っていた訳ではない、と思いたい。あんなにあっさりと流されてしまう自分が自分でないみたいで、恥ずかしい。

「でも……」

胸の奥に残っている違和感。涼也さんが私の婚約者っていうのが、どうにも腑《ふ》に落ちない。

「それに、この夢……」

さっき書き上げた文章を読み直す。

「ノートに書き溜めた話と涼也さんが微妙に違う気がする」

夢の中の男性は、身体つきや声は涼也さんそのもの。だけど、雰囲気は少し違う。涼也さんだったらあんな冷たい台詞《せりふ》は言わないよね……

「いやらしいところや、閉じ込めてるっぽいところは一緒だけど……」

(どっちが本当なの⁉)

ただの夢とも思えないけれど、現実の涼也さんとは違う。謎は深まるばかり。

(あああもう、早く思い出してよ、私の頭っ……！)

――コンコン

ノックの音にびくっと肩が震える。耳を澄ますと、美恵子さんの優しい声がドア越しに聞こえた。

「おはようございます、お嬢様。旦那様が食堂でお待ちですよ」

私は「は、はい！」と返事をし、書き留めたノートを枕の下に隠してから、ドアの近くに行く。

「まだ寝間着《ねまき》なので、着替えてから行きます」

「分かりました。旦那様はお出掛けになるそうですから、先に召し上がって頂きますね。ごゆっくりどうぞ」

そう返され、美恵子さんが立ち去る足音がした。

「ふう……」

大きく息を吐いた私は、のろのろとクローゼットの方へ足を向ける。

「とにかく、確認しないと」

私はぱん、と両手で頬を軽く叩いて、気合を入れ直した。

状況を判断するための情報がまだ足りない。名探偵はいないのだから、自分で探さないといけないのだ。

「やるなら涼也さんが出掛けた後……だよね」

基本的には一日中ここにいる涼也さんの留守——これはチャンスだ。私は手早く着替えながら、そんな事を考えていた。

長袖Tシャツにジャージという、動きやすい格好に着替えて食堂に行く。涼也さんはもう食べ終わっていて食後のコーヒーを飲んでいた。すぐに出掛けるのか、グレーのスーツを着ている。

なんだか不機嫌そう。眉間《みけん》に皺《しわ》が寄ってるし、口元も歪《ゆが》んでいる。

私は定位置となった席——涼也さんの真向かい——に座って、「おはようございます、涼也さん」と挨拶した。

「……おはよう。今日俺は出掛ける。だから、今日はプールに入るなよ」

「はい」

美恵子さんが搾《しぼ》りたてのオレンジジュースとミルクティーを持ってきてくれた。爽《さわ》やかな甘みのジュースを口にしながら、涼也さんの様子をちらちらと観察する。なんだか苛立《いらだ》っているみたいに見えるんだけど、この機嫌の悪さはどうしてだろう。休暇中に出ていかないといけないから？　それとも——

「未香」

考え事に没頭《ぼっとう》していた私は、はっと声の方を見た。いつの間にか涼也さんが、私の席の隣に立っていた。上着のポケットから何かを取り出して、差し出す。

「これを渡しておく。連絡するから」

「え」

私が受け取ったのは、ピンク色の携帯電話だった。

「じゃあ、行ってくる。大人しくしてろよ？」

「は、んっ!?」

ちゅ、と軽く唇を合わせた涼也さんは、そのまま食堂を出ていった。私はほけっと後ろ姿を見送った後、貰《もら》った携帯電話に視線を移す。

発信と切断のボタンが二つと、パステルカラーの大きな数字ボタンが三つ。これ、予《あらかじ》め登録した電話番号にしか掛けられないタイプの携帯電話だよね。おまけにこの紐《ひも》、引っ張ったら警報音《けいほうおん》が鳴り響くやつじゃ……

「どう見てもキッズケータイ……」

「1」を押すと涼也さんの名前が、「2」は美恵子さんの名前が表示される。つまりこの二人にしか連絡できないという事だ。ケータイをテーブルに置いた私は、腕を組んでうむむと唸《うな》った。

「やっぱり私、軟禁《なんきん》されてる……？」

外部との連絡手段を断《た》たれて、外に出る事もできない。

でも本当に軟禁《なんきん》されているとしたら、涼也さんの目的は一体何？

「……頭痛くなりそう」

無理に思い出そうとすると、ずきずきと痛んでくる。考えるのを中断しないと。ふうと溜息《ためいき》をついた私は、目の前の焼き立てパンにかじりついたのだった。

朝食を終え、ジムで一通り運動し、シャワーでさっぱりとした私は、また薄手の長袖シャツとジャージに着替える。

昼食後、美恵子さんに、「一人でも大丈夫だから」と伝え、早めに帰ってもらうようにした。涼也さんがまだ帰っていなかったから随分《ずいぶん》と渋られたけど、「旦那さんに付いていてあげて下さい」と押し切る。

美恵子さんは夕食の用意をしてくれた後、何かあったらすぐに連絡をするよう私に言い聞かせ、渋々《しぶしぶ》家に帰っていった。

「なんだかなあ……」

過保護《かほご》、という言葉が頭を過《よ》ぎる。

(私、一応成人してるんだけど……)

そう思いながらも、ジャージの後ろポケットにケータイを入れておく。

「まあ、考えるのは後。さ、調査調査」

私は自分の部屋から出た。誰もいない事を知りつつも、きょろきょろと辺《あた》りをうかがう。しんと静まり返った廊下は、淡い黄色の光が所々に灯《とも》されていた。

廊下の突き当たりの階段を下り、地下に向かう。プールの入り口の隣にある、重そうな木のドア。これがワインセラーの入り口だ。

「鍵は……掛かってない」

真鍮《しんちゅう》の丸いドアノブを回すと、すぐにドアは開く。私は、付近の壁にあったスイッチを押し、中に入った。ギイと重そうな音を立てて、ドアがゆっくりと閉まる。

「また同じ……」

私は周囲を見回した。ワインが斜《なな》めに置かれた棚が三つ、入り口から奥へ伸びている。真ん中の灯りも、夢と全く同じだった。

ドアを内側からノックしてみる。分厚《ぶあつ》い木の感触。確かにここなら、外に音は漏《も》れないだろう。

「うわー、高そうなワインがずらり」

年代物っぽいラベルが怖い。ぶつからないように、狭い通路を歩いた。ほこりも少ないし、管理が行き届いているのか、温度も湿度も一定に保たれてるみたいだ。

「ん？　段ボール箱……？」

通路の奥の目立たない場所に、段ボール箱が一つ置いてあった。みかん箱くらいの大きさだ。外側には何も書かれていなくて、蓋《ふた》は閉じているけど封《ふう》はしていない。結構綺《き》麗《れい》だから、まだ新しいのかな。

「なんだろ……？」

しゃがみ込んで箱の中身を見た私は、その場に凍り付いてしまった。

「な、な、何これーっ!?」

静かなワインセラーに、私の悲鳴《ひめい》が反響する。心臓《しんぞう》の音がばくばくとうるさい。一瞬で熱くなった頬を左手で押さえながら、右手でそっと「それ」を取り出す。

「これって……」

ごくんと生唾《なまつば》を呑み込んで、「それ」をまじまじと見た。パッケージには「赤鬼」と商品名が記されている。ビニールを開けて、本体を外に取り出す。

赤黒い色で、皺《しわ》や筋《すじ》まで立体的についてて、何故《なぜ》か棘《とげ》がある「それ」はどう見ても男性のアレを模《も》した……。

「バイブだよね?」

手触りはシリコンっぽい。根元にあるスイッチを入れると、ウィイィイン……と静かなモーター音と共に、赤鬼さんの先端が楕円《だえん》を描くように動き始めた。これ、本当に入るの!? と目を疑《うたが》うような大きさだ。しばらく動きを観察した後、スイッチを切って袋に仕舞《しま》う。

「他にもある……」

ピンク色のローター。それにこっちは赤い蝋燭《ろうそく》セット。「低温で肌に優しい和蝋燭《わろうそく》を使用。あなたの性生活に彩《いろど》りを添えます」なんてうたい文句が書かれていた。

「あ、赤い紐《ひも》もある。なになに……プレイにはお互いの信頼関係が必要です。嫌《いや》がる相手を無理矢理縛《しば》ったり、急所を縛《しば》ったりすると、命に危険が及びます。正しい結び方を学びましょう。へえ……」

って、何縛《しば》りプレイの説明書を読んでるの、私!?

(ううう、つい活字を見ると熟読《じゅくどく》してしまうっ)

説明書を畳《たた》んでビニール袋に戻し、更に箱の中を探る。

「うわ、ぬるぬるローションに、穴の開いた下着まで入ってる!?」

スケスケの素材で、クロッチ部分が穴開いてるんですけど!? うわー、胸の先端に丸い穴が開いたキャミソールまであるっ! 清楚《せいそ》な白のレースが付いている辺りが、逆にいやらしいというか。

これらはどう考えても、「大人の玩具《おもちゃ》」ってやつだ。なんでこんなものが、ワインセラーにあるの!?

(この箱の事、涼也さんは知ってるの!?)

夢で閉じ込められていたワインセラー。そしてそこに置いてあった、大人の玩具《おもちゃ》。

一体どういう事なの……

呆然《ぼうぜん》と箱の中身を見ていた私のお尻から、ピピピと電子音がして、思わず震えてしまった。後ろのポケットからケータイを取って、通話ボタンを押すと『未香?』と低い声がした。

「りょ、涼也さん？」

『……何を慌てているんだ。何かあったのか？』

「いいいい、いえ、なんにも」

こんな刺激的なものを見たら声だって上擦《うわず》るに決まってるでしょ！

『……ならいいが』

「え、と、何か？」

『今日は帰りが遅くなるから、先に夕食を食べておいてくれ。美恵子さん帰ったんだろ？　だから不安かもしれないが』

「だ、大丈夫ですよ。私子どもじゃありませんから」

『なるべく早く帰る。じゃ』

切れたケータイをまたポケットに仕舞《しま》い、私はうむむと考えた。これは早く退散《たいさん》した方がいい。

「けど……」

私は箱の中をごそごそと探り、また蓋《ふた》を閉めて元通りにした。そうして、辺《あた》りをうかがいながら、ワインセラーを後にしたのだった。

部屋に戻った私は、とりあえず戦利品をクローゼットの一番下の引き出しの中に隠した。万が一軟禁《なんきん》されていたとしたら、少しでも道具があった方が有利かも知れないと思って何点か持ち帰ったのだ。

その後、食堂に行って夕食を食べ、片付けをしてから自分の部屋に戻った。今はキッチンから拝借《はいしゃく》してきた湯沸《ゆわ》かしポットとティーセットで、一人ティータイムをしている。ティーカップに口をつけ、温かい紅茶を飲むと、ほうと溜息《ためいき》が漏《も》れた。

改めて、さっき見つけた物について考える。

「……全部開封されてたよね」

そう、ビニールには明らかに開けた跡があった。という事は、もしかして、使用済みって事!?

思わず遠い目になった。

(涼也さん、ままま、まさか、私に使おうとたくらんでないよね!?)

にやりと笑う涼也さんを思い出して、背筋《せすじ》がぞぞぞっと寒くなった。

「それは、遠慮《えんりょ》したい……っ」

赤鬼さんなんて、長い上に太くて、あんなの入れられたら絶対壊れると思う。アレはさすがに持ってくる勇気がなかったから、今でも暗い箱の中だ。

「あーっ、もう！　分からないーっ」

テーブルにティーカップを置き、がしがしと頭を掻《か》いてみても、記憶は戻ってくれない。

ううぅとテーブルに突《つ》っ伏《ぷ》した私は、漠然《ばくぜん》と何かが違うという感覚を覚えていた。

「でも、何が違うのかっていうのは、さっぱり……」

夢の中の彼の言葉と、現実の涼也さんの言葉。

同じようで、同じじゃなくて、なんだかしっくりこない。でも、何が？

「うううう」

いつ記憶戻るのかなあ。無理しちゃだめだって言われたけど、悪役令嬢×二に大人の玩具《こんなもの》まで発見したんじゃ、一刻《いっこく》も早く記憶を取り戻さないといけない気がする。

「あ」

何かの光がさっとカーテンを横切った。耳を澄ますと、エンジン音が外から聞こえてきた。

「えええ、もう帰ってきたの⁉」

もっと遅いと思ってた！　だ、だめだ、今の状態で涼也さんの目を真っ直ぐ見る自信がない！

「よ、よし！」

残りの紅茶を飲み干した私は、椅子から立ち上がった。電気を消そうと思ったけれど、このタイミングで消したら余計怪しい。電気を点けたまま寝ちゃった、を装《よそお》うしかない。

上掛けに潜《もぐ》り込んだ私は、借りてきた本を枕元に広げ、うつ伏せの姿勢で目を閉じた。

息をできるだけゆっくり吸ったり吐いたりする。身体の力をふうっと抜き、足がだらっとしたところで、ドアがノックされた。

（ううう……平常心、平常心……南無妙法蓮華経《なむみょうほうれんげきょう》、南無阿弥陀仏《なむあみだぶつ》、アーメン……）

思いつく限りの聖句《せいく》を心の中で唱えていると、ドアが静かに開かれた。

「……未香？」

（……南無妙法蓮華経《なむみょうほうれんげきょう》、南無阿弥陀仏《なむあみだぶつ》、アーメン……）

コツコツと涼也さんの足音がベッドに近付いてくる。背中に視線を感じるけれど、目を瞑《つむ》ったまま動かなかった。

「寝てしまったのか」

涼也さんの呟きが聞こえたかと思うと、ベッドのスプリングがぐっとへこみ、後頭部を撫《な》でる手の感触がした。

「今日あいつに会ってきた。やはり俺の事を疑《うたが》ってたみたいだったな。お前を閉じ込めてるんじゃないかって」

（……あいつ？　あいつって誰？　涼也さんを疑《うたが》ってるって……ひあああ!?）

「未香……」

耳に熱い息吹《ふ》き掛けるの、やめてーっ！　私は寝てるんだからっ！

必死に寝たフリをしている私の身体を、涼也さんがひょいっと仰向《あおむ》けにひっくり返した。

「……っ!?」

唇に柔らかい物が触れている。もしかして舌で舐《な》められてるっ!?

するりと大きな手が、シャツの裾《すそ》を捲《まく》り上げて、肌に直接触れてきた。優しく撫《な》でる手が、胸の膨《ふく》らみへ移動していく。

（んあっ!?）

胸の先端を指で抓《つま》まれて、思わず声が漏《も》れそうになった時、唇の隙間《すきま》から肉厚な舌が忍び込んできた。

「んっ、ふ……んんっ」

薄い長袖Tシャツなんかじゃ、涼也さんの手の動きを阻止《そし》できない。両方の胸を揉《も》まれて、舌を絡《から》められて、どうしたらいいのか、分からない。

「んんんっ……はう」

（ね、寝てる人に何て事をーっ！）

どうしたらいいの!?　いっそ起きたフリをした方がいいの!?

焦《あせ》る私を弄《もてあそ》ぶように、涼也さんは首筋を舐《な》めた後、頭を更に下へ動かした。

「やあああんっ！」

びくんと電気が身体を走り、思わず背中を仰《の》け反《ぞ》らせた。

涼也さんの口が、硬《かた》くなってきていた胸の先端を食《は》んだのだ。びくんと強い刺激が指の先にまで広がる。ちゅると軽く先端を吸った後、涼也さんが顔を上げて意味あり気に笑った。

「なんだ、もう起きるのか。このまま最後まで寝たフリをしていても良かったのに」

（バレてたーっ！）

「あ、あの……ああんっ」

指先で先端を弾《はじ》かれ、思わず身悶《みもだ》える。涼也さんは耳元に唇を近付けてきた。

「それで？　何があった、未香？」

「え」

涼也さんは固まった私の顔を見て、ふふっと妖艶《ようえん》に微笑んだ。

「電話の様子がおかしかったからな、すぐに分かる。隠すと……そう、お仕置きだな」

「えええっ!?」

（お仕置き!?　お仕置きって、ままま、まさかっ……！）

――私の頭の中をウィンウィン動く赤鬼さんが駆け巡った。

（あれを使われるのはやだっ……！）

涙目になった私に、涼也さんは綺麗《きれい》な笑顔を見せる。

「どうする？　未香。正直に言うか……俺にお仕置きされるか。どちらを選ぶ？」

「あ、う……」

この人悪魔だ。夢の中よりも、こっちの方が悪魔だーっ！

パクパクと口を動かすだけで、言葉の出ない私に、涼也さんはまた妖《あや》しい笑顔になった。

（どうする。どう言う？）

じわりと手のひらに汗が滲《にじ》むのが分かる。

迷っている間に、涼也さんの唇が私の耳たぶを甘噛《あまが》みした。

「ひゃっ」

軽いキスが耳から頰、そして口元に落ちてくる。そしてまた、悪魔の囁《ささや》きが。

「未香？　どうする？　俺はお仕置きでもいいけど」

（ひゃあああああーっ！）

「だだだ、だめーっ！」

赤鬼さんは使われたくないけれど、ありのままには話せない私は、必死に頭の中で言葉を探した。

「そ、その！　ゆ、夢を……みたの。りょ、涼也さんに、その、閉じ込められる夢、を」

涼也さんは私の瞳を覗き込んだ。その視線の強さに、思わず逃げたくなる……けど、それは不可能だ。

「俺に、閉じ込められる？」

私はコクコクと頭を縦に振った。

「なんか、聞いてはいけない事を聞いてしまって、それで……」

怖い。涼也さんの背後に蠢《うごめ》く黒いモノが怖いーっ！

「そ、それで、気になってて……」

そこまで言ったところで、涼也さんの口端《くちは》がくっと上がる。

「閉じ込めたいと思った事はあるが、実行はしていない」

(閉じ込めたいと思った事はある⁉)

動揺する私を見て、涼也さんの笑みに凄みが増した。

「事故に遭《あ》う前、お前は完全に寝不足で脱水状態になりかかっていた。俺がイオン飲料だの食い物だの、無理やり食わせて寝かせなかったら、お前は今頃干物になってたはずだ」

「ひっ干物ぉぉぉっ⁉」

(何それ⁉　私、どんな状態だったの⁉)

ううと呻《うめ》く私に、涼也さんは言葉を継《つ》ぐ。

「俺はお前の命の恩人、という訳だ——だから」

涼也さんの目が怖いです！　そのぎらぎらした瞳は、まるで肉食獣《にくしょくじゅう》のようですって！

「礼を受け取ってもいいはずだよな？　未香」

「ひえっ!?」

べろりと頬を舐《な》められた私の身体は、涼也さんの黒い気配《けはい》に絡《から》め取られて動けなくなった。

「最後まではしないでおいてやる……今はまだな。だから味見させろ」

あ、逃げられない。蛇に睨《にら》まれたカエルになってしまう。

（気絶してもイイデスカ……？）

一瞬、ふっと気を失いかけたけれど、重なってきた唇がそんな事は許さない、と告げてきた。

「ひゃあ、んんっ」

びくりと私の身体が震える度に、脇腹を舐《な》めていた涼也さんは嬉しそうに笑う。

「お前、こんなとこも感じるのか。こっちはどうだ？」

すすすっと涼也さんの指が背中の方へ滑《すべ》っていく。

「やあっ、くすぐった……んんんっ！」

文句を言うと、すぐに唇を奪われる。キスが深い。舌が柔らかくて熱い。熱くて熱くて、焦《こ》げてしまいそうなぐらい。

私も涼也さんもいつの間にか上半身裸になっていて、温かい肌が触れ合う感触に、ずくんとお腹《なか》の下の方が疼《うず》いた。

「あふっ、あっ……！」

尖《とが》った胸の先端を食《は》まれた瞬間、息ができなくなった。痛みにも似た鋭い刺激が、指の先まで伝わる。唇と舌とそして指が、硬《かた》くなった先端をじりじりと弄《もてあそ》ぶ。

次々に襲《おそ》ってくる感覚に耐えられなくて、必死に首を横に振った。

「あっ、はあっ、やあっ」

涼也さんの意地悪な声が耳に入ってくる。

「嫌《いや》だ？　そんな訳ないだろ……こんなになってるのに」

「ひゃあ、あああんっ！」

するりとジャージの中に入り込んだ指が、熱く疼《うず》く部分を下着の上から軽く撫《な》でた。じわりと滲《にじ》み出ているのは、紛《まぎ》れもなく私のモノ。くすぐったいような指の動きに、吐《と》息《いき》が熱くなってくる。

「濡れてるぞ、お前。感じてるんだろ？　俺に触られて、舐《な》められて」

艶《つや》めいた声に、頭の芯まで痺《しび》れて、何も考えられない。

低くて甘い声の響きが、私の身体をベッドに縫《ぬ》い留める。

「あ、あ、やんっ」

下着越しに動く指に合わせて、びくびくと腰が動いてしまう。温かいモノが身体の中を伝い、外に漏《も》れていく感触が恥ずかしい。

「あああっ！」

下着をずらされ、直接指が触れてくる。くちゅりと響くいやらしい音。涼也さんの指先が、濡れた襞《ひだ》の間につぷんと埋まっていた。

「やっ、ああっ」

入り口近くを丹念《たんねん》に撫《な》でられる。ナカに入った違和感よりも、指が与えてくる快感の方が大きくて、思わず身震いしてしまう。そうしているうちに、一番敏感《びんかん》なところをこりっと抓《つま》まれた。

「ひっ、あ、あああああんっ！」

腰が大きくバウンドした。くすくすと黒く笑う声がする。

「感じやすい、いい身体だな。ほら、お前のココもどろどろになって、俺を呑み込もうとしているぞ」

外とナカ、同時に刺激を受けた身体に、どんどん熱が溜まっていく。

（もう、我慢できないっ……！）

「はあっ、あああっ、あっ――っ！」

そのまま指の腹で花芽をぐりぐりと押されて、瞼《まぶた》の裏が一瞬白くなった。ずくずくとナカが蠢《うごめ》く。奥へと収縮《しゅうしゅく》する襞《ひだ》に当たる、涼也さんの指の感覚。それが焦《じ》れったくて、奥から熱いモノがどろりと出てくる。

「ああ、軽くイッたのか？」

涼也さんが指を動かすと、敏感《びんかん》になった身体はすぐに反応した。

「あっ、はうっ、ああっ」

ずるりと指を抜かれる刺激にも、身体がびくんとしなってしまう。

「未香は、どこもかしこも美味《うま》い。甘くて蕩《とろ》けそうになる」

濡れた人差し指と中指を舌で舐《な》め取る涼也さんの目は、こちらが焦《こ》げそうになるくらい熱かった。何も言えず、ただ荒い息を吐く私を見つめながら、涼也さんは右手を下に動かした。小さな金属音がする。

「まだお前の身体は完全に回復した訳じゃない。だから最後まではしない――が」

すっと涼也さんの右手が私の右手首を掴《つか》み、下の方へ引っ張った。ぐっと何かが手のひらに押し付けられる。

硬《かた》くて張っているこの感触はっ……!?

「んきゃあああああああああああっ⁉」
リ、リアル赤鬼ーっ‼　筋張《すじば》ってて皺《しわ》もあって、同じ形をしている⁉
慌てて手を引っ込めようとしたけれど、涼也さんが放してくれない。ソレに指が触れると、ちょっと硬《かた》くなった。

（ううう、動いてるっ……‼）

「いずれ、こいつがお前の中に入るから。覚悟《かくご》はしておけよ」

ぶんぶんと首を横に振ると、涼也さんが私の顔を覗き込んできた。

「何言ってる。女性は子どもを産めるんだぞ？　入らない訳あるか」

「こここ、こんなの入らないっ！」

「☆＆％＄！＃？――‼」

「ああ、本番はもっとゆっくり濡らしてやるから。これをお前の奥まで突っ込んで、存分《ぞんぶん》に突いて掻《か》き回して、啼《な》かせて――」

「きゃあああああああっ！　もうやめてーっ！」

涼也さんのいやらしい言葉責めに、がりがりと心を削られた私は、半《なか》ばパニックになって叫んだ。くすくす笑いながら、涼也さんが手を放す。ぱっと手を引っ込めた私を見た彼は、「真っ赤になってるぞ、お前」と嬉しそうに呟いた。

「早く仕舞《しま》って下さい、それーっ！」

「はいはい」

今はリアル赤鬼を受け止める自信がありませんっ！

涼也さんが身体を起こしたタイミングで、ベッドの隅《すみ》でくしゃくしゃになっていた上掛けをがばっと被った。身支度《みじたく》を整えている気配《けはい》を、目を瞑《つむ》ってなんとかやり過《す》ごす。

「未香」

上掛けから半分顔を出し、涼也さんを見る、ベッドに腰かけている涼也さんが、右手を伸ばして私の頭を撫《な》でた。

「何か思い出したら、ちゃんと俺に言え。分かったな？」

笑顔の裏に「俺に言わなかったら、どうなるか分かってるだろうな？」という文字が透けて見える。

「う……は、い……」

もごもごと返事をした私の額《ひたい》に、涼也さんが軽くキスを落とす。そのまま立ち上がった彼は、「じゃあ、お休み」と優しく微笑んで部屋を出ていった。

「ふはあ……」

（一気に力が抜けたっ……もう、だめかと思った……）

脱がされた下着やシャツをのろのろと着た私は、はふうとベッドに伸びてしまう。

「うううう……」

なんかリアル赤鬼さんの感触が残ってる気がする……。ごしごしとシーツで手を擦《こす》った。

もう、やだ……早く元気になりたいけど、なりたくない……

「思い出したら、俺に言え……って言われても」

枕の下のノートを取り出し、中身を確認。どう考えても、これを言える訳ない。

「もっと普通の事思い出さないかなあ……」

家族の事とか仕事の事とか、涼也さん関連以外にも記憶はあるはずなのに。どうしてこんなのばっかり思い出すんだろう。何か、気に掛かってる事があったのかなあ、私。

「ふう……」

またノートを枕の下に隠して、大の字に寝る。力の抜けた私は、あっという間に意識を手放してしまった。

3　謎を解《と》くのは私です！

「なんだ」

振り返って私を見下ろす彼の目からは、何も感じられない。私は震える手を握《にぎ》り締めた。

「復讐《ふくしゅう》のため、って……」

彼は口元を上げた。でも目は全く笑っていなかった。

「ああ、その通りだ。お前には報《むく》いを受けてもらう。その身にたっぷりとな」

「じゃ、じゃあ……あなたは私の事……愛していないの？」

震える私の声は、彼の嘲笑《あざわら》う声にかき消された。

「俺がお前を愛してる？　そんな訳ないだろうが」

「何言ってるの？　だって、私達婚約して……」

「婚約したのは、お前を合法的に手に入れるためだ。天涯孤独《てんがいこどく》な上に仕事を辞めたお前には、俺以外に頼る相手がいない。お前をどうしようと、誰も気が付かない」

ぞくりと寒気が走る。あんなに優しくしてくれた彼はどこに行ったの？

「今更後悔しても遅い。お前にたっぷりと教えてやる……極上の快楽を」

にやりと笑ったその顔は、まるで悪魔のようだった。

「身も心も甘い地獄に堕《お》としてやる。もうお前は、俺から逃げられない……」

――一生、俺のモノだ。

目の前が真っ暗になる。私が覚えていたのはそこまでだった。

深い海の底に沈んでいく私の胸の中に、彼の笑顔だけが刻まれていた――

「違う！　そうじゃない！」

私が叫ぶ。どこかは分からない。何故《なぜ》かは分からない。だけど、私は焦《あせ》っていた。

真っ暗な中、必死に何かをしようとしてる。

「早く！」

なんの、事……？

「今すぐ……！」

――そう、早く持っていかないと。……何を？

「早く、これをっ」

走って走って、暗闇の中、手を伸ばす。

ずるっと滑《すべ》る右足。ぐるりと反転《はんてん》する身体。落ちる感覚。

「きゃっ……！」

「未香！」

涼也さんの引《ひ》き攣《つ》った顔がアップになる。

がごん！　という衝撃《しょうげき》を頭に受けて、私の視界は真っ黒に塗り潰《つぶ》された。

＊＊＊

「――お嬢様？」

ぱちりと目を開けると、エプロン姿の美恵子さんが心配そうに私の顔を見ていた。部屋の中は明るい。

「へ？　美恵子さん？」

私はゆっくりと視線を巡らせた。カーテンの向こう側も明るい。

「私……涼也さんは？」

「旦那様なら、電話でお呼び出しがあって出掛けられました。お嬢様は疲れているようだから、ゆっくり寝かせてやってほしい、とおっしゃったのですが……もうお昼前ですから」

「お昼前⁉」

がばっと身体を起こすと、頭が痛んだ。前のめりになって唸《うな》る私に、美恵子さんが優しく背中を撫《な》でてくれる。

「大丈夫ですか？　少しうなされていたようですけれど」

「うなされる……うう、ちょっと夢見が悪くて。大丈夫です」

（さっきの夢……）

いつもの夢と違った。最初の方はこれまでと同じだったけれど、途中から涼也さんの顔が見えたのだ。

普段の余裕たっぷりな涼也さんじゃなかった。焦《あせ》って私の方に手を伸ばして——

「ブランチになさいますか？　美味《おい》しい焼き立てパンを買ってきたのですよ」

そう言われた途端《とたん》、ぐううっとお腹《なか》が鳴った。思わず右手で胃の上を押さえる。うわ、お腹空《なかす》いたあ。

「食べますっ！」

「では、用意してますから食堂にいらして下さいね」

にっこりと笑った美恵子さんが部屋を出ていく。

とにかく食べて元気を出さないと！　悩むのは食べてからにしよう。

私は勢いよくベッドから下りて、うーんと伸びをした。カーテンを開けると、もうすっかり太陽は高い位置にいる。うわあ、いいお天気。

「よし！」

食べて体力を付けて、そして、さっきの夢の続きを思い出すんだ。

私はクローゼットのドアを開け、着替えを選び始めた。

「むふう……美味《おい》しい……っ」

美恵子さんが買ってきてくれたのは、ふわっふわで口に入れたら蕩《とろ》けそうな食感の食パンだった。ほんのり甘くて、小麦色に焦《こ》げた部分がカリッとしていて香ばしくて。マヨネーズで和《あ》えたゆで卵を挟んで食べると、これまた美味《おい》しかった。

「有名なパン屋さんなんです。生クリームを混ぜ込んであるそうですよ？　デニッシュみたいな層ができてるのが特徴なんですって」

「本当、美味《おい》しいです！　明太子サラダ挟んでも美味《おい》しぃーっ」

（今度美恵子さんに連れて行ってもらおうかなあ）

そんな事を考えていると、リンゴーンと鐘《かね》のような音が鳴る。

「あら、お客様でしょうか。見て参りますね」

私はふわふわパンに噛《かぶ》り付きながら、改めて夢の事を考えた。

今日の夢は今までのパターンとは違っていた。涼也さんの顔が見えたし、いやらしくもない。私は何かをしようと必死になっていた。

『事故に遭《あ》う前、お前は完全に寝不足で脱水状態になりかかっていた。俺がイオン飲料だの食い物だの、無理やり食わせて寝かせなかったら、お前は今頃干物になってたはずだ』

涼也さんの言う事が本当なら、夢は私を助けてくれた時の記憶なのだろうか。

はむはむしながら考えてみたものの、これ以上出てこない。まだピースが欠けたパズルみたいに、何か決定的な事が抜けている。

ひとしきり食べた後、ミルクティーを飲んでいたら、広間に通じるドアが開く音がした。カップを置いてそちらに視線をやると、見覚えのある人影が食堂に入って来るのが見えた。

「……智子さん？」

またもや上品な着物姿の智子さんが、困った顔をしている美恵子さんを従えて、こちらに歩いて来る。私はとりあえず「こんにちは」と頭を下げた。

「こんにちは、未香さん。お食事中にごめんなさいね、急用だったものですから」

ふふふと笑いながら私の傍《かたわら》に立った智子さんは、本当に日本人形にしか見えない。艶《つや》やかで真っ直ぐな黒髪は赤い簪《かんざし》で一つに纏《まと》められていた。光沢のある白地に金と紅の鶴が飛んでいる着物は高そうだ。

「急用って、私に？」

「ええ、そうですの」

智子さんがちらと美恵子さんを見る。

「少し席を外していただけるかしら？　ここから先は個人的な用件ですから」

美恵子さんの頬がぴくりと引《ひ》き攣《つ》った。

「でも、旦那様は……」

「あら、涼也さんに連絡していただいても構いませんことよ？　どうぞご自由に」

　智子さんはあくまでも冷静だ。心配そうに私の顔を見る美恵子さんに、私は力強く頷く。

「大丈夫ですよ？　少しだけ二人きりにさせて下さい」

「……分かりました。一之宮様、お嬢様はまだご無理できる状態ではありませんから、どうかお気を付けて下さいませ」

「ええ、分かってるわ」

　美恵子さんが頭を下げて食堂のドアから出ていった。多分、涼也さんに連絡するつもりなんだろう。美恵子さんを見送っていた智子さんは、ドアが閉まるのと同時にまた私の方を見た。私も身体を智子さんに向ける。

「ねえ、未香さん。あなたの事、調べさせていただきましたの。あなた、記憶を失っておられるそうね？」

「っ!?」

　私が身体を硬《かた》くすると、「あら、そんなに怯《おび》えなくても」と智子さんが笑った。

　やっぱりこの人、探偵に向いているかもしれない。

「それで確信しましたわ。涼也さんが、あなたを騙《だま》してここに閉じ込めているって事をね」

（騙《だま》して閉じ込める!?）

私が目を見開くと、智子さんは優雅《ゆうが》に微笑んだ。

「おかしいと思いませんでした？　療養《りょうよう》という名目で、涼也さんはあなたを外界から切り離そうとしているのよ」

「それ、は」

胸の奥でざわざわと何かが蠢《うごめ》く。でも、それが何なのかは分からない。

「このまま涼也さんの言いなりになっていいのかしら。全てを思い出した時、後悔すると思いますわよ？」

「……」

智子さんの言葉がぐるぐると頭の中を駆け巡る。私、涼也さんに騙《だま》されてるの？

——俺がお前を愛してる？　そんな訳ないだろうが。

——未香！

二つの声が交差する。どっちが本当の涼也さんなの？

「ねえ、未香さん？」

智子さんがゆったりと笑い、私に右手を差し出した。

「私と一緒にいらっしゃいませんか？　あなたに会いたいとおっしゃる方がおられますのよ」

「私に？」

戸惑う私を見て、くすりと智子さんが笑う。

「探してらしたんですって、あなたの事。涼也さんに何度も連絡なさったそうですけど、全く相手にされなかったとか」

「涼也さんに⁉」

そんな事、涼也さんは一言も言ってなかった。どうして教えてくれなかったのだろう。

（涼也さん……）

「私、未香さんに見覚えがあるって言っていたでしょう？　どこでお見掛けしたのか、思い出しましたの。ですから――」

智子さんの赤い唇が三日月の形になる。

「あなたが誰なのか、私が真実をお教えして差し上げますわ」

和服を着た魔女の誘いの言葉に、私は何も言う事ができなかった。

――私が誰なのか、智子さんは知ってる？

――涼也さんが私を騙《だま》してる？

頭の中で、ぐるぐると文字だけが回る。

しばらく沈黙した後、私は口を開いた。

「……あの。どうして智子さんは、そこまでして下さるのですか」

智子さんがすっと目を細めた。そんな表情でさえ、人形のように綺麗《きれい》な人だ。こんな時だけど見とれてしまう。

「私には、智子さんがただの親切心で言っているようには見えないんです。こう言うと失礼かもしれませんが、智子さんは損得勘定《そんとくかんじょう》のできる方だと思います。私に全てを教えるという事は、涼也さんの意に反するんでしょう？　だったら智子さんは、涼也さんに快《よ》く思われない事をしようとしているのですよね。それは、あなたにとって、デメリットではないんですか？」

「……」

黙り込んだ智子さんに対して、私は更に言い募る。

「智子さんのメリットって何ですか？　私に親切にする事で、智子さんは何を得るんですか？」

「……っく」

智子さんの唇がまた三日月になった。さっきまでの取り繕《とつくろ》った笑顔とは違う。心底可笑《おか》しそうな笑顔だ。

「くくっ……成程《なるほど》、ねえ。涼也さんがあなたを閉じ込めたがるお気持ち、よく分かりましたわ。まだあなたに本当の事を知られたくない。だけどあなたは、恐ろしく頭の回転が速い方だもの、わずかなヒントがあれば、きっと正解にたどり着く——そう思われたのでしょうね」

私を見る智子さんの視線は真っ直ぐだった。

「いいでしょう。私が何故《なぜ》こんな事を言いだしたのか、教えて差し上げます。私、涼也さんとの縁談《えんだん》をお受けするつもりでした。お互い条件にぴったりだと思いましたの」

「条件？」

私が眉を顰《ひそ》めると、「ええ」と智子さんは事もなげに言った。

「私の実家の事、お話し致《いた》しましたでしょう？　旧家《きゅうか》と言えば聞こえはよろしいのですが、何しろ古くからのお屋敷やら不動産やらを保有しておりますから、固定資産税《こていしさんぜい》だけでも大変ですの」

「はあ」

現実的なお話ですね。でも、固定資産税《こていしさんぜい》対策はとても大事。

「ですから、私の夫となる方には、今ある財をもっと増やす才覚《さいかく》のある方でなければなりません。そういう意味で、涼也さんは好条件でしたわ。彼の方も、私との婚姻《こんいん》に異存《いぞん》はなかったはずですの。浪費したがりな女性にうんざりなさっていたようですから。私ならそうではないと確信できたでしょうし」

ずきん、と胸が重く痛む。

（涼也さんも、一度は智子さんとの結婚を考えたんだ……）

そう考えたら、息が苦しくなった。

「ビジネスセンスがあり、財産目当てでもなく、頭もいい。それに涼也さんは見かけもよろしいお方ですから。よい子どもができると思いましたわ」

「子ども……ですか」

なんだか、鳥や犬のブリーダーと話をしている気がしてきた。親御《おやご》さん同士が知り合いだという話だったから、嫁姑問題《よめしゅうとめ》だってなさそうだし。智子さんみたいなお嫁さんだったら、涼也さんのお母さんだって――

『あなたみたいな娘がいてくれたら、本当に毎日楽しいでしょうね』

「……へ？」

何？　今の声。

一瞬だけ気が逸《そ》れてしまったが、智子さんの話は続く。

「それなのに、突然『このお話はなかった事に』と涼也さんから申し入れがありましたの。しかも『好きな女性ができたから』という理由で。正直耳を疑《うたが》いましたわ」

智子さんの表情は変わらなかった。口元に微笑みを浮かべたまま、淡々と話を進める。

「結婚に感情は持ち込まず、家のために有利な人間を選ぶ。涼也さんを好ましいと思ったのは、そこが私と一致していたからというのもありましたわ。彼なら愛だのなんだのと煩《わずら》わしい事を言わないだろうと。彼も私の事をそう思っていたはずですわ。似た境遇《きょうぐう》の私と結婚すれば、お互い楽だ、とね」

くすくす笑う智子さんは本当に綺麗《きれい》だった。涼也さんの隣に並んでも、この人なら見劣りしないだろう。

「なのに、この私を差し置いて勝手に恋に堕《お》ちるなんて、裏切られたような気がしましたわ。ですから、正直に申し上げて、私があなたを誘うのは、涼也さんへの意趣返《いしゅがえ》しでしたの。騙《だま》してでも我が物にしたいと思う相手を逃がしたら、さすがの涼也さんでも焦《あせ》るだろうと。でも――」

優雅《ゆうが》に話す智子さんからは、怒りも何も感じなかった。

「私、あなたのように頭のよい方、嫌《きら》いではありませんの。お友達になれそうな気がしますわ。もしあなたが、涼也さんに疑問を持っているのなら――彼の嘘に気が付いているのなら、私がお力になりますわよ？」

智子さんは嘘を言うような人じゃない。彼女の知っている涼也さんは、今言ったような人なのだろう。でも、私は納得できなかった。

手のひらをぎゅっと握り、智子さんの猫のような瞳を真っ直ぐに見つめた。

「あの、智子さん。涼也さんは、あなたが言うようなロボットみたいな人じゃありません。あの人、強引で、意地悪で、人の事いいように振り回して、過保護《かほご》で……だから」

――未香。

甘く囁《ささや》く涼也さんの声を思い出す。優しく触れる手の感触も、激しいキスも、重ねられた肌の温かさも、全部全部覚えている。そんな人が、感情のない結婚なんてする訳ない。

「そんな理由で結婚したりしません。彼は自分の意思で決める人です」

「まあ!」

智子さんの目が大きく見開かれた。濡れたような瞳に見つめられ、その迫力に息を呑む。でも、視線は逸《そ》らさなかった。やがて、智子さんの唇がそっと動く。

「ふふ……そう。あなたはそう思うのね。それで? あなたは彼のいいなりになったままでいるつもりですの?」

私はぐっとお腹《なか》に力を籠《こ》め、智子さんを見上げた。

「今の私には、以前涼也さんをどう思っていたのかまでは分かりません。でも——」

私は一度言葉を切り、それから智子さんに言う。

「怪我《けが》をして、記憶を失った私を助けてくれたのは、涼也さんです。色々あったけど、お世話になっています。だから涼也さんが私を騙《だま》していたとしても、それは私が彼に問いただすべき事なんです。……あなたではなく」

そう、智子さんに種明かしをしてもらうんじゃない。私が解《と》き明かす事なんだ。

智子さんの瞳が一瞬輝いたような気がした。艶《つや》やかな唇がにやりと曲《ま》がる。

「ふっ……ふふっ……ふふふふっ、ほほほほほほっ」

智子さんは、本当に可笑《おか》しそうに笑った。高らかに笑う智子さんは、まさに女王様の威厳《いげん》を備えている。

「涼也さんのお気持ち、理解いたしましたわ。私もあなたなら、逃げないように閉じ込めてしまうかもしれない」

「え」

日本人形のような美女が座敷牢《ざしきろう》に娘を飼っている。そして夜な夜な、美しい着物の衣《きぬ》擦《ず》れ音と淫《みだ》らな呻《うめ》き声、そして熱い吐息《といき》が牢から漏《も》れる――

（って、何!? 何今のイメージっ！）

智子さんの言葉と共に、ぱあぁっとイメージが舞った。強くて美しい美女に飼育される、一人の少女のイメージが。私が軽く混乱していると、智子さんはまた含み笑いをする。

彼女は懐《ふところ》から織物《おりもの》のカードケースを取り出し、私に名刺を手渡した。そこには彼女の名前と携帯番号が書いてある。

「ご連絡いただければお力になりますわ……涼也さんとは関係なく」

「はあ……どうも」

この名刺は見つかったらまずい気がする。うん、隠そう。

「では、これで私は失礼いたしますわ。そうそう、あの家政婦、おそらく涼也さんに連絡しているでしょうから、焦《あせ》って戻って来ると思いますわよ、彼」

「う」

「では」と優雅《ゆうが》に会釈《えしゃく》した智子さんは、すたすたと出ていった。ほぼ入れ替わるように食堂に現れた美恵子さんが、足早に私に近付いてくる。

私は美恵子さんに気付かれないように、さり気なく名刺を仕舞《しま》った。

「大丈夫でしたか、お嬢様？」

「え、ええ。大丈夫、単なる世間話《せけんばなし》でした」

涼也さんが私を騙《だま》してるとか、閉じ込めてるとか、若干物騒《じゃっかんぶっそう》な話題もあったけれど、世間話《せけんばなし》には違いない。

「旦那様、すぐに戻られるそうですわ。お嬢様の事、それはそれは心配なさって」

「そ、そうなんですか」

どきんと心臓《しんぞう》が鳴る。涼也さんに会ったら、なんて言う？　何を聞く？

智子さんに啖呵《たんか》を切ったというのに、今更になってどうすればいいのか、分からなくなる。

（うう……）

「とりあえず、部屋に戻ります。涼也さんが戻ったら呼んで下さい」

「はい、分かりました」

私はさっと席を立った。部屋に戻る間にも、頭の中は智子さんから聞いた話でいっぱいだった。

部屋に入った私は、そのままベッドにダイブ。クッションの利いたベッドがふわんと揺れる。

（涼也さんの……好きな人？）

顔が熱くなってくる。智子さんの話だと、涼也さんは名家からの婚約話を蹴って私を選んだって事だよね？　性格は難ありだけど、お金持ちで、セレブで、イケメンで、背も高くて、どう見ても花婿《はなむこ》市場で高額取引されてそうな涼也さんが？

「私の事……」

身体中がかっと熱くなった。智子さんよりも私を……って思っただけで、心臓《しんぞう》の鼓動《こどう》が痛いくらいに速くなる。

――好きだ。

（え……っ……）

涼也さんの声に心臓《しんぞう》が止まった。そんな台詞《せりふ》言われた事ないのに……

（もしかして、前に言われた事がある……？）

頬が発熱したみたいに熱くなってる。どうしよう。どうしたらいいの？

（私、なんて返事をしたんだろう……）

——涼也さんとは釣り合わないのに。

どう考えても、私が名家の娘なんて事は絶対にない。絶世の美女という訳でもなく、どちらかと言えば平々凡々《へいへいぼんぼん》な顔立ち。背だって低いし、モデルとは程遠い体形だ。

でも、涼也さんに相応《ふさわ》しくないって分かっているのに、お似合いの智子さんとの結婚を断ったって聞いて……嬉しかった。

今までだって、涼也さんにキスされても、触れられても、嫌《いや》だって思わなかった。

（私……涼也さんの事が……）

「涼也さん」

ずきん、と頭と胸が同時に痛む。

「あたた……」

考え込むと頭痛がひどくなる。痛みを抑えようと、身体の力を抜く。ゆっくり息をすると、痛みの波は次第に遠のいて、また頭の中がぼんやりとしてきた。

（やたら眠い……）

寝ても寝ても、寝足りない気がする。思い出そうと頭がエネルギー使ってるのかなあ……

「んむ……」

誰かが上掛けを掛けてくれたような気がしたけれど、お礼も言えないまま、私は深い暗闇へ沈んでいった。

＊＊＊

あの人は私を愛していなかった。そう言っていた。涙が止まらない。

「うっう……う」

私は手で口を押さえた。胃がせり上がってくるような衝動《しょうどう》に襲《おそ》われ、床にうずくまってしまった。冷や汗がぽたりと床に落ちる。身体から血の気が引き、どんどん冷たくなっていくのが分かる。

「きゃっ……！」

突然ふわりと宙に浮いた身体。彼が、両手で私を抱《だ》き抱《かか》えていた。私の顔色を見た彼は、ちっと舌打ちをした後、静かに歩き始める。

「こんなところで死なれては困る」

ゆらゆらと揺れる彼の腕の中は、冷たい言葉とは反対に縋《すが》りつきたくなる程、温かかった。

彼の部屋に運ばれ、ベッドに下ろされた私は、これでもかというぐらい、上掛けでぐるぐる巻きにされた。冷たくなっていた身体が、少しずつ熱を取り戻し始める。

「具合が良くなるまで、ここにいろ」

「はい……」

（どうして、優しくしてくれるの？）

ぼうっとしたまま、私は辛《かろ》うじて返事をした。いつの間にか、涙は止まっている。気持ちの悪さも随分《ずいぶん》治まってきた。私はゆっくりと意識を手放し、そのまま温かい闇へ落ちていった。

「いいですよ、これ！」

「そう、ですか？　なかなか上手く……」

「このまま……」

＊＊＊

「……香、未香？」

「……ふむう？」

身体を揺さぶられた私は渋々《しぶしぶ》目を開けた。綺麗《きれい》な顔が私を覗き込んでいる。

（ああ、この顔は彼、の……）

「……あれ？」

ぼうっとしたまま上半身を起こし、ベッドに腰かけた涼也さんをまじまじと見た。涼也さんの顔に、疲労感《ひろうかん》が滲《にじ》み出ている気がする。

（私、今……何を……）

さっき見た夢。初めて聞く声が混ざっていた。あれは、誰？

それに、涼也さんの顔を見て、誰かを思い出し掛けたような……

「――未香。今日、一之宮智子が来たんだろ」

「へ」

私は目を丸くした。涼也さんは、スーツの上着を脱いで椅子の背に掛けた。ネクタイを外し、ワイシャツのボタンも外す仕草《しぐさ》が妙に色っぽい。

（あれ!?　私――！）

どくんと鳴る心臓《しんぞう》。頬に熱が集まってくる。涼也さんの顔をまともに見られない。

「あの女、何を言った」

「え、と」

上目遣《うわめづか》いに涼也さんを見ると、不機嫌そうな顔がじろりと私を睨《にら》んでいた。私はごくんと唾《つば》を呑み込み、小声で告げる。

「涼也さんが、私を騙《だま》して閉じ込めてるって。私に会いたいっていう人がいるから、会わせてあげるって……」

ちっと舌打ちの音が聞こえる。涼也さんの瞳がぎらぎらと煮えたぎっていて、怖い。

「で？　何故《なぜ》お前はあいつの言葉に乗らなかった。ここを出るチャンスだったのに」

私は目を見張《みは》った。涼也さんの声は、投げやりな響きを含んでいた。もしかして、この人――

「……私が智子さんと一緒に出ていくと思ったんですか？」

私がそう聞くと、涼也さんの顔から表情が消えた。スラックスの上に置かれた大きな手は、ぐっと握《にぎ》り締められている。

「お前、俺の事を疑《うたが》っていただろう。なら、あの女の申し出は魅力的《みりょくてき》だったはずだ。なのに何故《なぜ》、ここに残る事にしたんだ」

私から目を逸《そ》らして、下を向く涼也さんが辛そうに見えた。思わず私は手を伸ばし、彼の拳《こぶし》の上に自分の手を重ねる。

「あのですね、涼也さん。一宿一飯《いっしゅくいっぱん》の恩義《おんぎ》って知ってます？」

「は？」

涼也さんが私の方を見た。突然何を言われたのか分からない、そんな表情だ。ぽかんと口を開けている。涼也さんでも、こんな顔をするんだ。

ふふっと笑みが浮かんだ私は、彼の瞳を真っ直ぐに見つめた。

「怪我《けが》をして記憶をなくした私の世話をしてくれたのは、涼也さんです。確かに、私に何かを隠してるっていうのは、薄々感じていました。けど――」

重ねた手に力を込める。どうか私の気持ちが伝わりますように、そう思って。

「だからと言って、私が真実を聞くのは智子さんからじゃないんです。涼也さんからじゃないと。それが受けた恩に対する礼儀だと思うし」

そこで一旦私は深呼吸をし、はっきりと言う。

「それに何より、横から入ってきた部外者に種明かしをしてほしくありません。涼也さんをぎゃふんと言わせるのは、智子さんじゃなく私です」

涼也さんの目が大きく見開かれ、そのまま固まっている。ん？　と私が首を傾《かし》げると、固まっていた涼也さんの表情が崩れた。

「はは……は」

自嘲《じちょう》めいた笑い。涼也さんは重ねたままの私の手を見る。

「そうだな、お前はそんな女だった。意思が強くて、いつだって鉄砲玉《てっぽうだま》みたいで。そんなお前を俺は……」

涼也さんが私の肩を引き寄せた。強く強く抱《だ》き締められる。首元に掛かる涼也さんの息が熱い。

(く、くるし……っ)

「未香」

甘い囁《ささや》きよりも、私に自由をっ！

「あ、あのっ、ちょっと力緩《ゆる》めてっ」

バシバシと広い背中を叩くと、腕の力が少し緩《ゆる》んだ。ほうと溜息《ためいき》をついた私に、涼也さんが低い声で告げる。

「明日お前を病院に連れていく。それで問題ないと診断が出たら……」

一拍置いて、涼也さんが私の両肩を掴《つか》んだ。見上げると、何を考えているのか読めない瞳が私を見下ろしている。

「お前に会いたい、という奴に会わせてやる。そいつの話を聞いてから、お前が判断すればいい——俺の事を」

「え」

いきなりの急展開。私はさっきの涼也さんみたいに、口をぽかんと開けた。

(……涼也さん？)

私がじっと見つめると、涼也さんは私を放し、ベッドから立ち上がる。見上げる涼也さんの横顔は、どこかよそよそしかった。感情が感じられない瞳に、胸の奥が疼《うず》く。

「明日の連絡を病院にしておく。準備しておけよ」

「は、はい」

涼也さんはさっと踵《きびす》を返して部屋から出ていった。私はベッドに座ったまま、呆然《ぼうぜん》とする。

（涼也、さん）

無表情な顔。感情が読み取れない声。まるで心を閉《と》ざしてしまったロボットみたいだった。あれだけ私を外部と遮断《しゃだん》してきた涼也さんが、人に会ってもいいって？　それに私が判断してもいいって？　どういう事？

――ズキン……

「何……今の」

思わず右手で胸元を押さえた。重い石が心に乗っかった感じがする。

（胸が……痛い？）

どうして、見捨てられた気分になるんだろう。涼也さんはそんな風には言ってないのに。だけど、さっきの顔は――

（もしかして、私に飽きた……とか。面倒くさくなったとか、やっぱり智子さんや南さんの方がよくなったとか……）

ぐるぐると色んな思いの色が混ざり合って、よく分からない色になる。なんだか悲しくて、胸が痛い。

「だけど……おかしい……？」

おかしい。おかしいよね!? だって、さっきの涼也さん、なんかヘンだった。いつもは強引でグイグイ迫ってくる人が、あんなにあっさりと引く!?

「イメージが合わない……」

そう、涼也さんのイメージと行動が合ってない。

「涼也さんの性格って、俺様、マイペース、押しが強い……」

指を折りながら数えてみた。しおらしくなるとか、相手の事を考えて身を引くとか、しそうにないタイプだ。それが、あんな態度を取るなんて。

「一体、何を考えてるの……？」

私は脳みそを絞って考えに考えた。でも、いくら考えても、涼也さんの気持ちはこれっぽっちも分からない。

「もう、なんなのよーっ！」

その後、涼也さんは夕食時に姿を現さなかった。まるで私を避けているかのような態度に、より一層頭を悩ませる事になり……

一晩中、涼也さんの色んな表情や言葉が、頭の中でリフレインしていた。

＊＊＊

「どうした？　眠そうだな」

「……ちょっと考え事をしていて」

私は運転する涼也さんをじと目で睨《にら》んだ。

今日の涼也さんは黒の革ジャンにジーンズ。ジーンズだと長い脚がますます目立つ。

（スーツ姿も絵になるけど、こういう姿もカッコいいってなんか癇《かん》に障《さわ》る）

ちょっと神様、涼也さんに二物も三物も与えすぎなんじゃないですか!?

対する私は、前開きの白いワンピースに薄ピンクでもこもこ生地のジャケット姿。清《せい》楚《そ》なお嬢様風《ふう》コーディネートに合わせて、美恵子さんが髪をくるんと内巻きにしてくれた。だけど、なんだか見慣れなくて落ち着かない。そして、当然ながら寝不足で目付きが悪い状態だ。

（大体、寝不足なの、涼也さんのせいじゃないかっ！）

私は心の中で文句を言った。そんな事とは知らない涼也さんは、涼しい横顔をしていて、これがまた癇《かん》に障《さわ》る。ハンドルを握《にぎ》る手の動きもスムーズだ。全然動じてないんじゃないの、この人は？

「診察の結果は良好。お前が望んでいた通りだろうが」

「……はい」

怪我《けが》は完治に近い状態。病院に運ばれてきた時の睡眠《すいみん》不足や栄養失調も改善されているそうだ。無理をしなければ普通の生活をしても構わない、とドSな斉藤ドクターからお墨付《すみつ》きをもらっている。

斉藤ドクターの話を聞いている間、涼也さんは何も言わなかった。ただ腕を組んで、じっと考え事をしていた。そんな涼也さんを見る斉藤ドクターの目が、何か言いた気だったのはなんだったんだろう。

「約束通り、お前に会いたいと言っている奴のところに連れていってやる。納得するまで話を聞いてこい」

「……はい」

「話を聞いた上で、どうするかはお前の好きにしろ。俺の傍《そば》にいたくないのなら、環境を整えてやる。まだ一人で生活するのは無理だろうからな」

「……はい」

涼也さんがちらと横目で私を見る。

「どうした。元気がないな」

「別に……」

私は窓の外に目を向けた。通勤時間帯を過《す》ぎた平日の街中は、車の流れも自然だった。

どこに向かっているのかも知らないまま、胸の中がもやもやとしている。どうしてこんなに、涼也さんの態度が気になるんだろう。

（もし……もし、あの夢が本当だったら。涼也さんが私を別荘に監禁していたんだとしたら）

そうしたら、私はもう涼也さんのところには戻らないのに。なのに、どうしてこうも平然としている訳？　別にどうでもいいって事？

（私が傍《そば》を離れても、平気って事？）

あれだけ……あれだけ、迫っておいて？

膝《ひざ》の上で、リンゴのポーチを握《にぎ》る手に力が入った。

（なんかムカムカしてきた……）

なんなのよ、一体。その余裕な態度はどこから来てるのよ。もうちょっと悲壮感《ひそうかん》とか出してもいいんじゃないの⁉

（私だけもやもやして、ばかみたいじゃないっ）

外を見たままぷくっと頬を膨《ふく》らませた私に、涼也さんがくすりと笑った気がしたけれど、決してそちらを見なかった。

涼也さんが車を停めたのは、大きなホテルの地下駐車場だった。さっさと車から降りた涼也さんは、私が降りるのに手を貸してくれる。ガラスのドアをくぐって、エレベーターのボタンを押す。乗り込んだ時も、無言だった。

エレベーターが一階で停まる。エレベーターホールに降りた私の目に飛び込んできたのは、鮮やかな深紅《しんく》の生地に白い花が散る着物だった。

「智子さん？」

大理石の床の上に、圧倒的《あっとうてき》な存在感を放ちながら立っていた智子さんが、にっこりと微笑む。その艶《あで》やかな美しさに、思わず見とれてしまう。涼也さんは私の二の腕を掴《つか》み、智子さんに近付いていった。

「涼也さん、未香さん」

真っ赤なルージュを引いた唇がふふふと笑う。涼也さんは智子さんの目の前に立ち、じろりと彼女を見下ろした。

ワイルドな格好の涼也さんに、純和風の智子さん。相対《あいたい》する二人は本当に美男美女だ。周囲を行き交う人もチラチラと二人を見ている。

「そんなに睨《にら》まなくても、ちゃんとお役目は果たしますわよ？　ねえ、未香さん」

「は、はい」

急に視線を向けられた私は、詰まりながら頷いた。涼也さんの手が、私から離れる。

「未香。これを」

涼也さんが革ジャンのポケットから一枚のメモを取り出し、私の右手に持たせた。そこに書いてあったのは、見慣れない電話番号。

「俺のところに戻る気になったら、そこに連絡しろ。車を手配してある」

「……はい」

戻る気になったら……じゃあ、戻る気にならなかったら？　私がこのまま、どこかに行ってもいいの？　涼也さんはそれでいいの？

そんな事は聞けないまま、私は大人しくポーチの中にメモを入れた。

「じゃあ、行きましょうか、未香さん。あなたに会いたいとおっしゃっている方をお待たせしているの」

私は智子さんに頷き、涼也さんを見上げた。すると――

「涼也さ……んんんんっ⁉」

突然視界が遮《さえぎ》られたかと思ったら、私の唇は彼の唇に塞がれていた。びっくりして硬《こう》直《ちょく》する私の背中に、涼也さんの手が回る。

「あら」と呟く智子さんの声も、周囲のざわめきも、私の耳を素通りしていく。熱くて自分勝手な唇と舌に翻弄《ほんろう》されて、何がなんだか分からなくなった。

「んんんっ、はっ、はあんっ」

いきなり始まったキスは、いきなり終わった。熱《ねつ》っぽい光を宿す涼也さんの瞳が私を見下ろしている。はあはあと息を切らす私の頬を、彼の大きな手がするりと撫《な》でた。

「俺は別荘で待ってる。じゃあな」

そう言って、智子さんをちらと見た後、涼也さんは背中を向けて立ち去っていく。振り向かない広い背中を、私は何も言えず目で追いかけていた。

「さ、参りましょう。随分《ずいぶん》とお待たせしていますから」

「……はい」

涼也さんはもうエレベーターに乗ってしまっていた。私はきゅっと唇を噛《か》み、智子さんと一緒に、歩きだす。ブランド店が並ぶ通路を進む。煌《きら》びやかな場所でも、智子さんの美しさは負けていなかった。店から出てくる人が皆、彼女に見とれている。

「何故《なぜ》私がいるのか、とお思いなのでしょうね」

智子さんが歩きながら話しだす。

「涼也さんから連絡がありましたの。『結末をちゃんと見ておけ。そしてもう、未香に手を出すな』ですって」

「へ？　結末？」

智子さんがさも可笑《おか》しそうにくくと笑った。

「『未香は必ず俺のところに戻ると言うはずだ、それが分かったら惑わすような事は今後一切するな』――要するに私に釘《くぎ》を刺したかったのでしょうね」

「必ず……？」

私が涼也さんのところに必ず戻るって確信があるの？

それっていつもの涼也さんだ。自信たっぷりで、人の事振り回してばかりで、強引で。

（なんだ……）

さっきまであんなに不安でもやもやしていたのに、すっと心が晴れる。私の事、どうでもよくなったんじゃなかったんだ。戻る自信があるから、あんな態度だったんだ。……でもどうして？

「ところで、私、あなたをどこかでお見掛けした、と言っていたでしょう？」

「ええ」

私は小さく頷いた。

智子さんは口元に手を当てて、ふふふと笑っている。

「思い出しましたの、私。あなたに直接会った訳ではなく、あなたの写真を見たのだとね」

「写真？」

私が首を傾《かし》げると、智子さんはまた含み笑いをした。

「そうですわ。おば様――涼也さんのお母様と一緒に撮られた写真を」

智子さんは通路を通り抜けた先にあるティーラウンジに足を踏み入れた。大きなガラス張りの窓が中庭に面していて、黒の制服を着たウェイターが銀色のトレイを手に給仕《きゅうじ》をしている。ふかふかの深紅《しんく》の絨毯《じゅうたん》に、白い猫足の椅子。唐草模様《からくさもよう》の壁紙は、鈍《にぶ》い金色と緑が混ざったような色だった。

ビジネスマンらしき人や、裕福そうなマダム達が、ゆったりとカフェを楽しんでいる。

「ほら、あの方ですの」

ラウンジの一番奥にある個室のようなスペースに目を向けた私は、ひゅっと息を止める。

艶《つや》やかなテーブルの前に座る、スーツ姿の男性。顔を上げて私を見つけたその男性は、ばっと席を立った。

「ミカ先生！　ご無事でしたか！」

極々平凡な顔立ちの男性は、焦《あせ》った表情を浮かべて近付いてきた。

——ミカ先生……ミカ先生……ミカ先生……？

「あ」

心のどこかで、ガラスが割れるような音が響く。その音と共に、今までバラバラだった欠片《ピース》が一気に繋がっていった。色んな景色がごちゃ混ぜになって、頭の中から溢《あふ》れ出してくる。

『あなたみたいな娘がいてくれたら、本当に毎日楽しいでしょうね』

『ちょうどよい別荘があるわよ』

『お前、変な女だな』

『――お前には、興味がある』

『俺はお前を逃がさない』

『ですから、この展開は』

『だから、休めと言ってるだろうが！』


『未香っ！』


「あ、あああ」

がくがくと膝《ひざ》が震える。両手で自分を抱《だ》き締めた私は、心配そうに私を覗き込む彼を見上げた。ちょっと小太りで、丸眼鏡をかけてて、でも頼りになる相棒で。

「野村《のむら》……さん」

野村さんがはっと目を見張《みは》った。

「思い出したんですか、先生⁉　この方から先生が記憶喪失だって聞いてて……！」

「あ……わ、私」

（そうだ、私……！）

涼也さんの色んな顔が次々と浮かんだ。むすっとした顔。にやりと笑う顔。そして――

『未香は必ず俺のところへ戻ると言うはずだ』

（あの台詞《せりふ》！　あれって……）

持ってるんだ。涼也さんが絶対持ってるんだ……っ！

わなわなと唇が震える。

「わ……わ……」

（全部計算尽《けいさんず》くだったんだ……！　しおらしいフリをしてあの人はっ……！）

「わ、わ……私……の」

目を丸くした智子さんと野村さんの前で、私は思いっきり吠《ほ》える。

「私の、原稿～～～～っ‼」

静かなラウンジに、私の絶叫が響き渡った。

――私の名前は、綾瀬未香。駆けだしの恋愛小説作家で、ペンネームは堂本《どうもと》ミカ。それが、私の正体。涼也さんが「必ず戻る」って言っていた意味が、全て分かった。

（あの人……！）

私は両手で頭を抱えたまま、思わず唸《うな》ってしまったのだった。

4　謎解《と》きパートは回想で

一気に記憶が蘇《よみがえ》った私は、よろよろとした足取りで席につく。

執筆のためにホテルで缶詰め状態になっていた私は、完成した原稿を野村さんに送ったものの、どうしても内容を変えたくなって、彼に無理を言い数日待ってもらう事にした。ようやく仕上がった原稿をバイク便の配達員に渡して、ほっとしたのもつかの間、修正前の原稿を渡していた事に気が付く。大慌てで配達員の後を追いかけて、誤って階段から落ちてしまい、頭を打った事で記憶喪失になったのだ。

その事を話すと、野村さんは汗を拭《ふ》きながらそれ以降の様子を教えてくれた。

私から届いた原稿が、前の内容と変わりなかったため、野村さんはわざわざホテルまで確認しにきてくれた。しかし、当然ながら私は部屋におらず、ホテル側に聞いても何も教えてもらえなかったそうだ。

そこで涼也さんに連絡したところ、彼の口から私が入院した事を告げられた、という訳だ。

「それからが大変でしたよ。城崎さんは入院先の病院については教えてくれなかったんです。仕方がないので手あたり次第に救急センターに連絡したんですけど、ご家族でないと教えられないって断られまして。そこで先生のご両親に連絡をして――」

「え、あの二人にまで連絡して下さったんですか⁉」

「ええ。でも残念ながら通じませんでした」

私の両親は海外で技術支援《ぎじゅつしえん》をやっている。不便な場所に行く事が多いから、滅多《めった》に日本に戻ってこないし、連絡もない。最後のメールだって数ヶ月前じゃなかったっけ。そういや涼也さんにも「身内はいない」扱いされてたよね。

「やはり城崎さんに教えてもらうしかないと思って、何度も連絡したのですがね……全く取り合ってもらえなかったんです」

「涼也さん……」

「それでもしつこく電話して会社にも押しかけたら、もう連絡してくるなと睨《にら》まれましたよ……」

涼也さん、野村さんを邪魔してたの!?　怒りが沸々《ふつふつ》と込み上げてくる。

「それで途方に暮れていたところ、こちらの一之宮さんからご連絡をいただいたのです。ミカ先生に会えると」

智子さんが優雅《ゆうが》に微笑み、ティーカップをソーサーに置いた。

「ほら私、おば様とあなたの写真を見たと言ったでしょう?　おば様、あなたとの写真をスマホの待ち受けにしてらして。涼也さんとのお話があった時に応援してる作家さんだと言って見せて頂いたのを思い出したの」

智子さんはペンネームから私の本を出している出版社を割り出し、一つ一つに連絡したそうだ。それで野村さんにぶち当たったと。

「こちらも連絡が取れなくて困っていましたから。城崎さんの事もよくご存じだったので、これは本当だろうと今日ここに来た訳です」

頭の回転が速すぎです、智子さん。

「野村さん、大変ご迷惑をおかけしました……智子さん、連絡を取って下さってありがとうございます。やっぱり、智子さんは探偵に向いていると思いますよ……」

「あら、褒め言葉と受け取っておくわね」

智子さんが私を真っ直ぐに見た。

「それでどうなさるおつもり?　涼也さんがあなたを婚約者だって偽《いつわ》っていた事、もう分かっていらっしゃるでしょ」

「……ええ」

「涼也さんは別荘に戻らなくてもよいとおっしゃったのでしょう？　なら、あなたはこのまま自分の家に帰る事もできますわよ？」

私も紅茶を一口飲んだ。赤と金色が混ざったような色の水面《みなも》をじっと見る。最後に見た涼也さんの顔が目に浮かんだ。

（涼也さん……）

確かに涼也さんは嘘をついていた。実際には婚約者どころか恋人ですらなかった私を騙《だま》して、あの別荘に連れていった事になるんだから。でも……

私はティーカップを置き、真正面に座った智子さんを見た。そしてその右隣に座る野村さんも。

「私、別荘に戻ります」

智子さんの眉がぴくりと上がる。私はぐっと拳《こぶし》を握《にぎ》り締めて言った。

「だって！　涼也さん、原稿を持ってるはずなんですっ！」

階段から落ちた時に持っていた原稿。私の荷物の中にはなかった。野村さんの手にも渡っていないのだとしたら、涼也さんが持っているとしか考えられない。

「せっかく最後まで仕上げたのに！　あれを取り返さないとっ！」

あの原稿は私が朱書きを入れた部分もある。パソコンに残っているデータだけでは再現できないのだ。

拳《こぶし》を震わせる私を見て、野村さんが慌てた様子で言う。

「ミカ先生、あまり無理をなさらないで下さい。原稿の事でしたら、こちらからも交渉しますし」

「……おそらく、あなたが行かないと返さないでしょうね、涼也さんなら」

智子さんが冷静に告げた言葉に、私も深く頷いた。

「原稿があればあなたが戻ってくる、と分かっててやってるのよ、あの人は。だから未香さんを連れ出す事になっても余裕だったのね。そんな腹黒《はらぐろ》の人のところに戻るの、未香さん」

「……これは私がケリをつけないといけない事なので。野村さん、また改めてご連絡します」

私がぺこりと頭を下げると、野村さんは上着ポケットからハンカチを出して汗を拭《ふ》き始め、智子さんは猫のような瞳を少し細めた。再び智子さんがティーカップを持ち上げ、ゆっくりと紅茶を飲む。

「なるほどね。彼が言った通りになりましたわね。約束通り、未香さんをあなたから引き離すような事はしない、とお伝え下さいな」

智子さんは、妖艶《ようえん》としか言いようのない笑みを浮かべて、私を見た。

「どうぞ頑張って下さいね」

「……はい、ありがとうございます」

心配そうにこちらを見る野村さんに、大丈夫ですからと告げた私は、ラスボスとの対決を控え、「必ず原稿を取り返してみせるわっ！」と決意を新たにする。

車は智子さんに用意してもらった。せっかくだから、涼也さんに渡された番号に連絡せずに別荘に向かったらどうか、という提案に乗ったからだ。この程度の意趣返《いしゅがえ》しは当然だと思う。

窓の向こうに流れる景色を見ながら、私は涼也さんと出逢った時の事を回想し始めた。

◇◇◇

「ちょうどよい別荘があるわよ！　未香さんを招待するわ、絶対気に入ると思うの！」

そう言ってくれたのは、城崎桂子《しろさきけいこ》さん――そう、涼也さんのお母さんだ。私がデビューした当時から応援してくれていた方で、新作を出す度に丁寧《ていねい》な感想を下さるので、直接お礼を言いたいと思っていた。サイン会の時に連絡先を交換、個人的にお会いするようになったのだ。

だけどまさか、桂子さんが有名な大富豪の奥さんだとは思わなかった。

桂子さんは私の事を娘みたいに可愛がってくれて、「あなたみたいな娘がいてくれたら、本当に毎日楽しいでしょうね、未香さん」っていつも言ってくれていた。

その桂子さんとお茶をしている時に、私が次回作の悩みを打ち明けたのが全てのきっかけだった。編集の野村さんから言われた一言。

「そろそろ、違うタイプのヒーローに挑戦してみませんか？　今は、狡猾《こうかつ》にヒロインを囲い込んでいくような腹黒溺愛系《はらぐろできあいけい》のヒーローが流行《はや》ってるんですよ。是非、ミカ先生にもそんなヒーローを書いていただきたいんです」

ロマンス小説の編集者として名高い野村さんは、私を見出してくれた恩人でもある。一見普通のおじさんなのだけれど、こと売れる小説に関する嗅覚《きゅうかく》は、編集部一だそうだ。

そんな野村さんに「今まで書いた作品とは違うヒーローを読者も求めてる」と言われた私は、腹黒溺愛系《はらぐろできあいけい》ヒーローのロマンス小説を買って読んでみた。で、自分なりにヒーローの設定を考えてみたんだけど……なんだかしっくりこない。

だって、私の好きなタイプは寡黙《かもく》で不器用、ちょっと孤独なヒーローなんだもの。溺《でき》愛系《あいけい》のヒーローを思い浮かべようとしても、キャラが動き出さないというか。

頭で考えて動かしてる気がする。台詞《せりふ》も取って付けたみたいだし。

コメディ系が多かった作風も変えて、ダークな展開にした。監禁ものにするなら人里離れた別荘がいいのだけど、行った事がない。というような事を桂子さんに相談したら、彼女の別荘に招待してもらえる事になったのだ。

＊＊＊

大勢の人が行き交う駅のロータリー。広場の時計の下で私は桂子さんを待っていた。

荷物は大きなボストンバッグとノートパソコン用鞄。色々動き回るかと思って、今日はジャケットに薄手のセーター、カーキ色のパンツという出で立ちだ。

これなら多少汚れても平気だし、色んなところに潜《もぐ》り込める。できたら、屋根裏とか地下室とか見せてほしいなあ。

そんな事を思いながら、私はきょろきょろと周囲を見回していた。

（車で迎えにきてくれるって、致《いた》れり尽《つ》くせりだよね。本当、桂子さんに感謝しないと）

ちなみに、今回の取材旅行を野村さんに言ったら、「別荘に招待？　凄いじゃないですか、先生！　原稿期待してますよ！」と凄く歓迎《かんげい》された。

（野村さんもえらく燃えていたよなあ……）

よし、期待に応えられるように頑張ろう！　この取材旅行でイメージ固めて、物語のあらすじも完成させるんだっ！　そのために必要なマル秘グッズ、別荘宛てに送らせてもらったしね。

（ただ、桂子さんに中見られたら、死ぬかもしれないけど……）

今まで全く縁《えん》のなかった物だけれど、監禁したりするヒーローなら使うかもしれないって思って。別荘《現場》で使わせてもらったら、イメージ湧きそうだよね。

（作品のためなら、恥ずかしさも捨てるっ！　絶対、書き上げるんだーっ！）

ぐっと拳《こぶし》を握《にぎ》り締めて神に誓う。

「……綾瀬未香というのは、君？」

後ろから聞こえた声に、ぞわりと背中に何かが走った。何、この低くて色っぽい声は!?

「はいっ」

勢いよく後ろを振り向いた私は、目をひん剥《む》いた。頭をがんと殴られたような衝撃《しょうげき》。

思わずちょっとよろめいた私に、不審そうな視線が刺さった。

「な……」

口をぱくぱくさせて、目の前の人を見上げる。

（この人だ！　ここにヒーローがいたっ……！）

眉を顰《ひそ》めて不機嫌そうに突っ立っていたのは、小柄な私よりも三十センチ以上背が高そうな男性だった。さらりとした前髪が眉に掛かっている。今まで見た事もない程、整った顔立ちだ。

長いまつ毛にきりっと引き締まった唇も色っぽい。黒の革ジャンの下は結構肉厚っぽい気がする。

(うわああああああっ!)

イメージが一気に湧いて来る。ドSだ、絶対ドSだっ!　この不機嫌そうな様子も、いい!

それで、ヒロインにだけ甘い顔見せて……ううん、違う。ヒロインにも冷たい態度を取るんだ。それで……

「おい。綾瀬未香でいいのか?」

「うわあああ、はははいいいいいっ!」

設定を考えていた最中に声を掛けられた私は、思わず叫び声を上げてしまった。

ううう、ますます不審者《ふしんしゃ》を見る目付きになったっ……!

「母に言われて迎えにきた。城崎涼也だ」

「綾瀬未香です。あの……わざわざありがとうございます」

「母は別荘で待っている。客を迎える準備をすると言ってな」

「そう、ですか」

涼也さんは、「あちらに車を停めてるから」とさっさと歩きだした。私も慌てて後を追ったけれど、この人とはコンパスが違いすぎて小走りになってしまう。

（うわあ、いいわあいいわあ！　監禁とか似合いそう、この人！）

妖《あや》しく微笑む涼也さんを想像し、ぐふふと笑みを漏《も》らしていたら、先に歩いていた涼也さんが振り返ってこっちを見ていた。

（あ、いかんいかん）

私は口元を引き締めた。どこでもすぐに妄想の世界に浸《ひた》ってしまう私は、周りの人に怪訝《けげん》な目で見られる事がよくある。注意しないとっ。

「わあ！　ランドローバー！」

涼也さんの奥を見て、私は思わず声を上げた。濃いシルバーのランドローバーは、がっちりしていて高級そうだった。涼也さんは助手席側のドアを開けた後、すっと手を差し出した。

「へ？」

「荷物を乗せる」

「あっはい」

一応紳士なのかな？　私はボストンバッグを彼に渡し、助手席に乗り込む。後部座席にバッグを置いた涼也さんは、運転席に乗り込み、ドアを閉めた。

「うわあ」

内装もなんか高級そうだよ！　座席のクッションもちょうどいい硬《かた》さだし、この白いシートは本革《ほんがわ》ってやつじゃないの？　手触りを確かめていると、ぬっと大きな手が私の目の前を横切った。

「ふえ!?」

間抜《まぬ》けな声に、涼也さんが目を見張《みは》ったが、すぐにまた無表情に戻る。

「……シートベルトを締めるだけだ」

「う、は、はい」

うわあ、ドアップに耐えられるイケメンって凄い……と私が感嘆《かんたん》している間に、さっとシートベルトを留めた涼也さんは、流れるような動きで車を走らせた。

窓の外の景色は、街中から郊外《こうがい》、そして山の中へと変わっていく。その間、車内はずっと沈黙が続いていた。ちらと涼也さんを見ると、身体中から「歓迎《かんげい》してない」って意思が伝わってくる。

（そういえば息子は女嫌《おんなぎら》いだって桂子さん言ってたっけ……）

こんなイケメンで女嫌《おんなぎら》いってもったいないなあ、モテるだろうに。ぼんやりとそんな事を思っていた私に、突然天啓《てんけい》が降りてきた。

（そうだ、モデルとして協力してもらえばいいじゃない！）

女嫌《おんなぎら》いって事は、きわどい話をしても、その気にならないって事だよね。ポーズとか取ってもらえると、物凄く参考になる。

（うーん、なんとか頼めないかなあ）

涼也さんの綺麗《きれい》な横顔を見つめる。

（いい！　凄くいい！）

涼也さんを見てるだけで、ヒロインを熱く冷たく支配する男性の姿が浮かんでくる。

そうそう、ヒロインは純情で健気《けなげ》で、そんな彼女を騙《だま》して閉じ込めるのが……


――やっとお前を手に入れた。もう二度と逃がさない。


（うああああああああ！）

涼也さんにぴったり！　思わず叫びそうになった。は、鼻血出そう。

（ああ、書きたいっ）

指がむずむずと動きだす。頭の中で、色んなシーンが目まぐるしく動く。冷たい態度のヒーローはどうしてヒロインを監禁するのか……

「――おい」

「やっぱり復讐《ふくしゅう》がいいかなあ……それとも痴情《ちじょう》のもつれ……」

「おい、聞いてるのか？」

「うわあああ、はははいっ！」

しまった、また浸《ひた》りきっていた！　私は慌てて涼也さんを見た。あ、珍獣《ちんじゅう》を見るような目をしている。

「着いたぞ」

「ふへ？」

いつの間にか車は停まっていた。「あ、ありがとうございます」と余所《よそ》いきの笑顔をしながら、ドアを開けて、砂利の地面に降り立つ。

「うわ……っ！」

目の前に建つ、赤い三角屋根の別荘を見た私は、あんぐりと口を開けた。白い壁に縦に長い窓があり、イギリス風ホテルを思わせる。正面には手すり付きの階段があり、その上には木のドアがあった。

「これ……ミステリーによく出てくる別荘……！　連続殺人が起こって、名探偵が解決する舞台そのものだわ！」

「ぶっ」

私が感動してる後ろで、噴《ふ》き出すような音が聞こえる。振り返ると、ボストンバッグを持った涼也さんが顔を横に向けていた。

「あの？」

私が声を掛けると、涼也さんは顔を上げ、「行くぞ」と言ってすたすたと歩き始める。

顔はまた無表情になっていた。

（こっそり盗み見るのはいいわよね）

前を歩く涼也さんの肩幅は広い。すらっとした体形だけど、胸板は厚そうだ。着やせするタイプなのかな。背も高いし、スタイル良いし、セレブだし、うわー絶対モテるはず！

（体験談聞きたいなあ……でも女嫌《おんなぎら》いって事は、全部フッてきたって事？）

――涼也さん、私あなたの事がっ……！

――済まないが、俺はあなたに興味がない。では。

――涼也さんっ……！

冷たい目をして美女を袖《そで》にする涼也さん。似合いすぎるっ……！

「んぷっ」

階段の前で立ち止まった涼也さんの背中に、顔が埋まった。しまった、前見てなかった。

「すすす、すみませんっ」と慌てて離れると、振り向いた涼也さんは「なんだ、こいつ」と言いた気な顔をしていた。

「お前、変な女だな」

「え？」

「言っておくが……」

涼也さんが私を見下ろす目は、冷ややかだ。ドSヒーローの視線だ！　思わず彼の瞳をじっと観察してしまう。

「は、はい」

「母に何を言われたのかは知らないが、無駄《むだ》な望みは持たないでくれ。俺は女に興味はない」

「興味がない⁉」

思わず涼也さんに詰め寄ると、彼の口元がぴくりと動いた。

「本当ですね⁉　女性に興味ないんですね⁉　それじゃあ私が何をしても何を言っても、その気にならないって事ですよね⁉」

「あ、ああ……」

鼻息荒く畳《たた》み掛ける私に、涼也さんは目を見開いている。このチャンスを逃してなるものですかっ！

　私はここぞとばかりに、満面の笑みを浮かべて見せた。

「興味がない方が、私としても好都合《こうつごう》です！　お願いします、原稿のために協力して下さいっ！」

「――は？」

　涼也さんは口を開けて、懇願《こんがん》する私の顔を見ていた。

　私はもう一度必死に訴える。

「切羽詰《せっぱつ》まっているんです！　お願いします！　本当に理想なんです、あなたがっ！　だって――」

（だって、本当に理想的なドSなの……！　そのしかめっ面も、嫌《いや》そうな態度もっ……！）

「何……」

　涼也さんが何かを言い掛けた時、階段の方から声がした。

「まあ、未香さんいらっしゃい！　さあ、早く入って頂戴《ちょうだい》。涼也さんも」

　階段の上を見上げると、にこにこと笑って手を振る桂子さんの姿が目に入る。

「桂子さん！」

「母さん」

　すっと涼也さんが無表情に戻り、とっとと階段を上《のぼ》っていく。私も慌ててその後を追いかけた。

階段を上がりきると、玄関の前はちょっとしたウッドデッキになっていて、白いストールを羽織った桂子さんが微笑んで立っている。薄いピンク色のハイネックセーターに暖かそうな生地のスカート。いつもながら上品な出で立ちだ。

「こんにちは、桂子さん。こんな素敵な別荘に招いて下さって、ありがとうございます」

私がそう言って挨拶すると、桂子さんが嬉しそうに笑った。

「今か今かと待っていたのよ、未香さん。涼也さん、ここまで連れてきてくれてありがとう。ね、未香さん可愛らしい方でしょう?」

「ソウデスネ」

「え、こいつが可愛らしい?」という涼也さんの心の声が聞こえてくるような、そんな目付きだ。涼也さんに見下ろされた私は、ははと乾いた笑いを浮かべる。

「本当に来てくれて嬉しいわ。ここでゆっくりとお話ししましょうね。ああ、そうそう。未香さん宛てに届いた荷物は部屋に運んであるから、後で見て頂戴《ちょうだい》ね?」

「はい、ありがとうございます」

私の両手を握《にぎ》り締めて笑う桂子さん。そんな桂子さんをちらと見た涼也さんは、更に胡散臭《うさんくさ》そうな目で私を睨《にら》む。

（あああ、蔑《さげす》むようなその目付き！　本当に理想だわ！　これぞドSの視線……！）

涼也さんをモデルにしたら、今まで書いた事のないヒーローが書けそうな気がする！

これはなんとしてでも彼を口説かなくては。別荘の中に入りながら、そんな事を私は思っていた。


「うわあ……！　本当に推理ドラマに出てくる別荘そのもの……！」

私は目を見開いて、あちらこちらに視線を投げた。二階まで吹《ふ》き抜けの広間。二十畳以上ありそうな広間の真ん中には、大きなストーブが設《しつら》えられている。奥にある二階への階段は少しカーブしていて、犯人が上から下りて来そうな雰囲気だ。

「容疑者《ようぎしゃ》全員をこの場に集めたイケメンの探偵が、『犯人はこいつだ！』って言いそう！」

「ぶっ」

「ん？」

振り返ると、涼也さんがまたなんとも言えない表情でこっちを見ていた。桂子さんが
「まあまあ、未香さんらしいわねえ」と優しい声で笑う。

「ここには地下にプールもあるの。この辺《あた》りは地熱が高くてね、温水プールになっているのよ」

地下に温水プール！　さすがセレブの別荘！　胸がわくわくする。

「凄いですね、色々拝見《はいけん》したいです！」

うふふと笑う桂子さんは、本当に可愛らしくて少女のようだ。桂子さんがこの背の高いドS男の母親だという事実が、なんとも不思議。

「そうそう」と桂子さんがぱんと手を打った。

「未香さんに見てもらいたいものがあるのよ。ねえ、来て頂戴《ちょうだい》」

桂子さんに腕を引っ張られるようにして連れて行かれたのは、階段の左奥にある木のドア。桂子さんと一緒に中に入った私は、「わあっ……！」と声を上げた。

背の高い棚にずらりと並べられた、本、本、本。色んな種類の本が揃《そろ》っている。

「図書館並みの蔵書《ぞうしょ》ですね！　わあ、絶版《ぜっぱん》になった本まである！」

「やっぱり未香さんには、ここの価値が分かるのね。嬉しいわ」

興奮気味《ぎみ》に辺《あた》りを見回す私に、桂子さんがゆっくりと説明してくれた。

「私も夫も本好きなの。集めてたらこんな感じになってしまって」

入り口から奥に向かって縦に三つ並んでいる本棚のうち、桂子さんが二番目の棚の通路に入っていく。

「この辺《あた》りが私のお気に入りなのよ」

桂子さんが指さした棚には、ずらりと華やかな背表紙が並んでいた。見覚えのある本ばかり。

「恋愛小説がこんなに……あ！」

私は目を見張《みは》った。棚の一角に並ぶ「堂本ミカ」の文字。今まで出した本が全部ある。

桂子さんが悪戯《いたずら》っぽく笑う。

「ミカ先生のサイン本。私の宝物よ」

「桂子さん……」

じーんと胸の奥が温かくなった。改めて感謝の気持ちが込み上げてくる。

「これか？」

ひょいと長い腕が私の後ろから伸び、一冊を抜き取った。

「涼也さん⁉」

振り返ったすぐ後ろに涼也さんが立っていた。うわ、後ろにいたのに気が付いていなかった……本に夢中で。パラパラと私が書いた小説を捲《めく》る涼也さんを見るのが、物凄く居たたまれない。

「ふーん……」

ナンデスカ、そのしらっとしたような目は。むっとした私が涼也さんを睨《にら》むと、涼也さんもじろりと睨《にら》み返してきた。そんな私達に気が付かないのか、桂子さんの声はあくまで楽しそうだった。

「未香さんの作品はね、ストーリーも面白いけれど、ヒーローが素敵なのよ。私も若かったら、こんなヒーローに迫られてみたかったわ」

「母さん」

涼也さんがはあと溜息《ためいき》をついて、本を元に戻した。涼也さんと桂子さんが並ぶと、身長差が目立つ。私と桂子さんは同じくらいの身長だから、私と涼也さんもこれくらいの差があるのね。

「夢を見るのも結構ですけどね、大概《たいがい》にして下さい。父さんが拗《す》ねるでしょう」

「あら、それくらいのスパイス、結婚生活には必要なのよ」

うおう！　今の台詞《せりふ》、心のメモに書き留めておこう。どこかで使えるかなあ……。指がむずむずと動く。

「あの、桂子さんのご主人ってどんな方なんですか？」

わくわくしながら聞いてみると、桂子さんが少しだけ頬を染めた。本当に桂子さんは庇護欲《ひごよく》をそそられるような女性だ。

「夫とは幼馴染《おさななじみ》なのよ。親同士が知り合いだったから、そのご縁《えん》でね」

「幼馴染《おさななじみ》婚ですか⁉　うわっ、その辺《あた》り詳しくお聞きしたいです！」

「まあまあ、ふふふ」

「……母さん。彼女はまだ荷物も解《と》いていないんですよ。部屋に案内する方が先でしょう」

冷静な涼也さんの声が割り込んでくる。むむ、両親の馴《な》れ初《そ》め話って照れくさいのかなあ？

（後でこっそり聞こう……）

「あら、ごめんなさいね、未香さん。疲れているのに私ったら」

しゅんとなった桂子さんに、私は首を横に振った。

「いえ、そんな。あの、ここの本お借りしてもいいのでしょうか？」

「もちろんよ、お好きな本を読んでね」

「ありがとうございますっ！」

思わず笑みが零《こぼ》れる。本読み放題《ほうだい》！　この別荘に一ヶ月ぐらい籠《こも》りたい。じっくり読んで、それで書いて……あ。

（そうだ、涼也さん……！）

ちらと涼也さんを見ると、彼は何か言いたそうな顔をしていた。でも、今しかない。

涼也さんと真正面に向き合った私は、真っ直ぐに彼を見上げる。

「あの、涼也さん」

「なんだ」

冷たい視線。でも負けないっ！　私は覚悟《かくご》を決め、顎《あご》を上げた。

「お願いです、さっきも言いましたが小説のモデルになっていただけませんか。涼也さん、次回作のヒーローのイメージにぴったりなんです」

「な」

息を呑んだ涼也さんの隣で、桂子さんが嬉しそうな声を上げた。

「まあああ！　素敵！　是非協力してあげなさいな、涼也さん」

「母さん、一体何を……」

眉を顰《ひそ》めた涼也さんが、桂子さんを見下ろす。

すると桂子さんが口をちょっと尖《とが》らせた。

「だって涼也さんたら、恋人も作らずに仕事ばっかり。恋愛小説家の未香さんに、少しでも女心を教わったほうがいいわ」

桂子さんはしかめっ面の涼也さんを見ても、全く動じなかった。にっこりと天使の笑みを浮かべて、涼也さんを見上げる。私はどきどきする胸を押さえながら、二人のやり取りを見守っていた。

「私、涼也さんをモデルにしたお話、読んでみたいわ！」

きらきらと目を輝かせる桂子さんに無表情の涼也さん。二人の視線が交差する。

私に視線を一瞬投げた涼也さんが、はあと深い溜息《ためいき》をついて両手を上げた。

「……分かりましたよ、母さん。協力すればいいんでしょう」

「あ、ありがとうございますっ！　このご恩は一生忘れませんっ！」

内心万歳《ばんざい》をしながら頭を下げた私に、涼也さんの冷《ひ》え冷《び》えとする視線が突き刺さった。

若干《じゃっかん》、胸の奥が痛んだけれど、背に腹は代えられないもの。すみません。

「奥様」

入り口の方を見ると、お手伝いさんらしき人がこちらに向かって歩いてくる。軽くお辞儀《じぎ》をした彼女は、桂子さんに携帯を手渡しながら言った。

「旦那様からお電話が入っております」

「まあ、あの人から？　何かしら……。あ、ごめんなさいね、未香さん。どうぞゆっくりしていってね」

「はい、ありがとうございます」

桂子さんがお手伝いさんと一緒に図書室から立ち去ると、沈黙が私と涼也さんの間に流れた。私を見下ろす涼也さんは妙に迫力がある。

「じゃあ、私は部屋に――」

一歩踏み出した私は、目を丸くした。

「……へ？」

涼也さんの手が、私の左の二の腕を掴《つか》んでいたのだ。そのままぐいっと引っ張られて、背中を本棚に預ける姿勢になっていた。目の前には、ちょっと屈《かが》み込んでいる涼也さんの顔がある。彼の両腕が、檻《おり》みたいに私を囲む。

「え、壁ドン？」

いや、「本棚ドン」かもしれない。涼也さんがじろりと私を睨《にら》む。

「なんだそれは」

「いえ、こっちの話です」

涼也さんを見上げると、綺麗《きれい》な顔が不機嫌そうに歪《ゆが》んでいた。

「お前、さっきのわざとだろう」

「ふへ？」

涼也さんの目がすっと細くなった。

「モデルの話だ。わざと母さんの目の前で話を持ち掛けて、俺が断れないようにした。そうだよな？」

「あ、バレてましたか」

この人、頭がいい。隠し事はしない方が賢明《けんめい》だろう。私はグッと拳《こぶし》を握《にぎ》り締める。

「お願いします、本当に困っているんです。今までとは違うタイプのヒーローをって言われているんですけど、イメージが固まらなくて。でも涼也さんがモデルなら書ける気がするんです！」

私の手はいつの間にか、涼也さんの胸元の辺《あた》りをがしっと掴《つか》んでいた。

「女嫌《おんなぎら》いの涼也さんに絶対に迫ったりしませんから！　興味があるのは『モデルとしての涼也さん』だけで、男性として興味がある訳ではありませんから！　心配ご無用です！」

　黙ったままの涼也さんに、私は一気に畳《たた》み掛ける。

「決して、睡眠薬《すいみんやく》飲ませて寝込みを襲《おそ》ったり、無理やり既成事実《きせいじじつ》を作ったりしませんから！　涼也さんとそんな関係になりたいだなんて、これっぽっちも思ってませんから！　本当に全然興味ないですから！」

　私の迫力に押されたのか、涼也さんが一瞬怯《ひる》んだ。よし、もう一息《ひといき》！　私は手に力を込め、涼也さんを見上げる。間近《まぢか》で見る彼の顔は、彫刻みたいにとても綺麗《きれい》だ。少し開いた唇が、なんだか色っぽい。

「お願い……！」

　涼也さんが息を吸うのと同時に、ドアが開く音が聞こえる。

「涼也様、奥様がお呼び……」

　声の方を向くと、お手伝いさんが入り口で固まっていた。

（あ！　しまった！）

　まだ両手は涼也さんの胸元をしっかりと掴《つか》んでる。私は慌てて手を離した。涼也さんがゆっくりと上半身を起こして入り口の方を見る。

「食堂でお待ちです。お客様もご一緒にとの仰《おお》せです」

「分かった。すぐ行く」

すたすたと歩き始めた涼也さん。足速いよ、この人！　全然待ってくれない涼也さんと、その前を歩くお手伝いさん。私は小走りで二人を追いかけたのだった。


「ごめんなさい、未香さん。せっかく来てもらったのに」

食堂に入ると、困り切った様子の桂子さんがいた。

ごめんなさいってどうしたんだろう？　と考えていると、衝撃《しょうげき》の事実が告げられる。

なんと桂子さんのご主人から、急に帰ってきてくれと連絡があったらしい。事情は分からないけど、そういう事なら仕方ない。

「いえ、別荘の中を案内してもらっただけで十分ですから」

桂子さんが帰るって事は、私も帰らないと。

(あ、マル秘グッズはどうしよう。封《ふう》を開けずにまた送り返してくれって頼めばいいかな)

そんな事を思っていたら、桂子さんが私の隣に立つ涼也さんを見上げて、にっこり笑いながらとんでもない事を言った。

「ねえ、涼也さん。私の代わりに未香さんに協力してもらえないかしら」

「へ？」

「母さん⁉」

涼也さんを見上げると、ちょっと焦《あせ》ったような表情を浮かべていた。桂子さんが更に言葉を重ねる。

「未香さん、スランプ気味《ぎみ》で困っているって。だから、少しでも力になりたいのよ。ここならきっと、未香さんも落ち着いて執筆できると思うわ」

「しかし……」

優し気《げ》な桂子さんは、結構強引だった。

「涼也さんはここでも仕事できるでしょう？　それに、あなたは最近働きすぎだから気になっていたのよ。少し息を抜いたらどうかしら」

「……」

涼也さんはしばらく黙った後、私の方を向いた。その瞳は、無関心とは違うけれど、何を考えているのかよく分からない色をしている。

「ここにいたいのか？」

私はごくりと唾《つば》を呑み込み、恐る恐る言った。

「その……お、お邪魔《じゃま》でなければ」

できれば、もっと中を見て回りたい。実際にポーズ取ったりして、リアリティを感じたい。そう思いながら涼也さんをじーっと見つめると、彼は少し目を逸《そ》らし、はあと溜《ため》息《いき》をついた。

「分かりましたよ。ホストとしての役割を果たせばいいんでしょう？　代わりますから、早く父さんのところに戻って下さい」

「ありがとう、涼也さん」

「あ……ありがとうございますぅぅぅっ！」

鼻息荒く拳《こぶし》を握《にぎ》り締めた私は、思わず叫んでいた。これで存分《ぞんぶん》に涼也さんも観察できるっ！

「じゃあ、お願いね涼也さん。未香さん、こんな事になってしまってごめんなさい。何かあったら、遠慮《えんりょ》なく涼也さんに言ってね」

「はい、ありがとうございます！」

遠慮《えんりょ》なく。なんて魅力的《みりょくてき》な言葉だろう。さっそく涼也さんにやってもらいたいポーズが、あれやこれやと浮かんできた。ああ、お風呂とかプールとか、こう手を掛けて……ぐふふ。

「お前、良からぬ事を考えているんじゃないだろうな」

「ひえっ!?」

耳に入ってきた低い声。いつの間にか涼也さんが屈《かが》み込み、私の左耳に唇を近付けている。

（いいい、息が当たってるーっ！　し、心臓《しんぞう》に悪い……！）

さっと涼也さんから離れると、彼はおやと片眉を上げた後、含み笑いをした。

「涼也さんも未香さんを気に入ったみたいね、嬉しいわ。じゃあ、後は任せたわ、涼也さん。未香さん、ゆっくり楽しんでいって頂戴《ちょうだい》ね」

「は、はい」

その後、十五分ぐらいで黒塗《くろぬ》りの高級車が到着し、桂子さんとお手伝いさんが乗り込む。桂子さんは名残《なごり》惜しそうに手を振って帰っていった。

こんな山の中でもすぐに車が来るんだなあ、と思っていたら、なんと別荘のすぐ近くに専用車を待機させる場所があるのだとか。だから呼べばすぐ来たのか。お金持ちは凄すぎる。

ちなみに、お手伝いさんは桂子さん付きのお手伝いさんだったため、一緒に帰ったんだそう。この別荘の管理人さんは怪我をしてお休み中で、代わりの人はまだ見つかってないらしい。

こうして、微妙な雰囲気の涼也さんと私だけが残されたのだった。

＊＊＊

「ふう……」

大きな夜空色のバスタブに浸《つ》かりながら、私は手足を伸ばしていた。紺色《こんいろ》のタイルが敷き詰められたお風呂場は、なんだか宇宙の中にいるような気分になった。

ぷくぷくぷく。広いバスタブに沈むと、ちょっと視野《しや》が変わる。バスタブの向かいの壁に取り付けられた大きな鏡。縁どりが金色のシャワーや蛇口《じゃぐち》。シャンプーやリンスは、何千円しそうなブランド高級品。視線を動かしながら、色々と考えていた。

涼也さんと食べた夕食は、とても美味《おい》しかった。もしかしたら、味も分からないくらいの雰囲気になるんじゃないかと思っていたから、良かった。涼也さんは意外にも冷静で、帰ったお手伝いさんの代わりに食事を給仕《きゅうじ》してくれたり、私の質問に答えてくれたりしていた。

「この調子だと、順調に取材が進みそう」

立ち上がると、水音を立ててお湯が揺れた。バスタブのへりを掴《つか》んでみる。

ふうん、厚みはこれくらいなんだ。高さは私の腰よりも低い。

「バスタブでとなると、こんな感じ……？」

手に体重を預けて、お尻を突き出す格好をしてみる。前の鏡を見ると、四つん這《ば》いに近いポーズの私が映っている。胸がたゆんと揺れた。

「これなら後ろからだよね。えーと、後ろに立って、手を前に回して……」

やっぱりピンとこない。よし、涼也さんに協力してもらおう。そしたら、身体の高さとか手の位置とかが明確に分かるよね。私は曲《ま》げていた腰を真っ直ぐに戻した。

「服着たままバスタブに入ってくれって言えば、誤解《ごかい》されないよね？」

女嫌《おんなぎら》いだって言ってたし、こちらも襲《おそ》わないって約束したんだから、きっと大丈夫。

私はバスタブから出て、じろじろと周囲を観察した後、お風呂場を後にした。

水玉模様のパジャマを着て部屋に戻ると、大きなベッドにごろんと転《ころ》がる。ああ、天国だなあ。

――コンコン

（……ん？）

ベッドから起き上がりドアを開けると、涼也さんが立っていた。私を見下ろす涼也さんの瞳が、きらりと光った気がする。

「明日の朝、何時ごろに起きるつもりだ？　今ここには俺達しかいないからな、朝食も作る事になる」

「七時ごろにキッチンに行けばいいですか？　その、あまりお料理は上手じゃありませんが……」

涼也さんの視線が少し下に移ったかと思うと、ふっと私から離れていった。

「……分かった。じゃあその頃に。お休み」

「はい、お休みなさい」

ぱたんとドアを閉めた後、私は大きく伸びをして、再びベッドに転《ころ》がったのだった。

＊＊＊

私は無言で広いキッチンに立っていた。ステンレスの大きな台が真ん中にあり、レストランの厨房《ちゅうぼう》みたいなキッチンだ。涼也さんは本格中華が作れそうなコンロの前に立ち、鉄のフライパンを軽々と扱っている。ジュージューとベーコンが焼ける音と、美味《おい》しそうな匂いが充満《じゅうまん》していた。

「手際《てぎわ》いい……」

「一人暮らしが長いからな。といっても簡単な物しかできないが」

私は流し台の横の作業スペースを見る。そこに置かれたお皿の上には、卵黄《らんおう》部分が破け、ベーコンが黒焦《こ》げになった私作の料理があった。申し訳ないけれど、これは捨てるしかないだろう。

私が重そうにフライパンを持つのを見ていた涼也さんが、「お前はどいてろ」と押しのけて、今に至る。

「じゃあ、何か飲み物用意しますね」

できる人にやってもらった方がいい。私はさっさと諦めて、お茶の準備をする。ポットのスイッチを入れ、お湯が沸く間に、茶葉を取り出した。四角い金色の缶に青いロゴ。おお、有名店の茶葉だ。棚からマグカップを二つ取り出した時、ピーッと電子音が鳴った。

「ふわあ……」

マグカップにお湯を注《そそ》ぐと、柑橘系《かんきつけい》っぽいいい香りが広がった。茜色《あかねいろ》と黄金色が混ざったモーニングティーは、とても味わい深そうだ。

「できたぞ。ここに載《の》せろ」

いつの間にか大きめの銀色トレイが用意されていて、その上に白いお皿が二つ並べられている。目玉焼きの下から覗くベーコンの焦《こ》げ目が美味《おい》しそうだ。付け合わせにニンジンやキュウリのピクルスまで添えられている。パン籠《かご》の中には柔らかそうなロールパンが入っており、まるでホテルの朝食みたいだ。

「涼也さん、料理番組する気ないですか。イケメンがフライパンを操《あやつ》って、綺麗《きれい》に盛り付けするの、絶対に受けますから」

マグカップをトレイに載《の》せながら真面目にそう言うと、涼也さんは「……こいつ天然か？」と呟いた。

「食べながらお前の話を聞く。モデルになってほしいんだろ？」

「は、はい！」

そうだよ、本題から逸《そ》れちゃだめだ。涼也さんをモデルに、今まで書いた事のない超ドSなヒーローを書くんだから！

「よろしくお願いしますっ！」

鼻息荒くお辞儀《じぎ》をした私に、涼也さんはなんとも形容しがたい笑顔を見せた。私は期待に胸を膨《ふく》らませながら、トレイを持って食堂に向かう涼也さんについていく。

「美味《おい》しいーっ」

「そうか」

広いテーブルで二人きり、向かい合って食べる朝食はとても美味《おい》しかった。ロールパンはふっかふかで甘くて、涼也さんが言うには、美味《おい》しいと評判《ひょうばん》のパン屋さんから仕入れて冷凍庫《こ》に保管しているらしい。焼き立てみたいな食感に、私ははむはむと口を動かした。黒焦げじゃないベーコンエッグも、フォークを入れたらとろりと黄身が流れ出て、塩加減もちょうど良い。黒コショウが利いてて、本当に美味《おい》しいなあ。

「ご馳走様《ちそうさま》でした！　美味《おい》しかったです」

「ああ、ご馳走様《ちそうさま》」

食後のストレートティーを飲んでいる涼也さんは生成《きな》り色のサマーセーターにジーンズ姿だ。右手でティーカップを持ってるだけで、様《さま》になってる。

私はちらと自分を見下ろした。だぼっとした長袖黒Tシャツに綿パンツという格好だ。同じくラフな格好をしているのに、どうして涼也さんには溢《あふ》れんばかりのセレブ感があるのか。これが生まれ育ちの違いなのか。

「で？　俺は何をすればいいんだ？」

涼也さんの声に、私はティーカップを置いてうーむと腕を組んだ。どうしてもやってほしい事が二つばかりあるけれど……引かれないだろうか。

（いや！　やるって決めたんだからやる！）

私は腹をくくって、涼也さんの方に身を乗り出した。

「涼也さん！　私と一緒にお風呂に入って下さいっ！」

「ぶはっ」

ストレートティーを噴《ふ》きかけた涼也さんが、げほげほと咳き込んでいる。勢いで言っちゃったから、もう後には引けない。ぐいっとミルクティーを飲み干した私は、手をついて立ち上がった。

「さっそく行きましょう！　思い立ったが吉日ですから！　あ、食器は食洗機に入れておきますねっ」

「あ、ああ」

呆然《ぼうぜん》としている涼也さんの食器も片付けた私は、残された彼がどんな顔をしていたのか、全然見ていなかった。

「……ですから、ヒーローとヒロインがお風呂場で絡《から》むんですよ。で、やっぱり広いバスタブでかなって思って」

私は今、空《から》のバスタブを見つめながら、涼也さんに状況を説明していた。

「服を着たままでいい」って言っていなかったから、涼也さんは一瞬焦《あせ》ったそうだ。いくらなんでも、ヌードモデルになれとは言いませんって。

「お湯の浮力《ふりょく》があるし、楽だと思うんですよ。でもこう、立ったまま二人で絡《から》むというのも……」

涼也さんは腕を組んでバスタブをじっと見ている。涼也さんの素足を初めて見たけど、爪の形まで良い。

「どう思います、涼也さん?」

「俺に聞くのか?」

なんでビミョーな視線を向けるんですか?

「だって涼也さんイケメンだしセレブなんだから、女性経験はあるでしょう? だったらお風呂場での経験の一つや二つ……」

「ここではない」

きっぱりと否定した涼也さんの顔からは、何を考えているのか読み取れない。でも女性経験を否定しなかったって事は、涼也さんの女嫌《おんなぎら》いはモテすぎて嫌《いや》になったパターンかなあ。

「じゃあ、一緒に中入ってもらえますか？　鏡に映る二人っていうのを描写《びょうしゃ》したいんです」

「分かった」

ひょいとバスタブのふちを跨《また》いだ涼也さんに続いて、私も入る。私が前で涼也さんが後ろ。やっぱり二人入ってもまだゆとりがある。

「ここだと、私がバスタブのへりを持って、後ろに涼也さんが立つ格好になるのかなって」

「こうか？」

大きな手が後ろから伸びてきて、ウエストに巻き付いた。そのまま腰を引かれつつ背中を押された私は、思わずつんのめって、両手でバスタブのへりを掴《つか》んだ。

「これで見てみろよ」

「ひあっ⁉」

右耳に息が掛かったんですけど！　首をすくめながら前を見ると――

「ひゃあ！」

私の背中に圧《の》し掛《か》かるような涼也さん。綺麗《きれい》な顔が右肩に埋まっていて、唇が首筋の肌に触れている。前髪が当たってちょっとくすぐったい。前のめりになっている私のおへその辺《あた》りを、大きな右手が抱《かか》えている。鏡に映る絡《から》み合う二人の姿は、なんとも煽情《せんじょう》的《てき》な眺めだった。

「ここここ、これですっ！　私が求めていたポーズはっ！」

くすりと笑う声がしたけれど、私の頭の中には妄想が一瞬にして広がっていた。

（このまま、強引に後ろから攻められて、お湯がたぷんと跳ねてバスタブから溢《あふ》れて……背中とか舐《な》められちゃうのもいいかなあ……それとも腰を掴《つか》まれてこうガンガンと……）

「ん？　……んんん？」

何かが私の妄想を阻害《そがい》した。ふと現実に意識を戻すと――

「ちょ、ちょっと涼也さん!?」

「なんだ？」

掠《かす》れた低い声に背筋《せすじ》がぞくりとした。

（なんか変だと思ったらーっ！）

「ななな、なんで私の胸、揉《も》んでるんですかーっ！」

いつの間にか涼也さんの左手が、後ろから私の胸を掴《つか》んでいる。しかも指、くい込んでません!?

「ひゃんっ!?」

先端をきゅっと抓《つま》まれて、とっさに後ろを振り返った私が見たのは、にやりと笑う涼也さんの猟奇的《りょうきてき》な笑顔だった。

小説と同じシチュエーション。捕食者《ほしょくしゃ》の笑みを浮かべたイケメンが、後ろから胸を掴《つか》んで腰を押し付けて、攻めてくる姿が鏡に映ってるっ……！

（おかしい。どう考えてもこの状況はおかしい！）

「ど、どうして!?　だって涼也さん……」

「どうしてってお前――」

「ひゃ！」

人の首筋で溜息《ためいき》をつかないで下さいっ！　生温かい息が当たるでしょうが！

「この状況で手を出さない男はいないだろうが。丸くて柔らかそうなご馳走《ちそう》が、手の届くところで揺れてるんだぞ？　……お前結構あるよな」

手のひらを広げて、たぷんたぷんと人の胸の重みを確認しないで下さい！

「それ言わないでーっ、コンプレックスなんですから！」

童顔《どうがん》で小柄なのに、胸だけ大きいという体形のせいで、今までどれだけ痴漢《ちかん》と闘ってきた事か！　胸ばっかり注目されるし、嫌《いや》だったんだから！

「ひゃ、ああっ」

「いい感触だ。お前リアリティを求めてるんだろ？　だったらリアルに感じておけばいいだろう」

背中に涼也さんの熱がじわりと伝わってくる。

「そそ、そういうのはっ、妄想だからいいんであって、別に実現しなくてもっ……！」

私が手足を動かそうとしても、体重を乗せられてしまうと、涼也さんには歯が立たない。振り返って仰《あお》ぎ見る。

「りょ、涼也さん、女に興味ない、迫っても無駄《むだ》だって言ってたじゃないですかっ！　なんで、こんな事……」

涼也さんの目が少しだけ大きくなった。じっと見つめる目が私を震えさせた。

「ああ、確かにな。財産目当てに寄ってくる女には興味ない。だが――」

彼の薄い唇が弧《こ》を描く。なのに笑っていない目。綺麗《きれい》な黒い微笑みに、魂が口から抜け出しそうになった。

「――お前には、興味がある」

獲物《えもの》を見据《みす》えた肉食獣《にくしょくじゅう》のような視線が怖いっ……！

「ふぎゃああ！」

腰を掴《つか》まれて反転《はんてん》させられた私は、そのまますとんと腰を下ろす。正確には、脚を投げ出して座る涼也さんの太股《ふともも》の上に跨《また》ぐように座らされた。視線は同じくらいだ。涼也さんの左手が私の背中に回り、右手は私の左頬に当てられる。

「た、対面座位ーっ⁉」

と叫ぶと、涼也さんがぐいっと私の身体を引き寄せた。

「この姿勢もいいだろ？　ほら、こんな風《ふう》に柔らかさを堪能《たんのう》できる」

うわ！　絶対経験者だわ、この発言！

「ひゃ、あああっ、やだっ」

「柔らかいな、いい匂いがする」

涼也さんは私の胸の間に顔を埋めながら、くんくんと匂いを嗅《か》いでいる。鼻を擦《こす》り付けるのやめてーっ！

「同じボディソープじゃないですかっ！　一緒ですよ、匂いはっ！」

涼也さんの肩に手を当てて、なんとか押し戻そうとするけれど、彼はびくともしなかった。

「同じ匂いか……いいな」

吸い込まれそうな黒い瞳。私を見つめる涼也さんの色気《いろけ》にあてられて、くらくらと目まいがした。頬は熱いし、放してくれないし、何がなんだか分からない。私は一体どうしたらっ……

「未香」

甘い毒を含んだ声。身体の奥がずくんと脈打った気がした。涼也さんの右手が頭の後ろに回る。

「りょ、やさ……んんんっ!?」

あっという間に口が塞がれていた。開いたままの涼也さんの瞳が、間近《まぢか》で私を見ている。思わずぎゅっと目を閉じたら、唇にぬるりとした感触がした。

(なななーっ!?)

「はむんんんんっ」

私を食べるように動く唇に、強引に割り込んでくる熱い舌。

バクバクと鼓動《こどう》を打つ自分の心臓《しんぞう》の音が大きい。

「んんんっ、やあ、んんんっ」

首を横に振って逃れようとしても、頭を押さえつけている大きな手に拒《こば》まれる。歯茎《はぐき》の内側を舐《な》められて、舌に舌が巻き付いてきて、声も出せなくなった。粘膜《ねんまく》と粘膜《ねんまく》が擦《こす》れる度に、ぴちゃぴちゃといやらしい音が自分の口の中から聞こえる。涼也さんの香りが口腔内《こうこうない》から鼻の方にまで上がってきた。私とは違う、男の人の匂いが。

ぞわりと鳥肌の立つ感触が全身を襲《おそ》う。舌を強く吸われて、息が止まった。

（く、苦しっ……！）

「んはっ……！」

両手に力を入れて涼也さんを押し、必死に唇を離した私は、ぜいぜいと息を切らしていた。霞《かす》む目で見つめると、涼也さんの頬骨《ほおぼね》の辺《あた》りが少し赤らんでいる。私を見つめる涼也さんの目は、怖くなるくらい熱い。なんでこの瞳を表情がないなんて思っていたんだろう。

「お前、本当に恋愛小説家か？　全然慣れてないだろうが」

慣れてなくて、悪うございました！

「だだだ、だって！　ずっと本の虫だった私に、男の人が寄ってきた事なんて、痴漢《ちかん》以外になかったんだものっ」

黒い瞳が意地悪く光る。

「へえ。ならあの作品はどうやって書いた？」

「色んな本読んでるからっ、耳年増《みみどしま》じゃなくて目年増《めどしま》なのっ……って、ひゃあんっ！何してるんですかーっ！」

私が話している間に、涼也さんの左手が私のシャツの裾《すそ》をまくり上げ、直接肌に触れていた。指先がくるりと肌の上で弧《こ》を描く。びくんと揺れた身体に、涼也さんが満足気な笑みを浮かべる。

「いい感触だ。きめが細かくて、ぷるんとしてて」

「ひゃあんっ」

背中の方から聞こえたパチンという音と共に、胸に重力が掛かった。長い指が自由になった肌を受け止めている。

「ああ、いいな。柔らかくて弾力《だんりょく》があって。そそられる」

涼也さんの頭が下がる。艶《つや》やかな黒髪を呆然《ぼうぜん》と見下ろしていると、ぴりっとした刺激が右胸に走った。

「あ、やっ」

涼也さんが音を立てて乳首を吸っている。耳から入る音の刺激は、目を瞑《つむ》ってもどうする事もできない。先端を甘噛《あまが》みされて、脚が震える。力が抜けた私の胸を、今度は長い指が撫《な》でるように揉《も》んでいく。

「は、あん、んんんっ」

乳首を軽く潰《つぶ》したり、転《ころ》がすように擦《こす》ったり。思わず声が漏《も》れてしまって、恥ずかしくて唇を噛《か》んだ。

「声出せよ」

（やっぱりSだ、この人！）

ぶんぶんと首を横に振っても、手と口の攻撃は止まらない。

「や、あ、んんんっ」

身体に力が入らない。胸の先に刺激が走る度に、身体がびくんと震えた。左頬に涼也さんの手を感じて、ゆっくりと目を開けると——そこには、ぎらぎらと光る瞳があった。

「ひゃああっ！」

（だめ！　食べられる……！）

再びぎゅっと目を瞑《つむ》って竦《すく》んだ私の身体は、小刻みに震えていた。少しばかりの沈黙の後、深く溜息《ためいき》をつく音が聞こえる。手が肌から離れるのを感じて、恐る恐る目を開けると、半《なか》ば呆れたような顔をした涼也さんがいた。

「……ったく。今の状態で最後まではしない。どうせやるなら、湯を張った方が身体は楽だ」

最後までって！　しかもお湯張りっ!?　何言ってるのよ、この人は！

「張ーりーまーせーんーっ！」

「ぶはっ！」

シャツの裾《すそ》を引っ張って胸を隠そうとする私を太股《ふともも》に乗せたまま、涼也さんは身を捩《よじ》らせて大笑いしている。その間に必死にブラを留める私。

ひとしきり笑った涼也さんが、にやりと笑いかけてきた。

「くっ……それで？　後は何をすればいい？」

「う」

澄ました顔で聞いてくる涼也さんのみぞおちに、肘鉄《ひじてつ》を食らわせてもイイデスカ。

大体、私の方は頬も身体もまだ熱くて、おろおろしているっていうのに、何この余裕は！

涼也さんの太股《ふともも》から下りた私は、膝《ひざ》を抱《かか》え込み自衛《じえい》のポーズを取りながら、うぐうぐと呻《うめ》き声を上げた。

（経験なの!?　これが経験の差なの!?）

ううう、悔しい。なんとかこのニヤニヤ笑いを止めさせたい。

じろりと涼也さんを睨《にら》むが、涼し気な顔でどこ吹く風だ。きー！　くーやーしーいー！

（なんかこう、驚かせたり、ぎゃふんって言わせたいっ！　……あ！）

ふと頭に浮かんだのは、私の部屋に運んでもらったマル秘グッズ。そうだ、あの中には確かアレもあったはず。上手くやれば、少しは驚かす事ができるかも。私はこほんと咳払《せきばら》いをし、できるだけ平静を装《よそお》った。

「も、もうお風呂はいいです。その、もう一つ協力してもらいたい事があって……」

「……」

一旦言葉を切った後、私はゆっくりと言う。

「ちょ、ちょっと、私の部屋に来てもらってもいいですか……?」

涼也さんにちらりと獣の表情が過《よ》ぎった気がしたけれど、復讐《ふくしゅう》で頭が一杯だった私は、うかつにもその表情を見逃してしまったのだった。

ふっふっふ。驚いた涼也さんの顔を想像すると、思わず口元が緩《ゆる》む。部屋まで後少し――

「何変な顔をしてるんだ、お前」

「んきゃあ!」

いきなり耳元にふっと息を吹《ふ》きかけられた私は、文字通り飛び上がった。廊下の壁に背中を付けて警戒《けいかい》する私に、涼也さんの生ぬるい視線が刺さる。深呼吸を一つして、私は作り笑いを浮かべた。

「ななな、なんでもないです。さあ、どうぞ」

「……」

菱形《ひしがた》の中に羽のモチーフの彫刻が施《ほどこ》されたドアを開ける。涼也さんがさっさと入った後に私も部屋の中に入った。

例のブツは部屋の中央の白い丸テーブルにあった。右側の壁際にあるベッドには、視線を向けないでおこう。

「えーっと」

びりびりとテープを剥《は》がし、段ボール箱の蓋《ふた》を開ける。詰めてあるパッキンを避《よ》けて、目的のモノを探す。

(下の方なのかなあ……?)

どこだろう。ガサガサと音を立てて手を動かしていると、横から大きな手がぬっと割り込んできた。かと思うと、その手が袋に包まれた何かを取り上げる。

「おい。お前、これ——」

「えっ、ひゃあああああっ!?」

よりにもよって、何を選んでるんですかっ!

包みを開けて、無表情のまま中身を取り出す涼也さんを見て、私の顔は熱くなった。

「ふーん……」

ソレを持ったまま、涼也さんが考え込んでいる。カチッと無機質な音がした後、静かなモーター音が始まった。うにうにと動くソレに、涼也さんが目を細めた。

「『赤鬼』ねえ。お前こういうのが趣味《しゅみ》?」

赤鬼さんは、俗に言うバイブだ。しかも形はごつごつとしていて、突起《とっき》も付いてて、色も赤黒いという、まさに「赤鬼」。

スイッチを切った涼也さんは、赤鬼さんをテーブルに置く。こういうのを使っていると思われるなんて！　私は必死に弁解《べんかい》した。

「違いますっ！　ネタですネタ！　今回のヒーローはドSにヒロインを虐《いじ》めるから、そういうの使うかもって思っただけですっ！」

「……俺なら使わないいな」

私を見下ろす涼也さんの目が、ぎらりと光った。

「虐《いじ》める程気に入った女のナカに、自分以外のモノを入れるなんて事、普通はしないだろ」

「それ、普通ですか!?」

風邪のひき始めみたいに身体が寒くなったけど、その発言は良かった。是非とも使わせてもらおう。心にメモメモ……って、違うーっ！

(どこに行ったんだろう、買ったはずなのに……！)

私がわたわたと探している間にも、涼也さんは次から次へと品物をテーブルの上に広げていく。もうそっちは恥ずかしくてまともに見られない。がさがさと包装を開ける音。ウィーンと鳴るモーター音。そういえば初心者用のバイブも買ってたっけ。

「ええっと……あ！」

あった！　平べったいから底の方に紛《まぎ》れていた！

箱の中で包装のビニールを剥《は》がし、右の手のひらに隠すように持つ。右横に立っている涼也さんをちらと見上げると、彼は右手で何かの説明書を持ち熱心に読んでいた。左手は身体の横でフリーになっている。

（よし！　今だ！）

さっと右手を出し、涼也さんの左手首めがけてそれを振り下ろそうとした瞬間——キリッと右手首に痛みが走った。

「痛っ！」

涼也さんの大きな左手が私の手首を掴《つか》んで、ぐいと上に引っ張る。その弾みで、手に持っていたモノを落としてしまった。顔を上げると、じっと見つめる漆黒《しっこく》の瞳がある。え、さっきまでこっちを向いてなかったじゃない！

「……で？　何をしようとしたんだ、お前は」

涼也さんが足元に落ちた手錠《てじょう》を見て眉を顰《ひそ》める。

ううう、失敗したあ。私は涼也さんを睨《にら》み付けながら言った。

「ちょ、ちょっと悪戯《いたずら》したかっただけです！　涼也さんに手錠《てじょう》を嵌《は》めて、その……」

黙ってる涼也さんの顔がコワイ。でも続きを言えと無言の圧力を掛けてくる。私は観念して、言葉を続けた。

「その……紐《ひも》で縛《しば》ってみようかな、と」

「これか？」

ひょいと持ち上げた涼也さんの右手には、纏《まと》められた赤い紐《ひも》がある。私は渋々《しぶしぶ》頷いた。

「だって、亀甲縛《きっこうしば》りやった事なくて。涼也さんを縛《しば》ってみたら、感じが分かるかなあって思ったんです」

本当はやり込めたかった気持ちが半分以上ですけど！　それは命の危険を感じて言えなかった。

「ふーん」

紐《ひも》をテーブルの上に置いた涼也さんが身を屈《かが》める。

「へっ⁉」

ぐいっと右手を後ろに回されたかと思うと、カシャンと軽い金属音が聞こえた。おまけに左手首も掴《つか》まれて後ろに引っ張られて――

「りょ、涼也さんっ⁉」

なんで私に手錠《てじょう》を嵌《は》めてるんですか、あなたはっ！　必死に後ろを見て、右手を前に引っ張ろうとしたけれど、外れない。

「これ外してくだ……ひゃああっ⁉」

ふわっと身体が浮いたかと思うと、次の瞬間には私は柔らかなベッドに沈み込んでいた。

「え、え、えええ⁉」

必死に頭を起こすと、涼也さんはとても綺麗《きれい》な黒い笑みを浮かべていた――手にあの赤い紐《ひも》を持って。

「俺を縛《しば》ったところで参考にならんだろうが。ドSに攻めるのが男なんだろ？　だったら――」

くっと曲《ま》がった口元から、狼のような牙《きば》が見えた気がした。

「体感しろよ。俺が縛《しば》ってやるから」

そう言って圧《の》し掛《か》かってきた涼也さんは、説明書を片手に、首に輪っかを通して、左右に紐《ひも》を引っ張り、ボンレスハムみたいに縛《しば》り付けていく。必死に抵抗《ていこう》をして、太股《ふともも》の隙間《すきま》に結び目を作られるのだけは阻止《そし》した。

「ふっ……く、えっえっ……」

半泣きになって呻《うめ》きながらベッドに転《ころ》がる私。後ろ手に嵌《は》められた手錠《てじょう》はそのままで、胸は紐《ひも》に囲まれていつもより大きく見える。涼也さんは、ベッドのすぐ傍《そば》に立って、じっと私を見下ろしていた。

（どうして無駄《むだ》に手先が器用なのよ）

身体を動かすと、紐《ひも》が擦《こす》れる。だけど喰い込んで痛みを感じるまではいかない、絶妙な縛《しば》り加減。なんなの、この人。涙目で涼也さんを睨《にら》むと、彼は口元に右手を当てて、ふっと視線を逸《そ》らした。

「……しまった」

「え？」

横を向いた涼也さんの頬が赤い……？

「裸にひん剥《む》いてから縛《しば》れば良かった。服を脱がすのが面倒になったな」

「そんな後悔しないで下さいーっ！」

ななな、何言ってるの、この人はっ！　もぞもぞと身をくねらせ、なんとか距離を取ろうとする。けれど、圧《の》し掛《か》かってきた涼也さんにあっさりと肩を押さえつけられてしまった。

「ひあっ⁉」

盛り上がった左胸を涼也さんの右手が掴《つか》む。覆《おお》いかぶさってくる彼の目が、陶酔《とうすい》しているように見えるのは気のせいだろうか？

「ああ、いいな。身動きが取れないお前を触るのは気持ちいい」

「あうっ」

強めに胸を揉《も》まれて、思わず背中を反《そ》らすと、紐《ひも》の結び目がきゅっと擦《こす》れた。

「未香」

「はう、んんんんーっ」

呼び掛けられたと同時に、奪われた唇から涼也さんの息と舌が入り込んでくる。舌と舌が絡《から》み合ういやらしい水音。食《は》むように動く薄い唇。口の中に、涼也さんの匂いが充《じゅう》満《まん》した。これは多分、「雄」の匂い。自分の身体に、その匂いと熱が共に沁《し》み込《こ》んでいく。どろりと濃密《のうみつ》な液体の中に沈んでいくような、そんな感覚が私を襲《おそ》う。甘くて激しくてどこか後ろめたい。

まるで彼の唇と舌が所有権を主張しているようで、逆らう事ができない。

「はあ、や、あ」

ゆっくりと唇を離された時には、すっかり息が上がっていた。涼也さんの息も荒い。煮えたぎるような瞳が私を捉《とら》えている。ほんの少しだけ、彼の口端《くちは》が上がった。笑う、というには壮絶すぎる表情。

「好きだ」

「……は、い？」

一瞬、理解できなかった。何か今、幻聴《げんちょう》が聞こえた気がする。固まってしまった私に、涼也さんがまた言葉を重ねた。

「お前が好きだと言っている」

「え……っ……!?」

丸太で一突きされたかのような衝撃《しょうげき》が心臓《しんぞう》に来た。速くなった鼓動《こどう》の音が聞こえる。

（すき……すき……好きぃ⁉）

私は思わず大声で叫んだ。

「何言ってるんですかーっ！」

どうして人生初の愛の告白を、がっちり縄で縛《しば》られた状態で聞かないといけないの⁉　信じられない！

「会ったばかりですよ、私達⁉」

涼也さんがしれっと言う。

「会った瞬間から、お前は俺の中に真っ直ぐ飛び込んできた。きらきらとした大きな瞳が小動物みたいで、捕まえたくなった」

涼也さんの微笑みが黒すぎて怖いっ……！

「触りたい、自分だけのものにしたい、そう思える女は今まで一人もいなかった。――これが運命の出会いってやつなんだろうな」

私真っ直ぐ飛び込んだつもりないんですけど⁉　これが運命の出会い⁉　薔薇《ばら》の花も飛んでいないし、縄にロマンスなんて全然感じませんけど⁉

「亀甲縛《きっこうしば》りの運命なんていやですーっ！　どうして私なんですか⁉　お金持ちでも美人でもないし、平々凡々《へいへいぼんぼん》な地味女ですよ⁉　涼也さんには釣り合いませんっ！」

ぶんぶんと必死に首を振ると、涼也さんがくっと笑った。

「やっぱりな。お前みたいな反応をする女は今までいなかった」

「へ」

唇が触れそうなくらい間近《まぢか》で見る涼也さんの、凄味のある笑顔に身体が竦《すく》んでしまう。

「俺の周りにいた金目当ての女だったら、今の告白に即座に飛びつくだろうな。だけどお前は、本気で嫌《いや》がった」

「はい、本気です！」

涼也さんがふっと顔を下げて、私の耳たぶを軽く噛《か》んだ。

「だから捕まえたくなる。お前は頭の回転は速いが、性格は素直でお人好しだ。ちょっと抜けているところも堪《たま》らない。それに……」

「ひ、あ」

胸が揉《も》まれて、背中にむずむずとした感覚が走る。縄に擦《こす》れる部分がなんだか変な感じ……。

「柔らかくていい匂いのするこの身体は美味《うま》そうだ」

「ひっ」

涼也さんの瞳がぎらぎらと輝いている。獰猛《どうもう》な捕食者《ほしょくしゃ》の瞳だ。

「丸かじりしたい。骨の髄《ずい》まで喰い荒らしたい」――私にはそう聞こえた。

（ど、どうしたらいいのっ⁉）

恋愛小説家だけど、自分の恋愛はさっぱりだった私に、涼也さんはレベルが高すぎる。

大体、告白されたのに、どうしてこんなに恐怖で押し潰《つぶ》されそうになるの⁉　身体の震えが止まらない。限界まで目を見開いた私に、涼也さんはまたくすりと笑った。

「早々《そうそう》に諦めた方が身のためだぞ。俺はお前を逃がさない」

（うわあああああああっ、邪悪《じゃあく》な笑顔！　だめえーっ！）

怖い、怖すぎる！　目だけギラギラとしているのに、綺麗《きれい》に笑ってるなんて怖い！

ドSなヒーローに迫られたヒロインって、こんな気持ちだったんだ！

「ままま、待って下さい！　今捕まえられたら、私っ……！」

——そうだ、ここに来た目的！　目的はっ……！

「原稿書けなくなるじゃないですかーっ‼」

「……は？」

必死に叫んだ瞬間、二人の間の時間が止まった、気がした。

今、私は人生で一番の危機に瀕《ひん》している。冷や汗が背筋《せすじ》を伝っているのが分かった。

ひとまず涼也さんを止める事はできたが、このままではマズイ。マズすぎる。なんとかしなくちゃ……っ！

「……原稿？」

抑揚《よくよう》のない声が不気味《ぶきみ》です、涼也さん。

「だだ、だって！　ここに来たのは原稿のネタを仕入れるためなんですから！　涼也さんにあんな事やこんな事されたら、体力と気力がゼロになって、なんにもできなくなるじゃないですかーっ！」

涼也さんの目がやや大きくなったが、表情は読めない。私の必死の説得は続く。

「原稿落としたら大変なんです！　ここまで来るのにどれだけの労力を掛けてきたと思ってるんですかっ！　だっ、だからっ、せめて、原稿が終わるまではっ……！」

私の言い分を受けて、涼也さんが何かを言おうとした瞬間——電子音が聞こえた。

（涼也さんから？）

涼也さんはズボンの後ろポケットからスマホを取り出し、画面を見て眉を顰《ひそ》めた。

さっとベッドから下り、電話に出る様子を見て、私は大きく息を吐く。

「……はい、なんですか、母さん」

（桂子さんっ……!?）

この時程、桂子さんが女神に思えた時はなかった。

「桂子さん助けて下さい、あなたの息子からっ！」と叫ぶ勇気はなかったけれど。

「ええ……はい」

涼也さんの眉間《みけん》に皺《しわ》が寄り、目付きが鋭くなった。への字に曲《ま》がった唇が、物凄く不機嫌そうに見える。心臓《しんぞう》が痛くて仕方がない。

「分かりました……ほら」

「へ」

涼也さんがベッドに腰を下ろし、スマホを私の耳元に近付けた。優しい声が聞こえる。

『もしもし、未香さん？　ごめんなさいね、いきなり戻ってしまって。涼也さん、ちゃんとお相手しているのか、気になってお電話したの』

「ソ、ソウデスカ……」

（今あなたの息子に亀甲縛《きっこうしば》りにされてます！　脅《おど》されてます！）

心の中で精一杯《せいいっぱい》叫んでみる。

『涼也さん、多分未香さんの事を気に入ったと思うの。あの子、気に入った相手に執着《しゅうちゃく》する性格だから、未香さんが困ってないかしらって後から心配になって……』

「け、桂子さん……っ」

息子の性癖《せいへき》に気が付いていたんだ。思わず涙ぐんだ私に、寒々《さむざむ》しい視線を叩きつけてくる涼也さん。

一拍置いて、助けを求めようと口を開いた瞬間、スマホが私から離れていった。しれっとした顔の涼也さんが流暢《りゅうちょう》に話しだす。

「心配しなくても大丈夫ですよ、母さん。ちゃんともてなしてますから」

「涼也さんっ⁉」

縛《しば》るおもてなしなんて、いらないーっ！　焦《あせ》った私の声が桂子さんに届いたのかどうかは分からないけれど、話を続ける涼也さんの眉間《みけん》の皺《しわ》は深くなる一方だった。怖い。

「……分かりました。準備させます。では」

通話を終えた涼也さんの無表情さが不気味《ぶきみ》。身を屈《かが》めた彼の手が後ろに回されたかと思ったら、ふっと両手首が自由を取り戻した。

「え」

転《ころ》がったまま見上げると、苦虫を噛《か》み潰《つぶ》したような顔という表現がぴったりな涼也さんが私を覗き込んでいた。

「母さんが迎えの車を寄こすそうだ。お前を帰せと言っていた」

「桂子さん、が」

じわりと滲《にじ》む視界。涼也さんがするすると赤い紐《ひも》を解《ほど》いていく。ボンレスハムから元の身体へ戻っていく。

（私、助かった……の？）

赤い紐《ひも》をまとめてテーブルの上に置いた涼也さんが、また私に圧《の》し掛《か》かってくる。涙目のまま見上げると、涼也さんの顔が間近《まぢか》に下りてきた。唇と唇が触れそうな距離。涼也さんの前髪が額《ひたい》に当たる。

「お前の原稿の邪魔《じゃま》はするなと言われた。で？　その原稿とやらはいつ終わるんだ？」

「いつ……って」

呆然《ぼうぜん》と呟いた私の唇に、温かい感触が重ねられた。私の下唇を舐《な》めるゆっくりとした舌の動きに、目を閉じる事もできない。

「母さんにも言われた事だ、終わるまでは待ってやる。だが――」

涼也さんが話す度に擦《こす》れる唇から、むず痒《がゆ》いような感覚が広がっていく。睨《にら》み付けてくる強い瞳から視線が外せない。ああ、禍々《まがまが》しい程色っぽい口元が歪《ゆが》んでいる。

「あまり長く待たせるなよ。また縛《しば》りたくなるからな、今度こそ直接素肌に」

自分の唇を舐《な》めて微笑んだ涼也さんが――ぞくりとするような微笑みを浮かべている彼が――完全に脳内のイメージと重なった。

大きく目を見開いた私は、涼也さんを呆然《ぼうぜん》と見上げた。

「あ……」

（……ヒーローだ！）

――俺なしでは生きていけないようにしてやる。俺が触れただけで、快楽に身も心も奪われてしまうようにな。

――ほら、この肉棒を入れてほしいと。かき混ぜてぐちゃぐちゃにしてほしいと言えよ。

――決して逃がさない。お前は、俺のものだ……それを忘れるな。

台詞《せりふ》が溢《あふ》れてくる。ヒーローがヒロインを後ろから抱《だ》き締めているのが見える。

(ヒロインを閉じ込めて、身体を弄《もてあそ》んで、それから――)

バラバラだった各シーンのイメージが、一瞬で繋がっていく。イメージの糸が絡《から》み合って、淫靡《いんび》な模様を描いた。今まで書いた事のない物語が浮かび上がる。

(――いける!)

そう思った瞬間、私の両手は、涼也さんの胸倉《むなぐら》をがしっと掴《つか》んでいた。

「いけます、涼也さんっ! 今見えましたっ!」

「は?」

興奮状態の私は、訝《いぶか》し気な顔をした彼にまくし立てる。

「二ヶ月! 二ヶ月下さいっ! 涼也さんのおかげでヒーローが分かりました! 今ならどんなドSなヒーローでも書ける気がします!」

涼也さんがじろりと私を見下ろした。

「二ヶ月か。本当だろうな?」

「はい！　一ヶ月で書き上げて、手直しに一ヶ月……今ならいけますっ！」

「そうか」

物語ができた高揚感《こうようかん》に興奮していた私だったけれど、涼也さんのしたり顔を見た途端《とたん》、石のように固まってしまった。ああ、そうだ。私今、二ヶ月後って期限切っちゃったんだ……！

（うわあああああ）

内心逃げたくなったけど、「逃げたらどうなるか、分かってるだろうな？」と副音声が聞こえてくる。

「様子を見にいくぐらいはさせてもらう。居場所は分かるようにしておけよ。分かったか？」

「はははははいいいいいっ！」

ぶんぶんと首を縦に振る私に、涼也さんは綺麗《きれい》に微笑み、満足気に瞳を光らせたのだった。

5　この物語の行き着く先は

涼也さんから解放された後、二十分ぐらいで車が来た。まだ別荘に来たばかりだったから、荷物をバッグに詰め直すのもすぐだった。

例の箱は、涼也さんが「とりあえず地下にあるワインセラーに置いておく」と言ってくれて助かった。確かにあれを、桂子さんやお手伝いさんとかに見られると恥ずかしい。ワインセラーは薄暗くて他の段ボールも置いてあるし、そもそも普段から涼也さんしか行かないそうだから。

「さっさと連絡先を言え」と半《なか》ば脅《おど》されるように連絡先を交換をした私は、逃げるように車に乗り込み、なんとか脱出したのだった。

「――未香!」

低い声にびくっと身体が揺れる。キーボードを叩く手を止めて、椅子に座ったまま、後ろを振り向く。そこには鋭い目をした黒のスーツ姿のヒーローが立っていた。

さっきまでどっぷりと小説の世界に浸《ひた》っていた私は、いきなり現実に引き戻され、頭がフリーズ状態になってしまう。

「涼也……さん？」

ごしごしと目を擦《こす》ると、涼也さんが私の手首を掴《つか》んで引っ張った。よろよろと立ち上がった私は、そのまま部屋の窓際に引き摺《ず》られていく。

「サンドウィッチ……？」

丸テーブルに載《の》った白いトレイの上には、オレンジジュースとお皿に載ったサンドウィッチがある。何も感じていなかったお腹《なか》が、食べ物を見た瞬間にぐうと鳴った。

涼也さんに引っ張られるままテーブルの横の椅子に座らされた私は、「食え」という言葉に従う。

三角形の端に噛《かじ》り付くと、シャキシャキとしたレタスの食感がした。スライストマトも瑞々《みずみず》しくて美味《おい》しい。あっという間に平《たい》らげた私は、ゆで卵をマヨネーズで和《あ》えた卵サンドもぺろりと食べる。

その間、右隣の席に座った涼也さんから、じっと見つめる視線を感じていた。

お皿の上を綺麗《きれい》にした後、オレンジジュースもごくごくと飲み干した私は、ふうと溜《ため》息《いき》をつく。

「ご馳走様《ちそうさま》でした……」

「お前、前の食事はいつだ？」

食べ終わるとともに、涼也さんが口を開いた。何故《なぜ》か尋問口調《じんもんくちょう》だ。

「はあ……？」

いつだっけ。広いダブルベッドの枕元を見ると、デジタル時計が十五時を指《さ》している。

昨日は三時ごろまで書いてから寝て、朝は七時に起きた。ああ、その時だ。

「ゼリータイプの栄養剤《えいようざい》、朝飲みました。それから……は」

うーんと考え込む私に、涼也さんは自分の頭をぐしゃりと掻《か》いた。

「執筆中は不摂生《ふせっせい》が酷いと聞いていたが、食事もまともに取っていないのか。今の顔、どう見てもやつれているぞ。水分補給《すいぶんほきゅう》ぐらいはちゃんとしろ」

「う……」

書き始めるとその世界にのめり込んでしまう私は、食べる事や寝る事が疎《おろそ》かになってしまう。前もホテルで缶詰め状態になった時、脱水症状になりかけた事があるんだけど、それは言ったらいけない気がする。

「このホテルにして正解だったな。ここなら俺も定期的に確認できるからな」

「う、はい……」

家に戻り、執筆に専念するためにビジネスホテルを予約しようとした時、涼也さんから連絡が来た。ホテルに缶詰する話を彼に言ったら、あっという間に高級ホテルのこの部屋を紹介されたのだ。

（あの時は脱出できたと思ったのに。涼也さん、仕事が速すぎる……。それにここってこの人の仕事場からも近いんだよね）

涼也さんは大学時代に始めたネット証券会社の社長をしており、オフィスはこのホテルから十分ぐらいのところにあるという。そんな訳で、しょっちゅう差し入れを持ってきて、ついでに小言《こごと》までくれる。

（……って、それどころじゃなかったーっ）

パソコン開きっぱなし！　しかも書きかけのHシーン！

顔から血の気がざっと引くのが分かった。だって、ヒーローの名前「りょうや」にしちゃってるんだもの！　後で変えるつもりだけど、この名前だとすらすら台詞《せりふ》が浮かぶから……！

とっさに立ち上がった私の右手首を、涼也さんの手が掴《つか》んでくる。

「あの、涼也さん？　ちゃんと食べましたし、私また――」

執筆に戻ります、そう言おうとした私の身体が、ふわりと宙に浮いた。不思議に思う間もなく、スプリングの利いたベッドの上に転《ころ》がされる。

「涼也さん⁉」

あの時と同じように涼也さんが圧《の》し掛《か》かってくる。違うのは、手錠《てじょう》と紐《ひも》がない事と、足元に畳《たた》んであった上掛けを涼也さんが掛けてくれた事だ。ただ、横に寝そべった涼也さんの手が腰に巻き付いてきて動けない。

「少し寝ろ。起こしてやるから」

「で、でも……」

「目の下にくっきりとクマができてるぞ。休息も大切だ。さっさと寝ろ」

「う……」

これは俗に言うオカン気質なのだろうか。悪人面《あくにんづら》の涼也さんがオカン!? ああ、パソコンの画面が気になるのに、身体が動かないっ……!

「あふ……」

包み込むような涼也さんの体温、寝心地のいいベッド――あっという間に睡魔《すいま》が襲《おそ》ってきた。強烈《きょうれつ》な眠気に抵抗《ていこう》できなくなる。私は大きな欠伸《あくび》を一つした後、そのままあっさりと眠りの世界へ落ちていってしまった。

＊＊＊

「――おい、起きろ」

「ふにゃあ!?」

頬の痛みで目を開けると、えらくさっぱりとした感じの涼也さんが屈《かが》み込んでいた。

前髪が湿《しめ》っている。シャツもブルーになってるし、シャワーでも浴びたのかな。

「いたた……」

右頬を擦《こす》りながら、私は身体を起こした。どうやら抓《つね》られたらしい。じと目で涼也さんを睨《にら》むも、涼しい顔で返される。

「目覚ましが鳴り響いても全く反応しなかったぞ」

「目覚まし……って、あああ！」

うそ、日付が変わってる⁉　え、午前九時⁉　何時間寝てたの私⁉

「はっ、早く続きをっ！」

勢いよく上掛けを捲《めく》り、涼也さんの隣をすり抜けようとして、止められる。

「お前、シャワーでも浴びて来い。昨日そのまま寝ただろう」

確かにちょっと汗をかいてる気がする。シャワー浴びたらすっきりするかな。素直に同意した私は、適当に着替えを持って浴室へ向かう。当然鍵を掛けるのも忘れなかった。

備え付けのいい香りのするボディソープとシャンプーでざっと全身を洗う。熱めのシャワーを浴びると、目が冴《さ》えてきた。白いタオルもふかふかだし、いい気持ちだ。あまり待たせるといけないから、さっさと出よう。

「ふう、お待たせしまし……⁉」

浴室から出た私は目を見張《みは》った。玄関で突っ立ってる人が二人。

いつの間にかスーツの上着を羽織ってネクタイを締めた涼也さんが、無表情のまま腕組みしている。その前で、買い物袋を左手に持った茶色のスーツ姿の野村さんが目をきょろきょろとさせていた。

私の姿を見るなり、野村さんは「ミカ先生っ！」とほっとしたような顔をした。私は涼也さんの横に立って、野村さんを見上げた。野村さんの口元がひくひくしている。涼也さんが威嚇《いかく》するように見下ろしてるからじゃないの？

「野村さん、来てくれたんですか。涼也さん、こちら私の編集担当の野村さんです。野村さん、こちらは城崎涼也さん……」

……えっとなんて紹介したらいいんだろう。一瞬言葉に詰まった私の肩を、涼也さんの手ががしっと抱《かか》えた。

「未香の恋人です。彼女の体調が心配で、様子を見にきていました」

野村さんの口があんぐりと開いた。そして多分私の口も。

「恋人！　ミカ先生の⁉」

「りょ、涼也さんっ⁉」

抗議《こうぎ》しようとすると、私の肩を掴《つか》む手に力が入る。「余計な事を言うな」と無言の圧力が肩に掛かって痛い。

「彼女は執筆し始めると、飲まず食わずだわ睡眠《すいみん》も削るわで、よれよれになるでしょう？　そうならないように、監視しているところなんです」

涼也さんの綺麗《きれい》な笑顔に野村さんがほっと息を吐き、スーツのポケットからハンカチを取り出して顔の汗を拭《ふ》いた。野村さん、ちょっとふっくら体形だから、汗っかきなのよね。

「そ、そうですか。それは安心です。前にもホテルで缶詰めになった時、脱水症状を起こして点滴《てんてき》をしたので」

「へえ……？」

（ののの、野村さんーっ！）

涼也さんの周囲の温度が二度下がったーっ！　横をちらと見上げると、笑顔のまま冷たさを振りまいている涼也さんがいた。

（その話は黙っててほしかったのに……）

野村さんの丸眼鏡の奥にある小さな目が、涼也さんを油断《ゆだん》なく見ている。次のヒーローのモデルがこの人だって、多分気付かれたよね……。ハンカチをポケットに突っ込む野村さんの顔はちょっと強張《こわば》っていた。

「あ、ミカ先生これは差し入れです。それから城崎さん、私の名刺をお渡ししておきます。何かあれば連絡を下さい」

買い物袋を私に渡した野村さんは、涼也さんと名刺交換をする。彼の名刺を見た野村さんが、ほうと息を漏《も》らした。

「証券会社の社長ですか。城崎さん、ミカ先生の事よろしくお願いします。私も様子を――」

「俺がしっかり見ていますよ。会社もこの近くなので」

涼也さんの背中から、重たいオーラが出ている。何圧力掛けてるんですか、私の編集さんに！

ああぁ、野村さんの額《ひたい》にまた汗が浮かんでいる。名刺を仕舞《しま》う太い指も、ちょっと動きがぎこちない。

私もなんとか涼也さんの圧力から逃れ、買い物袋を机の上に置き、パソコンに挿《さ》していた赤いUSBを外した。

「これ第一稿の途中までですが。三分の二ぐらいまでできてます。よろしくお願いしますね」

USBを渡すと野村さんはつぶらな瞳をぱちぱちとさせ、「ありがとうございます。今回はペース早いですね」と驚いていた。私は彼にアイコンタクトを送った。

(だって、ここにモデルがいますから)

きちんと伝わったようで、野村さんが小さく頷く。

「では確認させていただきますね。どうかご無理はなさらず」

私と涼也さんにぺこりと頭を下げた彼は、そそくさと出ていった。

ドアが閉まった瞬間、私のウエストに後ろから手が回された。

「んきゃ!?」

「お前、あの男に話を読ませてるのか？」

涼也さんが耳元で囁《ささや》いた。低い声に混ざる何かに、生命《いのち》の危機を感じる。

「そ、そりゃ、担当編集さんだもの。野村さんはこの業界が長くて、流行《りゅうこう》もよく知っているし、頼りになるベテラン編集者さんで……ってひゃあ！」

熱くてぬめりとした感触が首筋を這《は》う。びくっと揺れた肩と首の間に小さな痛みが走った。首元をあちこち吸われる度に、気力まで吸い取られそうな気がする。

(朝から何してるんですか、この人は!?)

ちゅ、と耳元に唇を感じたのを最後に、涼也さんが手を離し、私の身体をクローゼットの方に向けた。

「……これだけ付けとけば分かるだろ」

「こここ、これ!?」

クローゼットのドアに付いている鏡に映る私には、首筋の右側から肩の辺《あた》りまで赤い痕《あと》が付いていていた。その後ろで満足気に笑う涼也さん。Tシャツじゃ隠せない部分にこんなの付けるなんて！

「俺は会社に行く。朝食は頼んでおいたから、ちゃんと食べろよ」

「は、はい」

涼也さんは一見爽《さわ》やかな笑顔を見せ、大きな手でくしゃりと私の髪を混ぜた。

「また覗きにくるから、不摂生《ふせっせい》するなよ。お前の身体を味わう前に、病院送りになったら困るからな」

「うあ⁉」

(味わうって何⁉　病院に行った方が安全じゃないの、それって⁉)

思わず一歩後ろに飛び退いた私を見て、涼也さんがカラカラと笑う。

固まったままの私に、「じゃあ」と右手を上げた涼也さんは、颯爽《さっそう》と出ていった。ドアが閉まった瞬間、へなへなと絨毯《じゅうたん》に座り込む。顔全体が熱くなっている。

「ああ、もうーっ！　今は原稿に集中しないといけないのに！」

両手で頬をパンと叩いた私は、よろよろと立ち上がり、ノートパソコンに向かった。

大きく深呼吸。

「――よしっ！」

キーを叩き始める。軽快な音と共に文章が意味を成していく。一気に世界に入り込んだ私は、スタッフさんが朝食を持ってきてくれたのにも気が付かない程、物語を紡《つむ》ぐのに集中していたのだった。

＊＊＊

あれ以降、強制的に食べさせられる食事やシャワー、最低限の睡眠《すいみん》以外の時間を全て執筆にあてた。おかげで、予定よりも早く原稿ができ上がったのだった。

やっぱり涼也さんに無理やりベッドに押し込まれた日は、かなり疲れていたんだろうな。あれからは身体が軽くて、執筆もペース良く進んだから。

次の修正作業中も涼也さんは三日に一度ぐらいは顔を出して、やれ食べろだのやれ寝ろだのと小言《こごと》ばかり。オカンだ、オカン。だって、野村さんだって、あそこまでは言わなかったのに。

そうやって私の世話をしてくれていた涼也さんは、この一週間程は顔を出してない。なんでも、出張に行っているらしい。最後の追い込みに入っている私も一人で集中したかったからありがたかった。

それでも美味《おい》しい食事――後で聞いたら、ホテルのシェフに作らせていたらしい――やスポーツドリンク、ビタミン剤の差し入れは定期的にスタッフが届けてくれる。本当に気が利《き》く人だ。涼也さんがいないと、途端《とたん》に生活が乱れる私とは大違いかも。

（だからかなあ。なんだか絆《ほだ》されて、このラストに違和感を感じるようになったのは……）

私はもう一度原稿を読み始めた。

——社長令嬢だった松林沙也加《まつばやしさやか》は、ある日突然両親を自動車事故で亡くしてしまう。その事態を受け止められず、呆然《ぼうぜん》としたままの沙也加に、副社長をしていた叔父がこう告げる。「会社は火の車だった、お前の家も財産も全て取り上げられる」と。着の身着のままで追い出された沙也加の前に現れたのが、霧島龍也《きりしまたつや》。沙也加でも知っている有名な財閥《ざいばつ》の跡取り息子で、やり手のビジネスマンだった。

そんな彼は沙也加に、自分が幼い頃沙也加の両親に世話になった事、彼らから「自分達に何かあったら沙也加を頼む」と言われていた事を告げ、婚約者としてついてきてほしいと言った。頼る者のいなくなった沙也加は、優しい龍也の申し出を受け入れ、彼の所有する別荘へ連れて行かれる。

しかし、別荘に着くや否や、龍也の態度が激変する。偽《いつわ》りの優しい仮面を脱ぎ捨てた彼は、妖艶《ようえん》に冷たく微笑んだ。「もうお前を逃がさない」と……

沙也加の心は少しずつおかしくなっていく。熱く淫《みだ》らな日々に何も考えられなくなる。進んで龍也の玩具《おもちゃ》になろうとする沙也加に、龍也は目を細め、一層激しく抱《だ》き潰《つぶ》すようになったのだった——

「……HappyEndじゃないよね、これ」

結局ヒーローがヒロインを愛している描写《びょうしゃ》はない。

ヒロインを閉じ込めて、自分の意のままになるよう調教《ちょうきょう》する、そんな男だ。

はっきり言って、クズ男である。

一応魅力的《みりょくてき》なクズ男になるよう、Hシーンは丁寧《ていねい》に抱《だ》くとか、痛い思いはさせないとか、気を付けて書いたつもりではあるが……

「エロさは倍増《ばいぞう》したと思うけれど……うーん……」

(涼也さんなら、こんな事する……のかなあ)

うーんと腕組みをして考える。

鼻筋《はなすじ》の通った、正統派イケメンの顔立ち。まつ毛は長くて、黒髪もさらさらで。長身で一見すらりとしているけれど、結構筋肉質な体形。優しくも甘くも冷たくもなる、お腹《なか》の底に響くような低い声。節《ふし》がしっかりした長い指。ヒーローの外見は完全に涼也さんを使わせてもらっている。

別荘にいた時は色々と迫られて、胸を揉《も》まれたり、縛《しば》られたりしたけれど、ここに籠《こも》って執筆しだしてからは、驚く程邪魔《じゃま》に思わなかった。

書きだすと集中し過《す》ぎて他が見えなくなってしまう私は、イイ人がいても振られてしまう。それはそうだよね。自分の存在を忘れて小説に没頭《ぼっとう》する彼女なんて、嫌《いや》がられるだけだし。

だけど、涼也さんは、なんだかんだ言っても私の仕事を尊重してくれていた。それに、体調を気遣ってくれたので、今回あまり調子を崩さなかったのは、絶対涼也さんのおかげだ。

だから、涼也さんをモデルにしたヒーローが、ヒロインの心をねじ伏せてしまうような展開が、なんだか納得いかないと思い始めている。もう原稿はほぼ仕上がっているし、このままでもOKだと野村さんには言われている。締め切りが迫っている事を考えると、今から書き直す時間はないかもしれない……けど。

「よし!」

私はぐっと拳《こぶし》を握《にぎ》り締めた。そうしてパソコンの横に置いてあったスマホを取り上げ、野村さんに電話を掛けたのだった。

＊＊＊

「――充《みつる》を押さえろ」

龍也さんの声と同時に、二人の男が充さんの両腕を掴《つか》んだ。充さんは目を見開き、

「何をしている、俺ではなく龍也を捕まえろ！」と喚《わめ》いたが、男達は動かなかった。

「充、確かにお前はじいさんの本当の孫だ。だがな、お前はその血筋《ちすじ》をいい事に、好き勝手な事ばかり繰り返してきた——犯罪もな」

「なっ！」

「クスリだ。お前女達に使っていただろう。それを金に物を言わせてもみ消していた。だが——」

充さんを睨《にら》み付ける龍也さんの顔は、死を宣告《せんこく》する死神のようだった。

「お前がした事は、じいさんの耳にも入っている。じいさんはお前を切り捨て、財閥《ざいばつ》の中のお前の権限《けんげん》を全て取り上げる事にした」

充さんの顔が見る見るうちに赤くなり、鬼のような形相《ぎょうそう》になった。

「馬鹿な！　俺はお祖父様のたった一人の血が繋がった孫だぞ!?　それにそんな事、母が許すはずない……！」

「残念だったな。伯母上もお前同様、犯罪まがいの事をしていた過去がバレて、外国に送られる事になっている」

「龍也、お前っ……！」

「これ以上はじいさんに直接聞くんだな。会長のところに連れて行け」

「はい、龍也様」

「放せ！　畜生《ちくしょう》、たつやああ！　貴様……！」

暴れる充さんを男達が連れていく。最後の一人が龍也さんに頭を下げ、ドアを閉めた。

足音と充さんの怒鳴《どな》り声が次第に遠のいていく。

「――今まで済まなかった。怖かっただろう」

「え……」

龍也さんにぐいと引き寄せられた私は、逞《たくま》しい身体に抱《だ》き締められていた。

「俺がお前を玩具《おもちゃ》だと言ったのは、充の興味を逸《そ》らすためだった。これまでもあいつは俺と親しくなった人間に手を出し、酷い目に遭《あ》わせてきたんだ。俺の気持ちを知られたら、あいつからお前を守れなかった」

（あの冷たい口調も態度も、全て私を守るため？）

信じられない。だけど、信じたい……

じわりと目頭が熱くなる。

「龍也さん……」

「充はこれで終わりだ。時間は掛かったが、あいつの犯罪の証拠を全てじいさんに報告したからな。いくら血の繋がった孫だとしても、犯罪者を容認する程じいさんは馬鹿じゃない。必ず充と、あいつに繋がる奴らを処罰《しょばつ》するはずだ」

龍也さんが大きく息を吐いた後、私の両肩を掴《つか》んだ。

「やっと言える。沙也加……お前を愛している」

熱い瞳が私をじっと見つめてくる。涙が私の頬を伝って、ぽたりと落ちた。

「龍也、さん」

「復讐《ふくしゅう》のためとかそんなのはみんな嘘だ。世話になった松林社長の葬儀《そうぎ》で、虚《うつ》ろな目をして立ち尽《つ》くすお前を見た時に、お前に微笑んでほしいと思った」

低く硬《かた》い声で龍也さんが言葉を続ける。

「お前が家を追い出されたと知って、すぐに迎えにいった。だが、その事を充に知られてしまって……あいつに邪魔《じゃま》されそうになった。だから俺は、お前を玩具《おもちゃ》として連れ帰った、そう言ったんだ。俺が飽きたら下げ渡すと言ったら、俺のお下がりは嫌《いや》だと充は引いたが」

龍也さんが歯を食いしばり、辛そうな瞳を私に向けた。

「お前に冷たく当たった事も、乱暴に扱った事も……充の目を誤魔化《ごまか》すためとはいえ、済まなかった」

龍也さんの表情。まるで自分の心臓《しんぞう》が酷く痛むような顔。そう、この人はずっとずっと自分の事も傷付けていたんだ。

私を……守るために。

「龍也さん……」

私は右手を龍也さんの頬に伸ばした。次から次へと涙が溢《あふ》れてくる。

「私、私はずっとあなたを――」

＊＊＊

「よっしゃあ！　これで行こう！」

持ち込んだプリンターで印刷した変更部分を、元々の原稿の後ろに差し込む。そして原稿の束がいくつも散らかっている机の一番上に、完成したものを置いた。

時計はちょうど八時。今からならバイク便を呼べるよね。

「うわ、目がかすんでる……」

モニターに映る小さい文字がよく見えなくなっている。昨日から徹夜《てつや》でずっとパソコンと紙原稿を見ていたからなあ。

私は眉間《みけん》を指で挟み、しばらく揉《も》んだ。少し楽になったところで、野村さんに至急原稿を送るとメールを入れ、バイク便に電話をする。ぎりぎりまで締め切りを延ばしてもらっちゃったから、急いで送らないと。

ＳａｄＥｎｄからＨａｐｐｙＥｎｄに変更するのは、思っていた以上に時間が掛かったのだ。伏線とか全部張り直したし、最初から読み直して矛盾がないようにした。大変だったけど、これで良かったんだという充実感が私を包む。

（やっぱりヒーローの告白シーンは必要よね）

椅子から立ち上がって、丸テーブルの上に置いてあった茶封筒を手に取る。それに原稿を入れて、ガムテープで封《ふう》をした。

――ピンポーン
「あ、はーい！」

私はドアを開け、笑顔で会釈《えしゃく》しながら茶封筒を手渡した。ああ、やっとこれで終わったんだなあ。ふうと一息《ひといき》ついた私はドアを閉め、手を上げて大きく伸びをする。

「ちょっと寝よう……ん？」

ベッドに向かって歩いていた私は、はたと違和感に気が付いた。原稿の束が置いてある机の上、綺麗《きれい》に揃《そろ》った紙を最後に挟んだ束がある。

「えええっ⁉」

私はそれを掴《つか》んで、後ろの方を見た。これ、変えた方の原稿だ……！

（しまった、変更前の原稿を渡しちゃった……！）

正しい原稿を掴《つか》んだ私は、急いで部屋から飛び出した。今ならまだ間に合うかもとエレベーターホールに走った私は、「エレベーター定期点検中」の札を見て、慌てて非常階段に向かった。

非常階段のドアを開けると、下の方は見えないけれど足音が響いているのが聞こえる。スリッパが脱げそうになったけど、気にしていられない。私は一段飛ばしで階段を駆け下りた。

（くっ……十三階じゃなければこんなっ……！）

運動不足に寝不足の身体は思うように動かない。だけどこれだけは渡さないと。私は何かに取り憑《つ》かれたかのように、駆ける足を止めなかった。

（よし、三階っ！）

もう少しで一階だ。踊り場を急カーブで回り込んだ瞬間、ふらと一瞬気が遠くなり、景色が二重にブレた。

「きゃ……！」

左足が横に滑《すべ》り、踏み外した右足が空《くう》を切る。とっさに原稿を抱《だ》き抱《かか》えた私の目には、一つ下の踊り場がスローモーションで迫ってくるように見えた。

「未香っ！」

（涼也さ……？）

引《ひ》き攣《つ》った顔をした涼也さんが見えたのと同時に、側頭部《そくとうぶ》に激しい衝撃《しょうげき》を受けた私は、そのまま意識を失ってしまったのだった。

◇◇◇

「……今頃こちらに向かっているだろうな」

書斎《しょさい》の窓から外を見ながら、俺は未香の事を考えていた。あいつはもう思い出し掛けていた。あの男に会えば、全てを思い出すだろう――これの事も含めて。

目の前で未香が階段から転げ落ちた時、心臓《しんぞう》が止まるかと思った。意識のない彼女を救急車で聖カトリーナ病院まで運んだ。あの病院には俺の従兄《いとこ》で、世界的脳外科医の斉藤卓がいる。頭を打った未香を頼めるのは卓兄しかいなかった。急な頼みを快《こころよ》く受けてくれた彼は、「頭を打っているから様子を見なければならないが、命に別状《べつじょう》はないだろう」と請《う》け負《お》ってくれた。

そうして未香が目を覚ました。ほっとしたのもつかの間、記憶喪失になったらしいと告げられた時の衝撃《しょうげき》。だが、落ち着いて考えると、これは好都合《こうつごう》ではないかと思うようになっていた。

未香は、確かに何も覚えていなかった。あれ程俺から逃げていた彼女が、逃げようともしない。わざと「婚約者だ」と言ったのに、嫌《いや》がる素振《そぶ》りも見せず、客観的に考え疑問に思うだけのようだった。

それ以降は卓兄の協力のもと、婚約者として振る舞い続けた。

(これは、チャンスかもしれない)

今の彼女には、俺しか頼る相手がいないのだ。俺とは釣り合わないと逃げていた未香だが、今ならばなんの先入観《せんにゅうかん》も持たない彼女と向き合う事ができる。

階段から落ちた未香を抱《だ》き上げた時に感じた想い。

(欲しかったものが、今俺の手の中に落ちてきた)

俺はその時感じたドス黒い衝動《しょうどう》のままに、彼女を別荘に連れていく事を決めたのだ。

「覚悟《かくご》しておけよ、未香」

俺は持っている紙の束を見ながら呟いた。そう、これが手元にある限り、未香は戻ってくるだろう。これがなければ、戻る確信を得られないのは悔しいが。

「俺はもうお前を逃がさない——」

次第に暗くなっていく空の色を見ながら、俺は可愛い獲物《えもの》が戻って来るのを待っていた。

6　初心者コースでお願いします⁉

「ご苦労様でした」

車が立ち去るのを見届けた私は、木の階段を上《のぼ》り始めた。もこもことしたジャケットを着ていてもワンピース姿の私には、夜の空気はひんやりと肌寒かった。もうすっかり暗くなってしまっている。

街灯《がいとう》がない森の中では、星がやたらと大きく見えた。普段目にしない星々もたくさん輝いていて、どれが星座なのか分からないぐらいだ。

そんな事を思いながら玄関へたどり着いた私は、大きく深呼吸をしてチャイムを押した。

程なくしてドアが音もなく開いた。黒の長袖シャツに黒のスラックスという、全身黒ずくめの涼也さんが、リンゴのポーチを小脇《こわき》に抱《かか》えた私をじっと見下ろしていた。私も涼也さんを見上げていると、「中に入れ」と道をあけてくれたので、私は黙って足を踏み入れる。

別荘の中は相変わらずだった。美恵子さんはいないのか、他の人の気配《けはい》はしない。

「こっちだ」

涼也さんがすたすたと歩き始めた。私も小走りで後を追う。心臓《しんぞう》がどくんどくんと脈打っている。

涼也さんがとあるドアの前で立ち止まった時、私は自分の予想が当たっていた事に気が付いた。

（やっぱり、ここ……）

美恵子さんが掃除をしないと言ってた書斎《しょさい》だ。涼也さんだけが鍵を持っている部屋。彼がドアを開けて中に入り、続けて私も中に入る。

「うわ……」

私は大きく目を見開いた。図書室も凄かったけど、ここも凄い。右の壁に天井まで届く大きな書棚があり、バインダーやファイルがずらりと並んでいた。左の壁にはベッドが置かれ、正面奥の大きな机の上には、モニターとキーボード、マウスが置いてあり、筆記用具は綺麗《きれい》に整頓《せいとん》されていた。そして、その机の真ん中には、綺麗に並べられた「堂本ミカ」の本と――

「これを取りにきたんだろ？」

涼也さんが紙の束を右手で掲げて私に見せる。探していた原稿だ。私が「はい」と小さく頷くと、涼也さんは机に腰をかけ、探るようにこちらを見た。

「で？　全部思い出したのか？」

「はい」

「だろうな。お前があの男に会えば、きっと思い出すだろうと思っていた」

無表情に近い涼也さんが淡々と話す。心臓《しんぞう》がバクバクと音を立てている。私は涼也さんから目が離せなかった。

「一つだけ、聞きたい事がある」

「……はい」

「これを読んだ。お前がぎりぎりまで粘《ねば》って変えた部分を」

涼也さんが目を細めて、原稿の束を見た。なんだか息がしにくい。水の底にいるみたいだ。

「何故《なぜ》変えた？　元の原稿でもいけるとあいつに言われていたんだろ？　締め切りをぎりぎりまで延ばして、徹夜《てつや》して、何故《なぜ》こうなるように変えた？」

「何故《なぜ》、って……」

私は息を吐いてから話し始めた。

「この方がいいと思ったからです。ヒロインの気持ちを捻《ね》じ曲《ま》げて服従《ふくじゅう》させるっていうのが、このヒーローに合わなくなったから。それに……」

——涼也さんはこんな事しないもの。

そう言い掛けて、はっと言葉を止める。

そうだ、それが原因だった。涼也さんはこんな非道《ひどう》な事はしないと思ったから、モデルにしたヒーローもそんな事ができなくなったんだ。ちゃんとヒロインの心を救ってくれるような、そんなヒーローにしたかった。涼也さんみたいに意地悪だけど優しくて……

（うっ……！）

頬が熱くなってくる。

（だっ、大体、涼也さんは意地悪だしドSだしHだし、私の事追い詰めて、野村さんを無視して、原稿を盾《たて》にしておびき寄せて、腹黒《はらぐろ》くて、それにそれに……！）

必死に涼也さんの暗黒面《あんこくめん》を思い出そうとしているけど、意地悪に笑う顔や熱《ねっ》ぽく見つめてくる瞳ばかりがクローズアップされる。ついでに甘く囁《ささや》く声や、熱い身体も。心《しん》臓《ぞう》のドキドキが止まらない。

（今までは彼と釣り合わないって逃げていたけれど、やっぱり、私、涼也さんの事――）

もごもごと口籠《くちごも》っていると涼也さんの視線が突き刺さる……！

「それに？」

腰を上げた涼也さんの瞳が妖《あや》しく光って、口端《くちは》がくっと上がっている。この表情、腹《はら》黒《ぐろ》い事を考えている時の顔だっ……！

「そっ、それにっ！　……その、涼也さんが」

私は涼也さんから視線を逸《そ》らし、囁《ささや》くように言った。

「涼也さんが、このヒーローのモデルだから。涼也さんがヒロインを陥《おとしい》れて……って考えたら、展開に無理が生《しょう》じたんです。だって、涼也さんは――」

強引で、紐《ひも》でうっとりするような変態で、すぐに迫ってきて。だけど、いつだって――

「私の事、大事にしてくれたから。だから、態度は意地悪でもヒロインを大切にする、そんなヒーローにしたくなったんです」

「未香……」

呆然《ぼうぜん》とした声。思い切って涼也さんの顔に視線を戻すと、彼の頬骨《ほおぼね》の辺《あた》りが赤くなっていた。

（あ、だめ、こっちまでドキドキしてきたっ……！）

「ととと、とにかく原稿返して下さ……！」

原稿に手を伸ばして、後少しで届くというところで、涼也さんはさっと持ち上げてしまった。背伸びしても届かないっ……！

「涼也さんっ、大切な原稿なんですから返し……んんんんんっ！」

叫んでる途中で深いキスをされた私は、あっけなく涼也さんの舌の侵入《しんにゅう》を許してしまった。ウエストに腕が回され、ぐっと身体を引き寄せられる。

「んは、はあ、むんんっ」

リンゴのポーチが床に落ちた。涼也さんの舌が、私の口の中を舐《な》め回そうとしてくる。歯茎《はぐき》の裏を舐《な》められた後、舌に絡《から》められた。ゆっくりと動く柔らかくて温かい感触に、息ができない。

唾液《だえき》が混ざり合う音がいやらしく響く。唇が痛いくらい敏感《びんかん》になっていて、少し擦《こす》られただけで心臓《しんぞう》がどくんと鳴った。

「はっ、はあっ、はっあ」

涼也さんが唇を離した時、私の息はすっかりあがっていた。熱く火照《ほて》る頬を、涼也さんの左手が包み込む。涼也さんの瞳も熱い。腰の方から砕《くだ》けそうになり、身体が動かなくなる。

「……俺との約束も思い出したんだろ？」

Ｎｏという言葉を受け取る気はないくせに。

「もう、逃がさない」って、顔に書いてありますよ、涼也さん。

でも、そんな涼也さんを見ても、嫌《いや》だって……逃げたいって……今は思わない。

（涼也さんに触れられてこんなに気持ちがいいって事は……やっぱり、頭は忘れていても、身体は覚えていたのかも知れない……）

私はふうと息を吐き、思い切り背伸びをして、涼也さんの耳元に唇を近付けた。

「その、私、多分……涼也さんの事、好きだと思うので……」

そう言った瞬間、涼也さんの肩がぴくりと動いた。初体験の私は、念のため涼也さんに「あるお願い」をしてみた。そうしたら。

「は？」

ぽかんと口を開けた涼也さんは、やがて満面の笑みを浮かべて、また私にキスをした。

薄暗い書斎《しょさい》のベッドの上。あっという間に裸にされた私は、同じく服を脱ぎ捨てた涼也さんに組み敷かれていた。

「んああんっ……」

滑《なめ》らかに張った胸筋《きょうきん》が私の胸を圧迫《あっぱく》している。

さっきよりも、唇を囚《とら》われている時間が長い。角度を変えて私の唇を啄《ついば》む。舌の裏側をねっとりとした感触が纏《まと》わり付いてきて、思わず息を呑んだ。

「未香」

涼也さんの声を聞くだけで、体温が一、二度上がる気がする。

舌と一緒に唾液《だえき》も混ざり合い、口と鼻の中が雄の匂いで満ちていく。キスってこんなに、ねっとりしていて、甘くて、ざわざわして、熱いものなの？

涼也さんの動きに、ただただ翻弄《ほんろう》されていた私は、彼の手が少しずつ下がっている事に気が付かなかった。

「ひゃ！」

左胸を鷲掴《わしづか》みにされた私は、思わず唇を離した。涼也さんの指が、胸の先端を軽く揉《も》むように動く。

「んっ……！」

思わず声を上げそうになり、唇をきゅっと結ぶと、低い声が耳に注《そそ》がれる。

「声も出せよ。お前のよがる声が聞きたい」

「やっ、恥ずかしっんんっ」

そのまま首筋に沿うように舐《な》められて、身体を支配している火照《ほて》りが更に酷くなった。

熱い。熱が身体に籠《こも》っていく。

涼也さんの指が胸の先端をコリッと扱《しご》くと、左胸にまで痛みに似た刺激が走った。

「肌を震わせて……可愛いな、お前は」

そう言いながらも、涼也さんの手は止まらない。胸全体を持ち上げるように揉《も》みしだいて、先端を転《ころ》がすように弄《もてあそ》ぶ。

鎖骨《さこつ》の辺《あた》りに吸い付いていた唇が、少しずつ下がってきて、じんじんと疼《うず》いていた左胸を捉《とら》えた。ちゅくりと音を立てて吸いつかれた私は、息を呑んだ。

「ひゃあ、んん」

「お前の肌は滑《なめ》らかで手に吸い付いてくる。胸は白くて、つんと立った乳首や乳輪はさくら色で、弄《いじ》り甲斐《がい》がある。ああ、胸が重たくなってきたな」

乳首を甘噛《あまが》みされたり、吸われたり、指で抓《つま》まれたりする度に、びくんと身体全体が揺れる。涼也さんの頭が自分の胸の上にあるのを見て、じわりと身体の奥が熱くなってくる。

「あぁっ、やんっ」

長い指が優しく曲線を描きながら肌の上を滑《すべ》る。ただ触られているだけなのに、震える程気持ちが良い。快感に耐えかねて太股《ふともも》を擦《す》り合わせると、するりとその隙間《すきま》に長い指が忍び込んできた。下から上へと擦《こす》り上げられて、下腹部の熱が一気に溢《あふ》れそうになる。

「ひゃあぁんっ！」

びくっと腰を動かした私に、胸を吸っていた涼也さんが顔を上げて微笑んだ。

「ほら、もう濡れているぞ。作品の参考になるよう、実況中継してやるから」

「い、いらないですっ……ああ、あああんっ」

指の動きに合わせて腰も動いてしまう。撫《な》でるように擦《こす》るように、柔らかな襞《ひだ》の間をゆっくりと動く指。息が更に荒くなる。

「ああ、柔らかいな、お前の襞《ひだ》は。だけどまだ、閉まっている状態だ。じっくり解《ほぐ》してやるから」

右の太股《ふともも》に涼也さんの左手が当たり、ぐっと膝《ひざ》を持ち上げられた。濡れた部分に空気が当たり、一瞬ひやりとした感覚がある。

「りょ、涼也さんっ⁉」

涼也さんの黒髪が、おへそから太股《ふともも》の間へと下りていく。恥ずかしくて、ぎゅっと目を瞑《つむ》った。

「朝露《あさつゆ》に濡れる薔薇《ばら》のようだ、とでも言えばいいのか？　甘い汁が花びらに滴《したた》っている」

そう言った次の瞬間――指よりも柔らかくて熱いモノが、敏感《びんかん》になった部分に押し当てられた。じゅると汁をすするような音がしたのと同時に、頭の中で何かが弾《はじ》け飛ぶ。

「あああああんっ」

思わず声を上げると、涼也さんが満足気な声で言った。

「知ってるのと現実は違うだろ？　ここが小陰唇《しょういんしん》――花びらの部分だ。赤く染まって開いてきている。ほら、こんなにぬるぬるになってるぞ」

涼也さんの舌が、花びらをなぞるように舐《な》めていく。すするような水音に、耳まで犯されている気がした。

「やあっ、あああ、あん」

「そして一番敏感《びんかん》な部分――クリトリスだ。普段は皮に隠れているが、もうぷっくりと芽を出している」

「ひゃあああんっ！　あっ、ああ、あああっ」

涼也さんの唇が敏感《びんかん》な芽を啄《ついば》んだ瞬間、私は大きく背中を仰《の》け反《ぞ》らせた。あまりに強い刺激に、身体の奥から熱い何かが滴《したた》る感じがする。

「あ、あうんっ、やっ、はあんっ」

「お前の芽は可愛いな。赤くて艶《つや》やかで、いつまでも吸い付いていたくなる」

「あ、あんっ、やあああっ」

首を大きく横に振ると、涙がじわりと滲《にじ》み出てきた。ちゅくちゅくちゅくと音を立てて吸いつく涼也さんの髪を引っ張るものの、するりと手の中で解《ほど》けてしまう。

「あ、はあんっ、あああああっ、やあ」

身体のナカがびくびくと震えだす。信じられないくらいの快感が、吸われてる花芽から全身に広がっていく。溜まった熱が再び弾《はじ》けて、何も分からなくなる。

「ひあ、ああん、ああああああーっ！」

大きく背中を仰《の》け反《ぞ》らせ、はあはあと息を切らす私に、涼也さんの熱い声が聞こえる。

「もうそろそろ、だな。まず一本」

「ひうっ⁉」

硬《かた》いモノが、花びらをかき分けて私のナカに侵入《しんにゅう》してきた。鈍《にぶ》い違和感が走る。入り口辺《あた》りの粘膜《ねんまく》をゆっくりと擦《こす》り上げているのは、涼也さんの指だった。

「あああん、はあ、やめっ」

イッたばかりで敏感《びんかん》な襞《ひだ》はまだ誘うように動いていた。わずかな痛みや違和感はすぐに消える。

それよりも、涼也さんの唇と舌、そして指に与えられた、蕩《とろ》けてしまいそうな感覚の方が強かった。私はただ、言葉にならない嬌声《きょうせい》を上げる事しかできない。

「二本……ああ、柔らかくて熱い襞《ひだ》が纏《まと》わり付いてくる。奥の方へ誘っているの、分かるか？」

「ああん、わかんなっ、あああああっ」

私のナカがうねっているのは分かる。バラバラに動く二本の指に応えるように、お腹《なか》の底が熱くなっていた。熱くて熱くて、またすぐにでも何かが破裂《はれつ》しそうな感じがする。こんな感覚なんて、知らない。怖い。

「んあああっ、あっ、やだあっ」

身体を震わせる私に、涼也さんが低い声で言った。

「ナカが少し締まったな。もう一度軽くイッておけよ」

「イクっ……って……ああああああんっ！」

涼也さんの唇が一層強く吸い付いた瞬間、かっと一気に体温が上がった。指をぎゅっと締め付けるような感覚。大きく腰をしならせた私のナカから、どろりと熱いモノが出た。涼也さんの舌が、太股《ふともも》の方まで舐《な》め取っていく。

「はあっ、は、ああ、はあん……」

もっともっとナカが叫んでいる。イッたばかりなのに、まだ何かが足りないと、満たしてほしいと、身体の奥が疼《うず》いている。

「ひあっ⁉」

ずるりと指が引き抜かれた。目を開けて涼也さんを見ると、さっきまで私を舐《な》めていた舌が、中指と人差し指をアイスキャンディーのように舐《な》めていた。ずくんと身体の奥が動く。

「物欲し気な目だな。もっとほしい、そんな瞳だ」

そう言う涼也さんの瞳も、ぎらぎらと輝いていた。「お前がほしい」――そう言っているのが分かる。

「未香」

涼也さんの唇が、私の唇に戻ってきた。唇から匂うのは、私の――雌の匂いだ。雄の匂いと混じり合って、媚薬《びやく》のようにくらくらと酔わせる匂いになっている。私は夢中で涼也さんの唇を食べた。

「んん、ああ」

涼也さんが深いキスをしながら、ゆっくりと腰を動かす。ぬるぬるの花びらに擦《こす》りつけられる熱い肉。花びらが捲《まく》られる度に、肉の塊《かたまり》の先が花芽に当たる度に、私は「ああんっ」と甘い声を出した。

涼也さんの動きに合わせて、ゆらゆらと私の腰も自然に動いた。甘い擦《す》れ合いの音が聞こえる。熱くて硬《かた》くて大きくて、それが私のナカに入るの……？

（涼也……さん……）

ヒロインが初めてヒーローに抱かれるシーンと重なった。媚薬《びやく》で蕩《とろ》けてもどかしくて、恥ずかしさなんて消えて、そう自分から強請《ねだ》って……


——いや、これだけじゃ、いや……

——足りないの、もっともっと奥に……

——もっと激しく突いて……滅茶苦茶にして……


今まで言った事のない台詞《せりふ》が、次々と頭に浮かぶ。でも言えない。言えない代わりに、自分から涼也さんの舌を強く吸った。唇と唇の境目《さかいめ》から、涼也さんのくぐもった呻《うめ》き声が漏《も》れる。手のひらに当たる涼也さんの肩が、ぴくりと動いた。

「りょ、や、さ」

唇を離して、途切れ途切れに名前を呼んだ。間近《まぢか》で見る涼也さんの顔は、張り詰めた表情を浮かべていた。

「ほし、いの……」

辛《かろ》うじて、それだけ言えた。私の言葉を聞いた涼也さんの薄い唇が一瞬引き締まったように見えた。

「そうか、ほしいか。なら――いくぞ」

太股《ふともも》が大きく広げられた。長い指が私の腰を掴《つか》む。襞《ひだ》に熱いモノが押し当てられたかと思うと、そのまま私のナカにずるりと入り込んできた。

「ああああああああーっ！」

指とは違う、圧倒的《あっとうてき》な重量感《じゅうりょうかん》。このまま身体を引き裂かれてしまいそうな痛みが走る。

私ははっはっと短い息を漏《も》らして、なんとか痛みを逃がそうとした。

その間も、硬《かた》くて太いモノは私の奥を目指して進んでくる。

「いっ、たっ……あああんっ」

とん、と軽い衝撃《しょうげき》が襲《おそ》ってきたかと思うと、ようやく楔《くさび》の動きが止まった。

涼也さんが私のナカにいる。痛みと共に感じているのは、温かな何か。

涙で滲《にじ》んだ視界に、涼也さんの顔が映った。半開きの口に汗に濡れた前髪。苦しそうな、恍惚《こうこつ》としているような、そんな複雑な表情を浮かべていた。

「未香……お前のナカは温かくて、狭くて気持ちがいい。誘うように纏《まと》わり付く襞《ひだ》の感触も、甘い匂いも――全て俺だけのものだ」

「あああっ、あうっ！」

奥に当たっている先端をぐりぐりと押され、痺《しび》れるような刺激が私を襲《おそ》った。痛みとは違う、別の何か。痛みが少しずつ鈍《にぶ》くなってきた一方で、涼也さんに触れている部分が次第に熱を帯びていく。


——もっともっと頂戴《ちょうだい》、奥に。

——もっと動いて、もっと激しく。


どうしてしまったんだろう、私。頭の芯が熱く蕩《とろ》けて、何も考えられない。浮かぶのは、もっと涼也さんがほしいという言葉だけ。

わずかにしか動かない涼也さんが、焦《じ》れったくて、身体が小刻みに震えてくる。思わず右手で涼也さんの二の腕を掴《つか》み、何を考えているのか分からない彼を見上げた。唇が勝手に動き、甘くねだる声を出す。

「やあ……んっ、もっと……っ」

ぽろりと涙が零《こぼ》れた。私は焦《こ》がれるままに言葉を継《つ》いだ。

「もっと、ほしい、の……もっと奥に」

涼也さんの身体が完全に止まった。ぐ、と歯を食いしばっている。

「ったく、お前はっ……！　人が我慢して優しくしてやってるのにっ……！」

突然涼也さんが動きだした。何かが切れたように、奥へ奥へと熱い楔《くさび》を打ち付けてくる。

ねちゃねちゃと粘着性《ねんちゃくせい》の水音が響き、肌と肌がぶつかる度に汗が飛び散った。

「あああっ、はあっ、ああああんっ！」

挿《い》れられる時も、抜かれる時も、最奥にごつんと当たる時も、何をしても身体が震える。涼也さんの左手が私の右胸を掴《つか》み、指の間から柔らかな肉がはみ出す程激しく揉《も》みしだいた。

「あっ、だめえっ、あああん」

ベッドの上で揺れる身体。涼也さんに貫《つらぬ》かれて、触られて、ただただ熱くて。

「やっ、あああんっ、熱いっ……！」

ナカが熱くうねり始めた。大きな波が迫ってくる。もう止められない。

熱が、甘さが、汗が、溜まって溜まって溜まって——そして。

「はあ、ああっ、あ、あ、ああああああああーっ！」

「っ——！」

どくんと楔《くさび》が脈打ったのと同時に、頭の中が真っ白になった。熱い飛沫《しぶき》がナカに注《そそ》がれ、襞《ひだ》がぐっと奥に向かって締まる。

お腹《なか》のナカが、温かいモノで満たされる。その温かさに一瞬違和感を覚えたものの、すぐに思考が乱れてしまった。どくどくと楔《くさび》から吐き出される熱の全てを搾《しぼ》り取ろうと、貪欲《どんよく》な襞《ひだ》はますます締まっていく。

「はあ、はあ、あ……」

涼也さんが唇を合わせてきた。今のキスは優しくてなだめるみたいな感じ。私は涼也さんの首に腕を回して抱《だ》き締めた。その仕草《しぐさ》に安心したのか、涼也さんの身体からぐったりと力が抜けた。

「未香……好きだ」

告白の言葉が甘く落ちてきたけれど、私の意識はもう霞《かす》んでいた。

なんとか目を開け、涼也さんを見ると、彼は優しい笑みを浮かべていた。

「涼也さ……んん」

「もう逃がさない。お前は俺のものだ」

私がはっきりと覚えていたのはそこまで。日頃の運動不足がたたったのか、初体験が激しすぎたのかは分からないけれど、私は涼也さんの腕に身を預け、そのまま意識を失ったのだった。

「未香……」

「んあ……？」

甘い声が後ろから聞こえた。うっすらと目を開けると、皺《しわ》だらけになったシーツが目に入る。

訳も分からず、うつ伏せのままぼうっとしていたら、後ろから伸びた大きな手が私のお尻を持ち上げた。

「へ？　えっ……あああんっ⁉」

背筋《せすじ》に痺《しび》れが走った。お尻の周りに舌を這《は》わせてるっ⁉

「やだっ、そんなとこ、汚いっ……ああんっ」

お尻から前の方に這《は》っていく舌に、いやいやと頭を横に振ったけれど、涼也さんは聞き入れてくれなかった。またじわりと蜜《みつ》が滲《にじ》み出てくるのが分かる。涼也さんが、指先で私のお尻を突《つつ》いた。

「汚くなんかない。こちらもピンク色で可愛いが……今日は手を出さないでおく」

「きょ、今日は⁉」

（なら、明日とか明後日とかはどうなるんですか！）

そう思った瞬間、熱い塊《かたまり》が後ろから一気に私を貫《つらぬ》いた。

「あああああんっ！」

前からとは違う場所に当たる太い先端。仰《の》け反《ぞ》らせた背中に沿って、下から上へと舌が動いていく。

左胸も後ろから掴《つか》まれ、先端をこりこりと押し潰《つぶ》された。右の耳たぶを引っ張った唇が、耳に熱い吐息《といき》を吹《ふ》きかけてくる。

「『正常位にして下さい、初めてだから』というお願いは叶えただろ？　だから次はバックだ」

「ひゃんっ、あああっ」

涼也さんは、いきなり激しく動きだした。私のナカはあっさりと涼也さんを受け入れ、すぐに快楽を拾い始めた。今度は痛みも感じない。ただただ、痺《しび》れるように気持ちがいいだけ。ぎゅっとシーツを掴《つか》み、涼也さんの動きに耐えようとした。

「ああっ、あんっ、奥に、当たって、あんんっ」

結合部分からは、ぐちゅぐちゅとかき混ぜるような卑猥《ひわい》な音がする。私のナカを前後に動く肉の塊《かたまり》は、最奥の部分に激しくぶつかっている。さっきと同じ、ううん、さっきよりも早く大きなうねりが身体を包み込んでいく。

「だめえっ、あんっ」

蕩《とろ》けるような感覚が身体の奥から全身に広がる。涼也さんの肌も、落ちる息も、みんな熱い。熱くて、溶けてしまいそう――

「未香、未香……っ」

「ひ、あ、ああああああああーっ！」

襞《ひだ》が収縮《しゅうしゅく》した瞬間、大きく膨《ふく》らんだ楔《くさび》から、沢山の熱が注《そそ》ぎ込まれた。どくどくと脈打つ肉の塊《かたまり》を、襞《ひだ》がぎゅっと締め付ける。

「あ、あん……」

ずるりと抜かれる感触がした。熱くどろりとしたモノが、太股《ふともも》に伝わる。くたりと力が抜けた私の身体を、涼也さんがひっくり返した。私はくたくたに疲れているのに、涼也さんの表情は妙に晴《は》れ晴《ば》れとしていた。目がまだ熱く燻《くすぶ》っているところが、なんだか……コワイ。

「じゃあ、次はバスタブだな。対面座位だろ？」

「ええっ!?」

思わず大声を上げてしまった。何言ってるの、この人はっ!?

「お前の小説に書いてあったシチュエーション、全部やるぞ。リアリティを追求《ついきゅう》する作家なんだろ、お前」

本番する程リアリティを求めてませんーっ！

「そ、そうですけど！　もう疲れて動けないんですっ！　いやですっ！」

「大丈夫、お前は何もしなくていいから。俺が動くだけだ」

「それが信用できませんーっ！」

ベッドから下りた涼也さんは、さっと私を抱《だ》き上げてしまった。ドアの方へ歩き出そうとする涼也さんを、私は必死に止める。

「ちょ、ちょっと待って下さい！　涼也さんも私も裸っ……！」

「ああ、美恵子さんには連絡済みだ。三日は来なくてもいい、と」

「みっかぁぁぁ⁉」

三日って！　三日もここであんな事やこんな事をするつもりなの⁉　身体がもたないじゃない！

（……って、お尻に涼也さんの硬《かた》いモノが当たってる……⁉）

「言っただろ？　原稿が終わったら存分《ぞんぶん》に味わわせてもらうと。三日でも遠慮《えんりょ》してる」

「うそぉ⁉」

（化《ば》け物《もの》並みの体力なの、涼也さん⁉　私ついていけない！）

脚をばたばたさせてみても、全く意に介さない涼也さんは、そのまま器用にドアを開けて裸のまま廊下に出たのだった。

＊＊＊

それから三日間。私はあの小説を書いた事を後悔しつづけた。涼也さんは本当に再現ドラマをしようとしたのだ。

（お風呂の対面座位も、ベッドの手錠《てじょう》も、おまけに広間のテーブルの上でもっ……！）

おかげで腰はガクガク、脚はふらふら、頭はぐらんぐらんの状態になってしまった。

一通りのパターンを試した後、涼也さんは爽《さわ》やかな笑顔で「今はこれだけにしておいてやる」と言い、ようやく淫《みだ》らな毎日から解放してくれたのだった。

ただ、解放してくれたと言っても、別荘から——正確にはベッドから——は全く出られない状態なんですけどね、腰痛くて。だから今も、ずっと寝たきり。食事は相変わらず涼也さんがお世話してくれていた。

「小説が無事に届いたのは良かった……」

私がここに来た二日目に、涼也さんが車を呼んで原稿を野村さんに渡すよう手配してくれた。野村さんからも「こちらの方がミカ先生らしいですね、これでいきましょう！」と言ってもらえたし、怪我《けが》のせいで遅れた出版もなんとかなりそうだ。

（でも、何かが抜けているような感じがする……）

変な話、この三日間の事はほとんど覚えていない。涼也さんに流されっぱなしで、何も考えられなくなって、いやらしい事を沢山してしまった……気がする……。

思い出そうとしたら、それだけで頬が熱くなってきた。

ううと呻《うめ》きながら、私は身体を起こした。痛む腰を擦《こす》っていると涼也さんが部屋に入ってくる。白のシャツにグレーのズボン姿の彼は、疲れ切ってヨボヨボの私とは違って颯爽《さっそう》としている。ベッドから起き上がった私を見て、涼也さんが眉を顰《ひそ》めた。

「未香、寝ていなくて大丈夫なのか？」

「心配するなら、手加減して下さい……」

恨みがましく睨《にら》むと、「お前が可愛すぎるのが悪い」とあっさり責任転嫁《せきにんてんか》された。何故《なぜ》だ。唸《うな》る私の隣に、涼也さんが腰を下ろす。

「ああ、そうだ。結婚式は来月になった。お前の両親にも連絡して、参列《さんれつ》してもらう手配をした」

「へ？」

（結婚式？　来月？）

呆然《ぼうぜん》とした私に涼也さんの説明が続く。

「式場はもう予約してある。それから一之宮智子まで、式に呼べと言ってきた」

「ちょ、ちょっと涼也さん!?」

涼也さんの上着を両手で掴《つか》む。涼也さんが訝《いぶか》し気な顔をして私を見下ろした。

「結婚式って！　来月って！　どういう事ですか、私聞いてません！」

私が必死に叫ぶと、涼也さんはくすりと笑った。

「ああ、それか。言ったはずだぞ？　バスタブの中で」

（やっぱり確信犯だ、この人！）

「そそそ、そんなの覚えてる訳ないでしょーがーっ！」

黒い笑顔の涼也さんは、正しく悪魔そのものだった。

「だろうな。お前は俺が腰を突き上げる度に甘い声で啼《な》いていたし。ああ、乳首を吸っても悲鳴《ひめい》を上げていたな」

「やーめーてーっ！」

多分真っ赤になった私の頬を、涼也さんが優しく撫《な》でる。

「新居にはお前用の書斎《しょさい》を作る予定だ。別荘並みとはいかないが、大きな書庫も設計中だ。ああ、本には好きなだけ金を掛けてもいいぞ」

「うっ」

本にお金掛け放題《ほうだい》……！　それだけで、頭がくらくらした。

「後は、身体に負担が掛からない最新型の椅子と机、それからマッサージチェアも常備《じょうび》するか」

「ううっ」

「当然、食事に睡眠《すいみん》、お前の体調管理は俺がする。脱水症状起こしてひっくり返る事が二度とないようにするつもりだ。お前は執筆に専念《せんねん》していればいい」

「うううっ」

ああぁ、性格も行動パターンもばれてる……

「母さんも喜んでた。未香が娘になってくれて嬉しいと。それに早々《そうそう》に結婚した方がいいぞ？　お前を抱《だ》いた時、避妊《ひにん》してないからな」

「あぁっ！」

（それだ！　何か抜けてる気がしてたの！）

そうだ、確かに温かいモノが直接入ってきたのを思い出した。おまけにもう三日経《た》ってるし！

目を見開いて硬直《こうちょく》する私の左手を取り、涼也さんがポケットから何かを取り出した。するりと薬指に冷たい何かを嵌《は》められた。

きらきら輝く大きな一粒ダイヤが、何故《なぜ》か手錠《てじょう》のように見える。

「だからいい加減諦めろ、未香。俺はお前を逃さない――絶対にな」

「涼也さんっ……!!」

耳元で囁《ささや》く甘い声。肉食獣《にくしょくじゅう》の瞳。ああ、小説の神様。やっぱりドSなヒーローのままの方が涼也さんに合っていたのでしょうか。

（だめだ、もう逃げられない――！）

気が遠くなった私は、うっかりそのままベッドに倒れ込んでしまい――圧《の》し掛《か》かってきた涼也さんに甘く淫《みだ》らな説得を受ける羽目《はめ》になってしまったのだった。あう。

エピローグ　～今日もエロシーンは健在なのです～

「んあっ、あああ、あんっ、や……」

「こんなに乳首が尖《とが》っているのに？　いやじゃないだろ、未香」

先端を軽く捻《ひね》られて、ぴくんと反応した私の胸に、涼也さんが唇を当てて強く吸い付いてきた。ちょうどブラウスの第一ボタンで隠れる場所だ。

「タイトスカートもいいな、捲《まく》り上げた時の煽情的《せんじょうてき》な眺めが堪《たま》らない」

「ひゃあ、んんっ」

つつつーと長い指が、ふくらはぎから太股《ふともも》へ動いてくる。ストッキングはとっくに破られていて、素足に触れる指が気持ちよかった。

「これから……ああ、机の上に組み敷いて、半《なか》ば無理やり奪うんだよな。それから、社長室が熱い密会の場に変わる……と」

「だっ、だからっ、小説通りにしなくてもっ……！」

かっちりとしたタイトスカートに白いブラウス。私は今、真面目な秘書《ひしょ》の格好をして、会社の最上階にある社長室で襲《おそ》われています。社長――涼也さんに。

涼也さんをモデルにした小説、『甘く淫《みだ》らな糸に縛《しば》られて――堕《お》ちていくカラダ』は、私の著作の中でもヒット作になった。ハード路線にした事を好意的《こういてき》に受け止めてもらって、ほっとしたのもつかの間。またもや野村さんから、毛色の似たお話を依頼されてしまったのだ。

しかも、今度は秘書《ひしょ》と社長物を、と。それを涼也さんに言ったら、えらく乗り気になってしまった。仕事が一段落した時に私を会社に呼んで、リアリティ追求《ついきゅう》のためと称《しょう》して、あんな事やこんな事をオフィスでしようとする。

「お前が同じ部屋にいると、我慢できないな。誘う匂いを漂《ただよ》わせているのに、手を出さないなんてあり得ないだろ」

スカートの中に侵入《しんにゅう》しようとする手を払い退けながら、私は必死に叫んだ。

「その、もういいですから！　机の上に乗せられたら腰と太股《ふともも》の裏側が痛くなるって分かりましたし！」

「まだまだだ。こうしたらどうなる？」

「ああ、ひゃあああんっ」

膝《ひざ》の裏にキスが落ちてきた。そのまま太股《ふともも》にキスが移っていく。

「お前の肌は白いから、痕《あと》を付けるのが楽しみだ」

「ううう……恥ずかしいんですよ⁉　いっぱいつけるから！」

「お前は俺のものだって主張しておかないと、どんな輩《やから》に狙われるか分からないからな」

その台詞《せりふ》に、私は自分の左手を見た。薬指には、きらきら輝くダイヤの婚約指輪と、涼也さんとおそろいの結婚指輪が嵌《はま》っている。

「指輪があるんだから、分かりますよ周囲にも。それに私全然モテないんですよ？　普段の生活だって、関わる男の人って涼也さんにお義父《とう》さん、それに野村さんぐらいで……」

「……」

あ、ちょっとむっとしてる。涼也さん、何故《なぜ》だか野村さんを敵対視《てきたいし》してるみたいなんだよね。なんでだろう。

「だから大丈夫……は、むんんんっ⁉」

突然の熱いキス。涼也さんにキスされると、身体の力が抜けてしまう。

促《うなが》されるまま口を開け、涼也さんの舌を受け入れる。彼の匂い、体温、それらが私の身体に沁《し》みてくる。

「んっ、ふう、んっ……んんん」

下唇を舐《な》められ、少し吸われただけで、じわりと熱いモノが、身体の奥から滲《にじ》み出してきた。

「や、ああん」

下着の上から親指で敏感《びんかん》な芽をぐりっと押された私は、もう抵抗《ていこう》できなくなっていた。身体はすっかり涼也さんの言いなりになっている。尖《とが》った胸の先端も指で擦《こす》られて、私は身体を震わせて甘い声を漏《も》らす事しかできなかった。

「未香……」

（ああ、いい声。聞くだけで、腰が砕《くだ》けそう）

下着がぐいと膝《ひざ》まで下ろされるのと同時に、右膝《みぎひざ》を掴《つか》まれた。下着から右脚が抜けて自由になると、そのまま涼也さんが腰を押し付けてくる。硬《かた》く熱く盛り上がった涼也さんを感じて、その熱に溶かされそうになった。

「涼也さん……あああああんっ」

ぐいと挿入《はい》ってきた熱い塊《かたまり》を感じて、私は更に背中を仰《の》け反《ぞ》らせた。涼也さんの手が後ろに回って、私の背中を支えてくれる。

「お前のナカは気持ちがいい。お前も感じてるだろ？　こんなに俺を締め付けているんだから」

「ああん、や、あ」

身体のナカが涼也さんでいっぱいになる。そのままぐりぐりとかき混ぜるように楔《くさび》を動かし始めた。

「ああ、あああんっ」

片脚を涼也さんの腰に回し、両手で首筋に縋《すが》りついた。汗が滲《にじ》む肌に唇を付けると、少しだけ塩味がした。

乱れた服越しに感じる、涼也さんの熱い身体。その身体と一緒に揺れる私の身体。濃密《のうみつ》で淫靡《いんび》な香りが充満《じゅうまん》し、掻《か》き回す水音がオフィスに響く。一番感じる最奥を突かれて、甘い喘ぎ声が途切れ途切れに漏《も》れる。

「はっ、あああ、ああんっ」

襞《ひだ》に擦《こす》れる熱い肉の感触。熱く激しく動く楔《くさび》に、蜜《みつ》が溜まって、そして——

「あ、あああ、あああああああああーっ！」

身体のナカで全てが弾《はじ》け飛んだ。注《そそ》がれる熱い飛沫《しぶき》を、悦《よろこ》んで呑み込もうとする襞《ひだ》。この甘くて熱い瞬間が、堪《たま》らなく愛おしい。その余韻《よいん》に浸《ひた》っていると、涼也さんがぶるりと身を震わせ、優しく唇を合わせてきた。

うっすらと汗を滲《にじ》ませながら微笑む涼也さんの顔。艶《つや》のある黒髪。引き締まった身体。強引で、ドSで、絶倫《ぜつりん》で、意地悪で。だけど、甘くて、優しくて、オカンで。私の事、一番に理解してくれている、私のヒーロー。そりゃあ、ちょっと困るところもあるけれど、でも……

そんな涼也さんを好きになっちゃったんだから、仕方がないよね。

「……ここでは、これで終わりですよ？　続きは家に戻ってからですからね？」

上目遣《うわめづか》いで念を押すと、一瞬目を見開いた涼也さんは、いつもの黒い微笑みを浮かべたのだった。

そして彼は、甘い嘘をつく

おかしい、絶対におかしい。

私、城崎未香は、熱い視線を注《そそ》いでくる長身イケメンの夫にじりじりと間合いを詰められ、これまたじりじりと後ずさりをしているところです。

「そんな事、私聞いてませんっ!」

目の前に立ってる城崎涼也さん——ドSで社長で御曹司《おんぞうし》でオカンなスーパーダーリン——は、私を見下ろしてにっこりと綺麗《きれい》に笑った。左手に例のブツを持ったまま。

一歩下がると、背中がリビングの壁につく。二十畳以上ある広いリビングが、牢獄《ろうごく》のように狭く感じるのは何故《なぜ》!? 大体、箱から出して隠したのにどうして涼也さんが持ってるの!?

「俺はちゃんと言ったぞ? 『これ試してもいいか?』と聞いたら『はい』とお前は言った」

私はじと目で涼也さんを見上げた。

黒いVネックのサマーセーターにジーンズ。ラフな格好でも、モデルみたいに様《さま》になるこの人が、自分の夫というのが、今でも信じられない。それ以上に、この高級マンションのワンフロアを占める新居で、こんな風に追い詰められている自分が信じられないっ……！

「ちなみに、その時の私、何をしてました？」

「何かぶつぶつ言いながら、次回作の案を練っていたな」

しれっと涼也さんが言った。

そんなの無意識に答えたに決まってるじゃないかー！　私が小説を考えている時、外界の情報をまるっと遮断《しゃだん》しちゃうって事、この人は知ってるくせに！

「小説のネタを提供《ていきょう》してやるだけだろ。大丈夫だ、きつくはしない」

ネタって！　自分がやりたいだけじゃない！

「ううう」

「ほら行くぞ」

「んきゃあ!?」

脚がふわっと浮いたかと思うと、涼也さんの肩に担《かつ》がれていた。じたばたと手足を動かしたけれど、全く無駄《むだ》な抵抗《ていこう》で、私は米俵《こめだわら》よろしく、鬼畜《きちく》な夫に寝室へ運ばれたのでした。

「や、やだあっ……」

「動くな。痛くしないと言っただろうが」

「痛いから嫌なんじゃないんですっ、恥ずかしいから嫌なんですっ！」

「お前、恋愛小説家だろ。いい加減慣れろ」

「こんなのに慣れたくありませんーっ」

「抵抗《ていこう》されると燃えるな」

（へ、変態……っ……！）

ダブルベッドに転《ころ》がされた後も必死に訴えたけど、圧《の》し掛《か》かってくる涼也さんの力には敵《かな》わなかった。

「ああ……いいな」

私を見下ろす涼也さんの瞳が妙に熱い。頬も心なしか紅潮《こうちょう》しているみたいに見える。

涼也さんはセーターを脱いで、上半身裸だ。割れた腹筋《ふっきん》が見えるジーンズ姿が妙に色っぽい。

そして私は、着ていた服を全部ひん剥《む》かれた上に――

「よくない、です……」

「やっぱりお前の白い肌に映えるな、赤い色が」

「ひゃあ⁉」

涼也さんが脇腹の紐《ひも》に指を掛けると、今回は直接肌に赤い紐《ひも》が擦《こす》れる。縛《しば》られた両手首から伸びる赤い紐《ひも》は、ベッドヘッドに括《くく》りつけられていた。万歳《ばんざい》の格好のまま、赤い紐《ひも》で縛《しば》られたボンレスハム状態になっている私。

おへそ回りの紐《ひも》が六角形の、正統派な亀甲縛《きっこうしば》り。胸の周りを囲むように紐《ひも》で縛《しば》られているから、胸の肉が盛り上がって見える。上半身は綺麗《きれい》に結ばれているけれど、下半身はそのままだった。

「大体、どうしてベッドに紐《ひも》を括《くく》る金具が付いてるんですかーっ！」

「DIY。俺そういうの、得意だから」

いつの間にベッド改造してたんですか、この人は！

「そんな事に、無駄《むだ》に才能を使わないで下さいっ！」

もぞもぞと動こうとしても、縛《しば》られた身体に紐《ひも》が喰い込んでくるだけだ。

涼也さんがベッドに乗ると、ぎしとスプリングが揺れた。蕩《とろ》けそうな彼の目が、うっすらと弧《こ》を描く口元が、怖い。

「未香」

「ん、んんんーっ」

こんな状態でも、涼也さんの唇を感じると、開いてしまう私の唇。下唇を甘噛《あまが》みされて、ぴりとした刺激が身体に走った。私の舌は彼の肉厚な舌に捕らえられ、ぞくりとする感触を難なく受け入れている。

唾液《だえき》の混ざり合ういやらしい水音だけが、やけに大きく聞こえた。涼也さんの感触、匂い、味、熱——その全てに、私はこんなにも、弱い。強いワインを飲んだみたいに、すぐに酔ってしまう。

「んはっ、はんんっ」

少しだけ唇を離した涼也さんが、火照《ほて》った私の頬に長い指を走らせて言った。

「とろんと潤《うる》んだ瞳、赤く染まった頬、ぽってりと腫《は》れた唇——お前は本当に美味《うま》そうだ」

「りょ、やさ」

首の付け根に巻かれた紐《ひも》の、すぐ横を舌が舐《な》めていく。時折、長い指が紐《ひも》を引っ張って、その度に擦《こす》れた肌がじんじんと震えた。

「お前が身動きできないというのが、堪《たま》らない」

「ひゃあぁんんっ！」

涼也さんの左手が右胸を掴《つか》み上げ、とっくに硬《かた》く尖《とが》っていた先端をそのまま唇で挟んでくる。上目遣《うわめづか》いでにやりと笑いながら、見せつけるように赤い突起《とっき》に舌を這《は》わせる彼の姿に、身体の奥がすぐに反応する。

とろり。とろり。身体の芯が溶けていく。溶けて流れて、溢《あふ》れ出そうになる。

涼也さんに触れられて、こんなに感じてしまうのが恥ずかしい。恥ずかしくて、でも気持ちよくて。

「あ、はあっ、あああっ」

左胸の蕾《つぼみ》も、指の腹で転《ころ》がされている。紐《ひも》で自由にならない身体がもどかしくて、ただ声を上げる事しかできない。

「お前をこんなに——こんな風に乱れさせる事ができるのは、俺だけだ」

「あああっ、あんっ」

太股《ふともも》の間に涼也さんの脚が割って入った。開いた太股《ふともも》に涼也さんの右手が差し込まれる。くちゅり、と粘着質《ねんちゃくしつ》な音がした。

「あああ、あう——っ！」

柔らかな隠された部分を弄《もてあそ》ぶ指。優しくて、容赦《ようしゃ》ないその動きに、身体の奥が蠢《うごめ》いた。

「ああ、もう十分すぎる程濡れているな。本当なら、ここに——」

「あああああっ！」

一番敏感《びんかん》な部分を押すように触られて、思わず腰がしなった。

「結び目をここに作って、動く度に刺激するように縛《しば》るのがイイらしいが……」

涼也さんから、立ち昇る雄の匂い。それが鼻から入ってきて、私の舌の上で苦くて甘い味になる。むせ返るような濃密《のうみつ》な空気に、何も考えられなくなる。

「そうすると挿《い》れにくくなるからな。正式版は次回だ」

「は、ああんっ、はあ」

涼也さんが話しているけど、何も頭に入ってこない。また身体を這《は》い始めた唇と舌と指が、甘く残酷《ざんこく》に私を弄《もてあそ》ぶ。こりっと乳首を甘噛《あまが》みした後、涼也さんはさっきよりも深く指を動かした。

「ひゃあ、あああ、ああああんっ」

襞《ひだ》をなぞる指が、つぷんと私のナカに埋まり、一瞬気が遠くなった。熱いとろみが、太股《ふともも》の方へ流れていくのが分かる。

「縛《しば》られているのに感じてるお前が――いやらしくて、可愛い」

「あ、ちがっ、あああん」

(縛《しば》られているから感じてるんじゃない、涼也さんに触れられているから感じてるの)

そう言いたいのに、言葉にならない。差し込まれた指でもっとと求める襞《ひだ》を擦《こす》られ、またとぷりと熱が零《こぼ》れ出た。

「りょうやさ……ああんっ」

差し込まれた指と、隠された芽を触る親指。押すように、撫《な》でるように、抓《つま》むように動く指に、腰が跳ねる。その度に紐《ひも》が肌を擦《こす》り、擦《す》られた肌がピンク色に染まっていく。

そのむず痒《がゆ》い感触が、じわりじわりと肌に沁《し》みてくる。

「ああんっ……！」

涼也さんが更に深く指を埋めた瞬間、溜まった熱が軽く破裂《はれつ》した。もっと奥にと、強請《ね》るみたいに私のナカが動く。その動きに応えるように、涼也さんが指を増やしてきた。

「や、あああん」

身体がじんじんと疼《うず》く。本数が増えた事で、ぴりっと痛みが走ったが、私のナカが順応《じゅんのう》するのは早かった。バラバラとナカで動く指が、柔らかく潤《うるお》った襞《ひだ》を押し伸ばしていく。

「はあっ、や、りょう、やさ、ああっ」

涼也さんに手を伸ばしたいのに、できない。目の前でしっとりと汗ばむ肌に触れられない。紐《ひも》で縛《しば》られた両手が動かせないのが、焦《じ》れったくて堪《たま》らない。

「ほら、どうしてほしい？　未香」

「ああ、ああんっ」

意地悪な声がする。わざと焦《じ》らすような、そんな声が。

「ああ、俺の指をしゃぶるように動いているな、お前のナカ。でも指だけじゃ寂しいだろう？　俺を誘うように蠢《うごめ》いている」

またちゅくりと乳首を吸われて、ナカがきゅっと締まる感覚がした。

「ひあっ、あああん、やあん」

「俺をほしいと言え」

「あんっ」

ああ、どこかで聞いた事のある台詞《せりふ》。意地悪な男の声。

涼也さんが身体を離してベルトに手をやった。カチャカチャという金属音と布が擦《こす》れる音が聞こえる。そうして、また私の上に戻ってきた涼也さんが、今度は腰を押し付けてきた。

「ひゃ、あああっ、あああん」

熱い塊《かたまり》が襞《ひだ》を擦《こす》った。ぬるりと妖《あや》しく動くソレは、焦《じ》れている入り口の辺りをゆっくりと攻める。

「あああっ、あああん」

指より太い先端が、少しだけナカに入りかけて――また出て行く。襞《ひだ》がもっともっとと騒《ざわ》めき始める。焦《じ》らすような動きが堪《たま》らないのに、逃げる事もできない。手首の紐《ひも》はぴんと張ったままだ。

「や、やあん、あああ」

太股《ふともも》の間を擦《こす》りつけるように前後に動く塊《かたまり》。十分に濡れているのか、くちゃくちゃと音がする。涼也さんがをふっと口元を歪《ゆが》めた。

「ほら、この肉棒を入れてほしいと。かき混ぜてぐちゃぐちゃにしてほしいと言えよ」

ああ、やっぱり、小説の台詞《せりふ》だ。こんなに甘く残酷《ざんこく》な響きをしているなんて、直《じか》に耳にして初めて分かった。小説と同じように、身体の奥が騒《ざわ》めく。ほしいのに、少ししか与えられないナカの襞《ひだ》が、締め付けるように動いた。

（ほしい……空虚《くうきょ》なナカを埋めてほしい。もっともっと熱くして、もっともっと……）

「ほ、し……い……の」

「――何が？」

意地悪な声まで同じ。ここまで再現しなくてもいいのに。でも、逆らえない。

私は涼也さんを見上げた。涙で滲《にじ》んだ視界に、涼也さんの黒い瞳だけがやたらとはっきり映っている。

「涼也さんの、熱いのが、私の……ココに、ほしいの……」

掠《かす》れた声でそう言うと、涼也さんが獰猛《どうもう》に笑った。

「よく言えたな。いい子にはご褒美《ほうび》をやろう――」

「ひ、あああああああーっ！」

腰を掴《つか》まれたかと思うと、一気に熱い塊《かたまり》が私を貫《つらぬ》いた。びくんと大きく腰が揺れる。

たったそれだけで、私の世界が白く染まった。

「挿《い》れただけで、イッたのか。ぎゅうぎゅう締め付けてくる」

焦《じ》らされていた私のナカは、熱くて硬《かた》いモノを悦《よろこ》んで咥《くわ》え込んでいる。もっと奥にもっと奥にと締め付けているのが分かる。

「はあ、んっ……」

動けないって事が、こんなに辛いなんて。一番奥をぐりぐりと押してくる度に、ただ喘ぎ声を上げる事しかできない。ふと、紐《ひも》の擦《す》れ具合がきつくなった気がした。汗を吸って締まったのかも知れない。その擦《こす》れすら、自分の奥に当たる熱量《ねつりょう》に負けて何も感じなくなる。

「未香……」

涼也さんの身体からも、汗がぽたりと落ちてくる。私の匂いと涼也さんの匂いが混ざって、絡《から》み合って蜜の匂いに変化する。

全身が蕩《とろ》けている。涙が零《こぼ》れる瞳も、開いたままの唇も、紐《ひも》に縛《しば》られたまま跳ねる身体も。その全部が、ただ涼也さんを求めている。この熱くおかしくなりそうな疼《うず》きは、彼にしか――

「し、て……もっと、もっと」

（涼也さんにしか、癒《いや》せないの。涼也さんしか、私を、満たせない……）

「りょう、やさん、が……すき、なの……」

涼也さんの表情が一瞬で変わった。蕩《とろ》けるように私を見ていた瞳が、かっと燃え上がるのが見えた。

「――っ……！　お前はっ……！」

焦《じ》らすような動きが突然激しくなる。痛いくらいの衝撃《しょうげき》とともに、何度も最奥まで熱に貫《つらぬ》かれた。いやらしい水音も、肌と肌がぶつかり合う音も、涼也さんの口から時折漏《も》れる掠《かす》れ声も、その全てが私を高ぶらせていく。

「ああんっ、あああっ――っ！」

縛《しば》られた身体が跳ねる。引っ張られる手首の痛さも結び目の刺激ももう感じない。大きくて激しい波が、熱く甘く私に迫ってくる。

「み、か……っ！」

一層硬《かた》く膨《ふく》れた熱を、襞《ひだ》が包み込んで奥に引き摺《ず》り込む。チカッと目の奥に白い光が走った。

「あ、ああっ――……あああああああっ！」

ぐっときつく締まった瞬間、涼也さんの熱い熱い欲望が私の最奥に注《そそ》ぎ込まれた。どくんどくんと脈打つ楔《くさび》に、襞《ひだ》が纏《まと》わり付いて欲望を受け止めている。

ああ、涼也さんでいっぱいになる。彼の匂いが味が、私の細胞に沁《し》み込《こ》んでいく。

「はあっ、あ、はあん……」

まだ震えている私の唇に、涼也さんの唇が重なってきた。涼也さんの唾液《だえき》が、優しい舌を伝って落ちてくる。私は必死にそれを呑み込んだ。涼也さんがくれるものは全部ほしい——全部全部、私のナカに。

「……いの……」

「……未香?」

私の意識があったのはここまで。縛《しば》られたまま、焦《じ》らされて高みに駆け上《のぼ》った私は、あっさりと白濁《はくだく》した世界へ行ってしまったのだった。

＊＊＊

こて、と未香の首が落ちた。さっきまで潤《うる》んでいた瞳が、瞼《まぶた》に覆《おお》われている。荒く甘い息を漏《も》らしていた唇からは、すーすーと気持ちよさそうな寝息が聞こえてきた。

「……おい」

赤く染まった頬を引っ張ってみたが、全く目を開けない。どうやら焦《じ》らし過ぎて、体力を使い果たしてしまったらしい。俺は溜息《ためいき》をついて、未香から身体を離した。……かなり未練《みれん》がましく。

ふと見ると、激しく悶《もだ》えていたせいか、彼女の手首の辺りが赤く擦《す》れていた。俺は自分自身の始末《しまつ》をした後、バスルームからお湯を張った洗面器とタオル、そして救急箱を寝室に運んだ。

「……かなり締まっていたのか」

痛くないようにしていたつもりだったが、未香の汗を吸った紐《ひも》が少し膨張《ぼうちょう》し、結び目がきつくなっていた。未香を起こさないように、慎重に紐《ひも》を外していく。手首以外は目立った痕《あと》は付いておらず、ほっと息をついた。

白い肌を温めたタオルで拭《ふ》いていく。未香の肌は艶《つや》やかで、まろやかで、滑《なめ》らかだ。小柄だが、出るべきところは出ていて、いやらしい体形だと思う。太股《ふともも》に流れる俺のモノは、未香の蜜と混ざり合って泡立っていた。その匂いに、また身体の奥が熱くなる。

「手首の手当てが先だな」

擦《こす》れた部分に消毒液を沁《し》み込《こ》ませたガーゼを当てると、ぴくんと未香の眉が動いた。少し痛いのかもしれない。その上から、ネット状のサポーターをはめておく。ここまでしても、未香は目を覚まさなかった。

俺は上掛けを未香と自分に掛け、彼女を腕の中に閉じ込めた。

俺のせいで疲れて眠る未香は、やたらと色っぽく見えて困る。彼女の甘い蜜の味も、匂いも、この肌の感触も、俺だけのものだ。そう考えただけで、深い満足感が心の底から浮かび上がってくる。この女は俺のものだ。誰にも渡さない――

「こんな事になるなんてな」

俺は自嘲《じちょう》するように呟いた。未香を知る前の俺は、女なら誰でも一緒だと思っていた。共感できる部分が一つでもあればそれでいいと。だから、父さんに勧《すす》められるまま、一之宮智子にも会った。自分に似た考えのあの女なら、それなりに平穏な家庭が築けるのではないかと、そう思ったのも事実だ。だが、母さんは反対だった。

『智子さんは素敵な女性よ。だけど、涼也さんには合わないと思うの。あなたには、好きになった人と一緒になってほしいのよ』

その言葉を聞いた時、俺は母さんの気持ちが理解できなかった。どうせなら、自分に有利な相手と結婚すればいいだろう、としか思っていなかったからだ。だが、その後で俺は見つけてしまった。

『女嫌《おんなぎら》いの涼也さんに絶対に迫ったりしませんから！　興味があるのは〝モデルとしての涼也さん〟だけで、男性として興味がある訳ではありませんから！　心配ご無用です！』

きらきらした瞳で俺を見上げながら、「俺に興味はない」と公言した愛しい女を。

どうしても手に入れたいと、焦《こ》がれる相手を。

心も身体も俺だけのものにしたいと、独占したいと、そう思える未香を。

(今なら、母さんが何を言いたかったのか分かるな)

未香のいない日々などもう考えられない。明るくて、斜《なな》め上の思考回路で、いつもちょこまかと動き回っているから見ていて飽きない。いや、危なっかしくて目が離せないという方が合っているのか。

鈍い未香は、自分が男の目にどう映るのか、分かっていないところがある。小柄で可愛い顔つきで、明るく優しい。しかも頭もいい。そんな未香に惹かれる男はどこにでもいる。指輪を嵌《は》めて牽制《けんせい》していても、正直不安になる事がある。未香は浮気などしないだろうが、男側は信用できない。

本音を言えば、誰の目にも触れぬところに閉じ込めておきたい。そう未香に言ったら、「ああ、そんなヒーローもいいっ！　次回作はそれで！」と喜んだだけだったが。

（ああ、父さんもこんな気持ちだったのか）

父さんも大概《たいがい》母さんに甘い。未だに母さんの男友達――せいぜい趣味《しゅみ》繋がりの付き合い程度だが――に目を光らせている状態だからな。だが、よもや自分もそうなるとは思っていなかった。

「血は争えないって事か……」

俺は未香をそっと抱き締めた。甘く温かい身体から伝わる、心臓《しんぞう》の音。この時間が、堪《たま》らなく幸せで愛おしい。もっと、と未香を求めてしまう。身体の一部が反応し始めた事に俺は苦笑した。

「未香」

「ん……」

ぽってりと腫《は》れた唇をそっと塞ぐ。未香はどこもかしこも、甘い。その甘さにずっと浸《ひた》りたい。もっと俺を沁《し》み込《こ》ませたい。俺無しでは生きていけないようになるまで。

「……お前の事だから、そんな風にはならないんだろうが」

すんなりと堕《お》ちてはこない女。すぐに逃げ出そうとする獲物。俺は一生、未香を狩り続けるのだろうな。——決して逃がさないが。

「……好きだ」

そう呟くと、未香がへにゃりと笑った。目を見張った俺に、未香の寝言が聞こえる。

「……わたし、も……」

心臓《しんぞう》を鷲掴《わしづか》みにされた。どくどくと身体の奥に脈打つ欲望。これはもう、我慢できない。

俺は未香の肌に手を這《は》わせ、さっきよりもしっかりと唇を合わせたのだった。

＊＊＊

「んんっ……？」

心地よい空間にいたのに、何故《なぜ》か息苦しくなった。

「未香」

「ふ、ふえっ⁉」

熱い声に目を開けると、間近《まぢか》にぎらぎらと輝く狼の瞳が見えた。

「りょ、涼也さ、ん――んんんっ！」

舌が濃密《のうみつ》に絡《から》み合う。涼也さんの手が、胸の膨《ふく》らみを掴《つか》んで優しく撫《な》で回している。

「あああ、あの⁉」

涼也さんの逞《たくま》しい胸に両手を当てて気が付いた。紐《ひも》がなくなり、代わりに手首には白いサポーターが巻かれている。涼也さんが耳元にキスをして呟いた。

「さっきできた痕《あと》、全部消毒してやる――俺の唾液《だえき》で」

「ひえええええっ⁉」

首元に巻かれていた紐《ひも》の位置を、涼也さんの舌と唇が這《は》う。すると、肌から涼也さんの熱さが沁《し》み込《こ》んでくる。

「ああんっ、りょ、やさ、あんっ」

指が胸の先をぴんと弾き、甘い痺《しび》れが疲れ切った身体に走る。ぴくんと反応する肌。

でもでも……！

「あんっ、もう、身体疲れ……んあっ」

涼也さんの手も舌も、止まる気配《けはい》がない。甘くて容赦《ようしゃ》ない指の動き。肌に痕《あと》を残していく唇、紐《ひも》の痕《あと》をなぞる肉厚な舌、その全てに私の身体はあっさりと流されてしまう。

「ひゃあんっ」

尖《とが》った先端を口に含まれ、ふるんと揺れた胸を涼也さんの手が掴《つか》む。舌を乳首に巻き付けられて、強く吸われ、もう喘ぐ事しかできない。

「あ、ああんっ、やあん」

腰をくねらせた私を、涼也さんがぐっと抱き締めた。逞《たくま》しくて硬《かた》い身体。私とは全然違う。

もう硬《かた》くなっている彼の欲望の証《あかし》が私の肌に直接当たっている。その感触に、私の身体の奥もじわりじわりと溶けていく。

「今度は優しくする——できるだけな？」

涼也さんの黒い瞳に宿る熱が、私の身体にも飛び火している。どくんと鳴る心臓《しんぞう》が痛い。熱くて何も考えられなくなる。

でも、今までこの台詞《せりふ》に何度騙《だま》されたと思ってるんですか。絶対絶対、嘘なんだから！

「涼也さんの優しくは信じられませんっ！」

そう叫ぶと、涼也さんの目が一瞬丸くなる。そして次の瞬間、にやりと口端《くちは》が上がった。

「こんなにお前を大事にしているのに？　愛してる、未香」

（ああ、この顔っ……！）

「～～もう!!」

耳元で囁《ささや》かれた爆弾《ばくだん》に、私の心臓《しんぞう》は破裂《はれつ》しそうになった。一気に体温が上昇したのと反比例《はんぴれい》して、抵抗《ていこう》する気力が失せる。うううと唸《うな》る私の頬に、涼也さんが軽くキスを落とす。甘くて蕩《とろ》けるような笑顔に、腰が砕《くだ》けてしまいそうになった。

（ああ、もう……この人はズルい。こうやって、逃げようとする私をいとも簡単に捕まえてしまうんだから……）

私は手を伸ばし、涼也さんの頭を自分の方へ引き寄せた。そして、彼の耳元でこう囁《ささや》く。

「……本当に優しくしてくれますね？」

降参の台詞《せりふ》を聞いた涼也さんは綺麗《きれい》に笑い、私の唇を優しく啄《ついば》みながら「ああ、もちろん」と呟いた。

彼の「優しく」は私の「優しく」とは違うって分かっている。でも、私の身体は涼也さんの熱が欲しいと叫び、身体の奥まで熱い欲望を注《そそ》ぎ込んでほしいと焦《こ》がれている。

餓《かつ》えた身体を満たせるのは、この人しかいないのだ。

「好き……涼也さん」

彼の甘い嘘に騙《だま》されたフリをした私は、そのまま優しく熱い彼の体温に溶かされた。

結局この日から三日後まで、私達はベッドの住人になってしまったのだった。

＊＊＊

緩《ゆる》やかな音楽が流れるカフェ。白木《しろき》と煉瓦調《れんがちょう》の壁に、大胆な模様のタペストリー。このカフェは北欧風のインテリアがお気に入りで、ちょくちょく担当者さんとの打ち合わせに使わせてもらっている。出版社からも近いし。

「ミカ先生！　新作も大人気ですよ！　ほら、Ｗｅｂ書店売り上げでトップ10に入ってます」

にこにこと真正面で笑う野村さんに、私は「ＨＡＨＡＨＡ……」と乾いた笑いを返していた。

だって、まだ全身が筋肉痛で痛いんだもの！　誰かのせいで……ううう。

「最近の作品はＨシーンに気合が入っていると編集部内でも評判《ひょうばん》で。いやあ、迫力が出てきましたよね、ご結婚されてから」

「エエ、ソウデスネ」

「特に男性側の描写《びょうしゃ》に、鬼気迫《ききせま》るものがあると編集長も言ってましたよ。ドＳなヒーローが、ヒロインを一見虐《いじ》めながらも愛するシーンが素敵だと、ファンレターも届いているんです」

「エエ、ソウデスネ」

(だって！　モデルがすぐ傍《そば》にいるんだから、そりゃ鬼気迫《ききせま》りますよ！)

大人しく紅茶を飲みながら、私は心の中で叫んでいた。

白い長袖ブラウスに、ブルーグレーのロングプリーツスカートを着ているのは、全身に付けられた涼也さんの印を隠すためです、はい。

「しかし……よく城崎さんの許可が下りましたね」

「へ？」

涼也さんの許可？　私が目を丸くすると、野村さんがブラウンのスーツの上着からハンカチを出し、汗を拭《ふ》き始めた。

「いえ、城崎さんから『打ち合わせは電話やメールでできるだろう』と言われていまして。お会いした方が話が進むと言ったのですが、その……」

(涼也さん!?)

野村さんの顔色が冴《さ》えない。涼也さん、まさか野村さんに何か言ったの!?　野村さんの汗が滝のように流れている。

「どうも、私がミカ先生に会うのを警戒《けいかい》されているみたいで。『二人きりで会うな』とか……ですが、他の方と一緒では集中できませんし」

（一見熊みたいな野村さんに何威嚇《いかく》しているのよ、あの人は！）

私は思わず頭を下げてしまった。

「あの、なんかスミマセン……」

野村さんは丸眼鏡を上げつつ、汗を拭《ふ》いて言った。

「いえいえ、それだけ大事にされているという事ですから。ミカ先生が好奇心旺盛《こうきしんおうせい》で、異性に対する警戒心《けいかいしん》があまりないのが心配だとおっしゃってました」

「心配……」

それこそ、いらぬ心配という奴では。こんなマーキングされまくりの私に、何を言っているんだか。

「野村さんはデビュー当時からずっとお世話になってる編集者さんで、信頼してるって言ったのに……」

「ああ」

がくっと野村さんの肩が落ちる。

「多分それが原因だと……っっ！」

野村さんの口元が引《ひ》き攣《つ》った――かと思った瞬間、後ろから魔王の声がした。

「未香。打ち合わせは終わったのか？」

「涼也さん⁉」

振り向くと、高そうなグレーのスーツを着た涼也さんが、見た目には優雅《ゆうが》に微笑みながら立っていた。周囲の女性が、溜息《ためいき》を漏《も》らしている。そりゃそうだよね。モデルみたいに綺麗《きれい》なんだもの。……腹黒《はらぐろ》でHだけど。

ソファの席を詰めると、どかっと隣に座ってきた涼也さんが、私の肩に右手を回して自分の胸元にぐいっと引き寄せた。野村さんの顔色がますます悪くなる。

「あの、涼也さん？」

私が横を見上げると、涼し気な顔をしながら目だけが笑っていない涼也さんがいた。

「いつも妻がお世話になっております。今日の打ち合わせは進みましたか？　野村さん」

野村さんの汗を拭《ふ》く姿が、痛々しい。

「は、はい。次回作の構想も伺《うかが》えましたし、今後のスケジュールもご確認いただけました。ちょうど前作が大評判《だいひょうばん》だとお伝えしていたところです」

「そうですか、それは良かった」

にっこりと綺麗《きれい》な笑顔を見せる涼也さんが、私には魔王にしか見えない。私の肩を掴《つか》む手に力が入ってて、地味に痛いんですけど。

「未香は魅力的《みりょくてき》ですからね。独身の男性と二人きりだと心配になるのですよ。何かに気を取られている間に、罠《わな》に嵌《はま》りはしないかと」

（それ、涼也さんの得意技じゃないですかーっ！）

今の心の叫び、多分野村さんとハモっていたと思う。だって、眼鏡の奥の目がそう言っているから。

大体、小説のお仕事をしている時に限っていやらしい話を持ち掛けてきて、無意識に頷いちゃってる私を手玉に取っているのはどこの誰ですか！

野村さんの視線がきょろきょろと私と涼也さんを彷徨《さまよ》った後、彼は眼鏡を取って汗を拭《ふ》き、また掛けた。

「あああ、あの、その、ご心配には及びません。今まで仕事ばかりでなかなかいいご縁《えん》に巡り合えなかったのですが、その……」

野村さんの頬がちょっと赤くなった？

「この度、ミカ先生のおかげで私にも春がやってきまして」

「へ？」

思わず耳を疑《うたが》った私。え、春が来た？　それって恋人ができたって事？

土日も仕事仕事で縁《えん》がないって聞いていたのに。おまけに私のおかげって、一体どういう……？

「あら、涼也さんまでお揃《そろ》いですの？」

涼《すず》やかな声がまた後ろから聞こえてきた。涼也さんの肩がぴくっと動き、野村さんが真っ赤になって俯《うつむ》く。

「智子さん!?」

白い清楚《せいそ》なワンピース姿の智子さんがそこに立っていた。うわ、洋装の智子さん初めて見る。

艶《つや》やかで真っ直ぐな黒い髪に、赤めのルージュ。つばの広い白い帽子を小脇《こわき》に抱え、肩から高級そうな白いショルダーバッグを下げている。

すすすと野村さんが奥にずれると、智子さんが優雅《ゆうが》にその隣に腰を下ろした。涼也さんが現れた時と同じような周囲の視線が智子さんにも降り注《そそ》いでいる。そんな視線をものともせず、智子さんが野村さんの右腕にそっと自分の左手を添えた。え、これって!?

「あの……もしか、して……」

私が恐る恐る聞くと、野村さんが真っ赤になったまま首を上下に振った。智子さんはその隣で、ふふふと妖艶《ようえん》に微笑んでいる。

(えええええええええーって!?)

思わず叫ばなかった私を褒めてほしい。野村さんのお相手って、智子さんなの!?

「ねえ、涼也さん? 私の紘一《こういち》さんを、そんなに睨《にら》まないでいただけます?」

智子さんのアーモンド形の瞳が、ぎろりと涼也さんを見た。いや睨《にら》んだ。口元は微笑んでいるけど、瞳は笑っていない。

「と、智子さん。城崎さんはミカ先生を心配なさっているだけですよ。私は何も……」

智子さんが野村さんを見上げる。涼也さんを見る目とは全然違う、優しい目付きだ。

「あら、庇《かば》う必要はないのよ？　ここで釘《くぎ》を刺しておかないと、いつまでもあなたの事を疎《うと》ましがるんだから、涼也さんなら」

横をちらと見ると、涼也さんの口元にも笑みが浮かんでいた。

「随分《ずいぶん》な言いようだな、一之宮智子」

智子さんが涼也さんにふふふと笑いかけた。野村さんに見せた表情とは違う、恐怖を感じる笑顔だ。

「あら、本当の事でしょう？　あなたが心の狭い嫉妬深《しっとぶか》い男性だという事は承知《しょうち》しておりますもの――」

――この人と違って、ね。

という智子さんの心の声が聞こえる。ぴくっと涼也さんの眉が動いたところを見ると、彼にもしっかりと聞こえたに違いない。涼也さんと智子さんの視線が交差する。交《か》わされる冷たい微笑み。野村さんを見ると、彼も私を見ていた。

（堪《こら》えて下さい、ミカ先生！）

（野村さんこそ！）

長年の付き合いの私達、アイコンタクトもお手の物だ。私はカップを取り上げ、やや冷めたミルクティーの残りを飲んだ。

（店内の人達、私達の事をどう思っているのやら）

涼也さんに智子さん、野村さんに私、の組み合わせじゃないの⁉　と言いた気な視線を感じる。確かに涼也さんと智子さんが並ぶと、キラキラ輝く美男美女カップルだものなあ……

「あの、智子さん？　いつの間に野村さんと……」

思い切って私が聞くと、智子さんが私に目を向けた。綺麗《きれい》な猫の目だ。

「あなたが涼也さんのもとに戻った後、少しお話ししましたの。言ったでしょう？　私、頭の良い方が好きだと。この人が鋭い感性《かんせい》の持ち主で、優秀な編集者だって事はすぐに分かりましたわ」

（うわー野村さん、真っ赤っ赤になってる。初めて見るなあ、こんな表情）

智子さんがにっこり笑って話を続ける。

「それで、融資《ゆうし》するから独立してみないか、と言ってみたら、断られましたの。『自分はあくまで一編集者としての仕事が好きで、経営には向いていない』とね」

「独立⁉」

話大きくなりすぎじゃないですか、智子さん。でも野村さんは、それを断ったんだ。

野村さんがまた汗を拭《ふ》きながら言った。

「その、ご融資《ゆうし》のお話は大変有難かったのですが、私は編集バカですから。出版社の社長などできませんよ。でももし、面白そうな企画を思い付いたら、企画書持参で伺《うかが》うと言ったんです。そうしたら、その……ととと、智子さんが――」

智子さんがころころと鈴を転《ころ》がしたような声で笑った。

「どうせなら、私ごと引き受けてみませんか、と言ったの。その時のこの人の顔ったら！　信じられないってぽかんと口を開けた後、真っ赤になっちゃって。大慌てで断ろうとしたものだから、つい追い詰めてしまったわ」

愛おしそうに野村さんを見つめる智子さんを見て気が付いた。そうか、智子さんの周囲には野村さんみたいな男性がいなかったんだ。

自分に媚《こ》びない、普通の感覚を持った男性が。というか、逃げようとしたから捕まえられたんじゃないのかなあ、野村さん。

（……誰かのパターンと同じだ）

「どう追い詰めたのか聞いてもイイデスカ」

「やめて下さい、ミカ先生。絶対ネタにする気でしょう」

速攻で野村さんに断られてしまった。残念、面白い話になりそうなのに。むうと頬を膨《ふく》らませた私の隣で、涼也さんが咳払《せきばら》いを一つした。

「……そうか、それならこちらとしても都合がいい。おめでとう、智子さん、野村さん」

涼也さんの他人行儀《たにんぎょうぎ》な笑顔に、女王のような微笑みを返す智子さん。

「ありがとう、涼也さん。どうぞご安心なさって下さいな。この人は、未香さんを誘惑したりしませんから。ね、紘一さん？」

「ははは、はいいいい」

挙動不審《きょどうふしん》だけど、まんざらでもなさそうだよね、野村さん。多分智子さんみたいな美人に会った事なかったんだろうなあ。そんな相手から迫られて、どうしたらいいのか分からない状態なんだろうと思った。のんびりしてそうな見掛けとは違って、野村さんは頭の回転も速くて知識豊富だし、智子さんの知性にも負けていない。

「智子さん。野村さんは本当に優秀な編集者さんなんです。それに人間的にも大きいし、智子さんとお似合いです。どうかお幸せに」

私がそう言って二人に頭を下げると、野村さんは真っ赤になって、智子さんは嬉しそうに笑った。

――その隣で涼也さんが微妙な目で私を見ていた事に、全く気が付かなかった。

＊＊＊

「凄いなあ、智子さん」

帰りの車の中で、私は独り言のように呟いた。隣で運転している涼也さんは無言のままだった。

「野村さんの良さを見抜けるなんて、やっぱり見る目あるわ。お似合いだなあ」

ふと思いだした事があり、私は涼也さんの横顔を見上げた。綺麗《きれい》なハンドルさばきの涼也さんは、運転も様《さま》になる。

「ねえ、涼也さん。そういえば、どうして野村さんの事を敵対視《てきたいし》していたの？　お世話になっている編集者さんだって、何度も説明したでしょ」

むっとしたように、涼也さんの口元が歪《ゆが》んだ。しばらく黙っていた涼也さんは、前を向いたままぽつりと言う。

「……お前が楽しそうだったから」

「へ？」

私が目を丸くすると、むすっとした声で涼也さんが話を続けた。

「あいつと小説の打ち合わせをしているお前は、夢中になってて楽しそうで、眩《まぶ》しかった。俺にはあいつみたいにお前の小説にアドバイスできる力はない。だから、お前の世界を一緒に創《つく》り上げているあの男が気に喰わなかった」

「へ」

「だから、いつか……いつか、あいつの方にお前の興味が向くんじゃないかと思っていた」

「……いやあの、涼也さん？」

え、野村さんにやたらと突っ掛かっていたの、それが原因⁉ 単なる嫉妬《しっと》⁉

「何度も言ってるけど、野村さんは私を見出してくれた編集者さんで、恩人ですよ？ 野村さんの方だって、私をそんな目で見た事一度もないですし」

はあ、と涼也さんが溜息《ためいき》をついた。

「お前は鈍いからな、その辺りの話は信用できない。あの男も仕事をしているだけだと主張していたが」

くいと涼也さんがハンドルを切ると、車は流れるように左に曲がった。

「まあ、あの一之宮智子に捕まったのなら、もう警戒《けいかい》する必要はないがな。あの女は獲物を逃すようなタマじゃない。仮にあの男とお前が怪しくなり掛けたとしても、速攻で俺に連絡が入るだろう」

背筋《せすじ》がぞぞぞと寒くなったのは、気のせいじゃない。そうか、智子さんもこの人と同類なんだ！ 周りから囲い込んで捕まえて、首に縄を掛けるタイプなのね⁉

「……涼也さん」

涼也さんが私の方を横目で見た。私はこほんと咳払《せきばら》いを一つし、改めて話し始めた。

「あのですね、そんな警戒《けいかい》する必要はないんですよ。だって、私が好きなのは涼也さんだけなんだから。大体……」

右の袖《そで》を捲《まく》り上げて涼也さんに見せた。ブラウスに隠れた肌にはまだ赤い痕《あと》が散っている。

「こーんなにマーキングされてて、どうやって他の人と関係持つんですか。不可能でしょ？」

涼也さんの視線に熱さが籠《こも》った。私は口籠《くちご》もりながらもなんとか続ける。

「それに……そんな暇《ひま》与えてくれないくせに、何言ってるんですか」

そう。あんなに夜な夜な抱き潰《つぶ》されて、一体いつ他の人に興味を持つって言うのだ、この人は。いつだって、涼也さんでいっぱいになっているのに。

「……ったく、お前は。運転中で残念だったな」

ぐんと車のスピードが上がり、背中が座席シートに押し付けられた。へ？　と思って隣を見ると、涼也さんは一瞬こちらに視線を投げてきた。

（うっ……！　この気配《けはい》！　この雰囲気！　この視線！　まずい！）

「……戻ったら、ゆっくりとマーキングし直してやるから、楽しみにしておけ」

「ひえええええ!?」

えええ!?　今日はゆっくりできるんじゃなかったの!?　迫りくる恐怖と闘いながら、私は助手席で身を縮《ちぢ》こまらせていた。

マンションに着くなり、涼也さんに抱《だ》き抱《かか》えられて寝室に直行した私は、またもや魔王に捕まってしまった。

「んんんっ……！」

深い深いキス。絡《から》み合う舌と舌、唾液《だえき》が混ざり合う音。

唇を奪われたまま、ベッドに押し倒された私は、もう……涼也さんの言いなりだった。

いつだって、そうなんだから。この人の指に、舌に、唇に、熱に、匂いに、肌に、麻薬のように魅《み》せられているんだから。

「未香」

「あ、ああんっ」

私を縛《しば》る声。この声を聞くだけで、もう腰砕《くだ》けになっているって事、涼也さんだって気が付いてる。耳元に熱い息を吹き掛けられ、耳たぶを甘噛《あまが》みされて、私は喘ぎ声を漏《も》らす事しかできなかった。

「今度は優しくする……お前が満足するまで存分《ぞんぶん》に」

そう言いながらも、ブラウス越しに胸の蕾《つぼみ》を抓《つま》む指の動きは止まらない。

器用な指が片手でボタンを外していく。現れた肌に吸い付く唇。ちくりとした感覚と共に、また赤い花が肌に散っていく。その度に、私の全身に甘い痺《しび》れが走った。

またこの人は……優しくするなんて、嘘ばっかり。

甘くて熱くて激しくて……残酷《ざんこく》なくらい、夢中にさせるくせに。涼也さんは本当に、ずるい。ずるいと知りながらも、私は腕を伸ばして涼也さんの身体を抱き締めた。

「……ちゃんと優しくして下さいね？」

守られないと分かっていても、また尋ねてしまう私。そして涼也さんも、いつもと同じ返事をするのだ。

「ああ、もちろん。……愛してる、未香」

甘い嘘を含んだ愛を囁《ささや》く涼也さんに、私は自分からキスをした。嘘つきの唇。涼也さんの匂い。その全てがこんなにも愛おしい。

「私も大好きです、涼也さん」

涼也さんは本当に嬉しそうに笑って、私を抱き締める。

そうして、やっぱり「優しく」の定義が違っている事を、思い知らされる羽目になる私なのだった――

書き下ろし番外編

甘い監禁の罠

ドンドンドンドン！

私は必死に閉ざされたドアを叩いた。

「お願いっ、ここから出してっ！」

冷たい声がドアの向こうから聞こえる。

「お前は俺のモノだ。なのに何故《なぜ》、あの男に微笑み掛けたんだ」

「そ、そんなっ……！　挨拶しただけよ？　だって」

バンッ！

大きくドアが揺れる。ドアに両手を付けていた私は、弾《はず》みで足を滑らせてしまう。

「きゃあっ⁉」

倒れ込んだコンクリートの床が冷たい。上等なワインが並べられている貯蔵庫は、一定の温度に保たれている。いつの間にか体温が奪われ、指先が冷たくなっていた。

「ここでしばらく反省しておくんだな。あの男達もここにはやってこない」

「ま、雅一《まさかず》さんっ……！」

……しばらくの沈黙の後、静かにドアが開いた。私は目を丸くして立ち上がる。目の前に立つ、スーツ姿の長身美形の男性は、じろりと私を見下ろして言った。

「……お前の口から別の男の名が出るのは、癪《しゃく》に障《さわ》る」

いやあの。そんな事言われましても。

「涼也さん。これは、私の小説のネタで」

だから、私もわざわざよそ行きワンピース姿で、『いいところのお嬢様』ごっこをしているのだ。お陰で寒い。腰が冷えないうちに、とっとと立ち上がった。

涼也さんは、右手に持った原稿の束をちらと見た。その視線に不穏なものを感じた私は、釘を刺しておく事にする。

「……ヒーローの名前、全部涼也さんにするのは、なしでお願いします」

そんな事したら、読者様も混乱するし、ヒーローの性格が『ドSでH』に固定されてしまうもの。

涼也さんが私を見る目は、相変わらず色気が駄々漏《も》れだった。

「無駄に察しがいいな、お前は」

「本当にそう言う気でしたね!?」

にやりと笑う端整な顔。くっと曲がった唇が、どこか楽し気で意地悪な感じがする。

「しかし、閉じ込められるのがワインセラーばかりじゃ、つまらないだろう?」

「う」

思わず私は口籠《くちごも》った。別荘の地下にあるワインセラーに監禁されるシチュエーションは、もうネタとして使ってしまったのだ。だから、地下室に置き換えて書くつもりだったんだけど……

「一之宮智子に聞いたんだが、ちょうどいい屋敷があるらしい」

「へ? 智子さんが?」

私が目を丸くすると、涼也さんがああと頷いた。

「一之宮家が所有する、田舎の邸宅らしい。豪族が建てたもので、雰囲気のある建物だと言っていた」

智子さんは元華族のご令嬢で、あちらこちらに不動産を所有しているのは知っていたけれど、そんなお屋敷まで管理しているとは。

(うわーもしかして江戸時代からとか!? 時代物に初挑戦!?)

ああ、どんなお屋敷だろう。武士とか着物姿の女中とかが目に浮かぶ。

むくむくと沸き上がるアイディア。様々なシーンが頭の中を駆け巡る。

「行ってみるか? この別荘からだと車で数時間で着く場所だ」

「はい！　是非！」

そう、執筆の事になると夢中になってしまって、いつも涼也さんにしてやられているのに。この時もやっぱり『時代劇〜！』と夢中になっていた私は、涼也さんが獲物を罠に掛けようとする肉食獣の瞳をしていた事に、全然気が付かなかったのだった――

＊＊＊

そんなこんなで、涼也さんが運転する車で三時間余り。到着したのは、田園風景が広がるのどかな田舎町。田舎で虫もいるから、と言われたため、私も涼也さんも長袖Tシャツにジーパンという、お揃《そろ》いの格好をしている。ちなみにTシャツの色は、涼也さんが黒で、私が白だ。

車の窓を開けると、少しだけ暑さを載せた初夏の風が、ふぁさふぁさと私の髪を揺らしていた。

「うわあ！　凄い！」

大きな門の前で車から降りた私は、どこまでも続く漆喰《しっくい》の壁に目を奪われた。開け放たれた門扉は重そうな木製。車も余裕で通れそうな大きさだ。門近くにある駐車場に車を停めた涼也さんが、私の方に歩いてくる。きゃあきゃあ言いながら写真を撮りまくる私の左隣に立った涼也さんが、「まず中に入るのが先だろ」とさらりと告げた。

はっ、そうだった。門で止まってたんじゃ、全部見られない！

「ほら、中に入るぞ。家の鍵はあいつから預かってる。ここは今、誰も住んでいないそうだ。週に一度管理人が掃除に来るらしいぞ」

「管理人が掃除……お金持ちのお言葉……！」

ありがたやありがたやと拝みながら門をくぐる。白い砂利《じゃり》の敷かれた小道が、門から母屋《おもや》まで続いていた。庭は純和風で、石灯篭《いしどうろう》や小池まである。本当、時代劇に出てくるお屋敷みたいな場所だ。

「ああ、向こうから女中さんが歩いてきて、『お戻りください、お嬢様。旦那様がお呼びです』なんて言ったりするのよね！　それで『嫌よ。あの人に会うまでは戻らないわ』って、女学生風のお嬢様がっ、むが」

まだまだしゃべり足りない私の口を、大きな右手が塞いだ。

「こら、妄想もいい加減にしておけ。まだ屋敷にも入ってないぞ」

「ふあい」

並んで歩き出した涼也さんの隣で、私はあちらこちらに視線を送っていた。母屋《おもや》は平屋で、入り口には彫刻が施《ほどこ》された木枠の引き戸がある。庭に面した部分は廊下になっていて、障子を開ければすぐに部屋から庭へと下りる事ができるみたい。涼也さんがポケットから古びた鍵を出し、かちゃりと引き戸を開けた。がらがらと音が鳴る。

玄関も艶《つや》のある木で囲まれていた。どこかの旅館の入り口みたい。間口の広い三和土《たたき》は、色んな形をした白っぽい石がモザイク状に敷き詰められている。左手に大きな下駄箱、こちらも深みのある飴色の木製だ。大きな金屏風《きんびょうぶ》が玄関から奥に続く真っ直ぐな廊下を隠すように立てられていて、そこには色鮮やかな着物を着た女性が描かれていた。

「うわ、木の香り……！」

爽《さわ》やかな香りは芳香剤のものとは違う。胸いっぱいに吸い込んでいると、涼也さんが半《なか》ば呆れたように笑った。

「一回りするのに、どれだけ時間を掛ける気だ？　まあ、この屋敷は飾ってある置物も骨董品《こっとうひん》レベルのものばかりらしいからな。いいネタになるんじゃないか？」

「ああ、あの掛け軸！　年代物ですよね!?　うわ、こっちには大きな壺！　金箔が貼られてて凄すぎるっ……！」

ふすまを開けて大広間に入ると、上座にお殿様が座ってて、家来達がははーって頭を下げるシーンが浮かんできた。畳の縁にも刺繍《ししゅう》がされてるし、欄干《らんかん》にも見事な彫刻があるし、本当に凄い！

「そうだ、庭の奥に土蔵まであるらしいぞ」

「え⁉」

私は隣に立つ涼也さんを見上げた。涼也さんは、涼し気な目で私を見下ろして言う。

「先祖代々のお宝が収められていた蔵らしい。中を見てもいいと言われたが、どうする？」

「見ます見ます、絶対見ます！」

土蔵なんて、じっくり見る機会なんてないし。ああ、どんなお宝が収められていたんだろう。小判とか、やっぱり貴重な骨董品《こっとうひん》？

「じゃあ、先に見ようか。土蔵の中は涼しいらしい」

「はい！」

るんるんとスキップしながら涼也さんの後を追った私は、ついうっかり見過ごしてしまったのだ。……涼也さんの口元に、邪悪な笑みが浮かんでいた事に。

＊＊＊

涼也さんが大きな南京錠を開け、重い扉を中へと開く。彼に続いて薄暗い土蔵に入った私の肌に当たる空気は、外気温とは違いひんやりとしていた。

入り口近くにあるスイッチを入れると、大きな電球がオレンジ色に輝いた。小さな明かり取りの窓が上の方にあるだけなので、電球の光が届かない隅《すみ》の方は薄暗い。それがまたなんとも言えない雰囲気を醸し出していた。

古い櫃《ひつ》や丈夫そうな箱が積み上げられた室内を、きょろきょろと見回す。

「……あれ？」

奥の片隅に、木製のはしごが見えた。外観の高さに比べて天井が低いと思っていたら、二階もあるの？

私の視線に気付いたのか、涼也さんが「ああ」と事もなげに告げた。

「上には座敷牢があるらしいぞ」

「えっ⁉」

どくん、と心臓が脈打った。座敷牢……って、あの座敷牢⁉

――ここから出して下さいませ、旦那様っ……！

――何を言う、我が家宝の皿を割った不届き者が。これからじっくりと我が罰を与えてやろうぞ。

――ああっ、そんな、ご無体なっ……

——下の口はそんな事を申しておらぬぞ？　ほう、こんなに濡れて。

——あ、あああああっ……！

肌が透けるような薄衣《うすぎぬ》を着せられた若い娘が、立派な衣装を着た壮年の男に帯を解かれ、押し倒されて、無理矢理……

（ああ、エロい。エロ過ぎるわっ……！）

「……上がってみるか？」

「はい！」

涼也さんの甘言（？）に乗せられた私は、鼻息荒くはしごに近付き、ほこり一つない段に足を掛けたのだった。

「わ……」

電球が灯されている薄暗い二階は、意外と広かった。天井は涼也さんがぎりぎり立って歩けるぐらいの高さだけど、大きな会議室ぐらいの広さはあるみたい。そして、その半分の面積を占めるのが——

「本当に座敷牢だ……」

鉄とかじゃなく、木製の檻《おり》。時代劇なんかでよく見る檻《おり》だ。外から見ると、中にはちゃんと畳が敷いてあり、真ん中に布団も敷いてある。箪笥《たんす》やら机やら細々した生活用品が並べられている。奥の方にドアみたいなのもあるけれど。

「ここで何日か過ごせるように、トイレとか簡易浴室みたいなものも付いてるらしい」

「うわあ……ますます淫靡《いんび》な世界に……！」

綺麗な村娘を攫《さら》ってきてここに閉じ込めて、嫌がる彼女を快楽の世界に引きずり込んでどろどろに身体を溶かして、二度と逃げないと誓うまで拘束するのよね、きっと！

わくわくとあらぬ妄想に胸を膨らませている私の前で、涼也さんがかちゃりと南京錠を開けた。キイと小さな音を立てて、入り口の扉が内側に開く。

靴を脱ぎ、腰を屈《かが》めて中に入った涼也さんに続き、私もひょこっと身を屈《かが》めて進む。

檻《おり》越しに中から外を見ると、こうなんとも言えない緊張感がっ……！

「お願いです、ここから出してっ！」

と言いつつ、檻《おり》の木枠を左手で握り、右手を外に出してみる。うわーうわー、閉じ込められている絶望感が凄い！

「木の枠っていうのが、時代を物語っていていいですよね！」

それから檻《おり》の真ん中に敷いてある布団に近付き、ぽすんと座ってみた。あ、ふかふか。

ちゃんと手入れしてあるんだ。

「あれ？　布団の横に何か」

折り畳《たた》まれた白い布が置いてある。なんだろうと広げてみると、どうやら長襦袢《ながじゅばん》のようだった。

「腰紐《こしひも》もあるし、これって」

がちゃん
（へ？）

金属音がした方を見ると、いつの間にか涼也さんは外に出ていて……え、南京錠掛けてる!?

「りょ、涼也さんっ!?」

慌てて涼也さんの傍《そば》に走り寄ると、檻《おり》の外から涼也さんがそれはそれは綺麗に笑った。

「監禁された娘の気持ちを味わいたいんだろ？　俺も用意してくるから、それに着替えて待ってろ」

「え、それって、どういう」

檻《おり》越しに見える涼也さんが、普段よりも邪悪に見えるんですけど、気のせいですか!?

「じゃあな、未香」

ひらと右手を振った彼は、くるりと踵《きびす》を返してはしごの方へと歩き出した。

「りょ、涼也さんーっ！」

本気で木枠に縋《すが》り付き、右手を必死に伸ばす私。それを見ながらはしごを下りていった涼也さんは、清々《すがすが》しい程イイ顔をしていたのだった……

＊＊＊

がちゃん
再び金属音が鳴る。布団の上に座っていた私は、視線を入り口に向けた。紺色の着流しを着た美丈夫が、するりと檻《おり》の中に入ってくるところだった。

「ぐっ……！」

髪が少し乱れ、緩《ゆる》めに帯を巻いた涼也さんの色気に、思わず鼻血が出そうになる。ま、前身ごろの合わせ目も緩《ゆる》いから、胸筋が見えてるんですけどっ……！

音もなく私の前に立った涼也さんが、すっと目を細めた。

「未香。何きっちり着込んでるんだ」

「え、だって」

長襦袢《ながじゅばん》の着方はよく分からないから、とりあえず襟元を締めて、ウエストに腰紐《こしひも》をきつめに巻いてみたのだ。ちょうちょ結びで留めてみたけれど、間違ってる？

「まあ、いい。どうせ脱がせるからな」

「え、ちょっと⁉　きゃあっ！」

涼也さんにあっさりと押し倒された私は、ぽかんと口を開けたまま自分の上に跨《また》がっている彼を見上げた。乱れた前髪に色っぽい流し目、そしてにやりと歪《ゆが》む唇。品行方正だった若旦那が、恋に狂い、身を持ち崩した感が凄い……！

「りょ、涼也さ……」

「俺がこうなったのは、お前が悪い」

「ひゃあんっ」

長襦袢《ながじゅばん》の合わせ目から、大きな手が侵入してくる。「なんだ、下着は着けたままなのか」って独り言は、聞こえない聞こえない。

「わ、若旦那さまっ……！」

思わずそう言ってしまうと、涼也さんが薄く唇を開いた。

「お前のその身体、その匂いが俺を狂わせる。だから、お前をここに閉じ込め、誰の目にも触れさせない……」

「あ、ああんっ」

狂気じみた台詞が涼也さんに似合いすぎて、ずくんと身体の奥が震える。かぷりと首筋を噛《か》まれたのと同時に、ブラのフロントホックを外された。胸の頂を覆《おお》っていた薄い布はあっさりとずらされ、長い指が膨《ふく》らみの裾野《すその》を焦らすように触っている。

「白くて柔らかい肌。こうやって触るのも」

「あんっ」

ふにと胸を揉《も》まれた後、温かくて柔らかい舌が喉元を滑り下りてくる。

「こうして舐《な》めるのも俺だけ。全て俺の……俺だけのものだ」

小説のシーンの台詞なのか、涼也さんの台詞なのか。言葉に込められた熱情が、どちらなのか分からなくさせている。

「あ、あああ」

長襦袢《ながじゅばん》のするりとした感触が肩を滑っていく。完全に脱がされた訳じゃなく、二の腕あたりで袖が止まっていた。胸元はすっかりはだけていて、ふるんと揺れた胸が二つとも涼也さんの手の中にある。

「お前も興奮してるんだろう？　こうして俺に囚《とら》われる事に」

涼也さんの目が、いつもより深い闇色になってる。じっと見ていると、吸い込まれてそのまま堕《お》ちてしまいそうな。

「んっ、やあ、んっ」

胸の先端をくりくりと指で弄《いじ》られると、すぐに身体が反応してしまう。硬くなった乳首を涼也さんがぱくりと食べた。

「敏感で素直な身体だな。赤く染まったその様《さま》が、瑞々《みずみず》しい果実のようだ」

「きゃ、ああん」

涼也さんの腕に手を伸ばし、さらりとした生地ごと二の腕を掴《つか》んだ。彼の帯も緩《ゆる》んでいて、逞《たくま》しい胸が露《あら》わになっている。その胸の肌が私の肌に重なると、どくんどくんと彼の心臓が脈打つ音が伝わってきた。

「ほら、ここはどうなってる？」

「あ、あああああっ！」

いつの間にか胸から離れた左手が、長襦袢《ながじゅばん》の裾《すそ》をはだけさせ、膝《ひざ》から太股《ふともも》へと移動してくる。下着のクロッチ部分に指で触れられると、我慢できなくて「ひゃあん」と悲鳴を上げた。

「ここまで濡れているな。淫乱な身体だ」

「あ、ああっ……」

布越しに指で擦《こす》られる。湿気《しけ》た布が敏感な部分に張り付いて、指の感触をダイレクトに伝えていた……でも。

「あ、あうんっ、や、ああん」

ゆるゆると動く指。布の存在が嫌だ。もどかしい。やだ、そんなのじゃ、嫌なの……

私はぶんぶんと首を横に振った。涼也さんの手が一瞬止まる。

「あんっ、や、なの……もっと」

私を見下ろす漆黒の瞳がぎらりと燃え上がった気がした。

「もっと？　どうしてほしいんだ？」

そう言いながらも、布の上で円を描いている涼也さんの指。私は「はうっ」と身体を震わせた。

「やあっ……触ってくれなきゃ、いや、なの……」

「お前が下着を着けているのが悪い。着物の下はこうするのが普通だろ」

涼也さんが私の右手首を掴《つか》む。そのまま彼は、着流しの裾《すそ》に私の手を潜《もぐ》り込ませた。

「あっ」

熱く硬いソレに、直接手が触れた。思わず握り締めると、うっと彼が呻《うめ》き声を漏《も》らす。

「もうこんなになってる……」

大きくえらが張った先端部分から、指を裏筋に沿って滑らせた。びくんとしなるように動く彼自身を触ると、私の身体まで燃えるように熱くなった。根元の辺りを掴《つか》み、上へと擦《こす》り上げる。私の手の中で、熱量と重量がみるみるうちに増した。

「この熱い楔《くさび》をお前の女陰に突き刺し、ぐちゃぐちゃにかき混ぜて、甘く啼《な》かせた後で、熱い子種を注いでやろう。……お前もそれを望んでいるのだろう？」

涼也さんの言葉が、私の意識を甘く淫《みだ》らに犯していく。彼の低い声が、雄の匂いが、張り詰めた肉棒が、私をただの『雌』にしてしまう。檻《おり》の中に閉じ込められて、ただ彼が与えてくれる快楽を求めるだけの、淫《みだ》らな女に。

「あ……ほし、いの……」

再び動き出した涼也さんの指が薄布を引っ掛け、あっという間に器用に取り去ってしまった。濡れた秘所に冷えた空気が当たる。右膝《ひざ》を曲げられ、開いた太股《ふともも》の間は、淫《みだ》らな期待に満ち、うねうねと動いていた。

「……お前のナカに入りたい」

「んっ、あ、んんっ……んんんーっ！」

唇を塞《ふさ》がれたかと思うと、次の瞬間には熱いモノが私の身体を一気に貫《つらぬ》いていた。その衝撃で、頭の中がスパークして真っ白になる。きゅうきゅうと彼を締め付ける襞《ひだ》は、私とは別の生き物みたいに蠢《うごめ》いていた。

「あっ、あっ、い……っ……」

もう何度も彼自身を受け止めているのに。なのに毎回、その熱さに大きさに硬さに、何も分からなくなってしまう。涼也さんにぴったりの形に作り替えられた私のナカは、彼が挿入《はい》ってくる度に、まるで欠けていたピースが嵌《はま》ったかのような感覚に震えていた。

私が熱い息を吐くと、じっとしていた涼也さんの身体が再び動き始めた。

「ひゃ、あああんっ」

ずりずりと肉棒に引き摺《ず》られる襞《ひだ》は、もっともっとと涼也さんをさらに奥へ誘おうとする。その誘いに乗った彼の先端は、私の最奥を暴いて攻め立てていた。

「あっあっあっ……あ、あああん、んっ！」

「未香……未香……」

涼也さんも私も、半分着物を着たままだ。そのままで裾《すそ》をはだけ、露《あら》わになった肌と肌をぶつけ合っている。肌と衣の、擦《こす》れる感触の違いが、私から理性を奪っていく。

「あ、おっき、い……、あんっ……」

激しく突かれて、また目の前に星が飛んだ。ああ、いつもだ。涼也さんと抱き合う度に、私のナカは涼也さんでいっぱいになる。涼也さんでいっぱいになって、溢《あふ》れて零《こぼ》れ落ちそうになる。

「んは、ああっ、あ……っ――！」

ぐんと涼也さんが一層膨《ふく》れ上がるのと同時に、半分口を開けたまま、私の身体は硬直して――

「っ――！」

ぶわりと熱い熱が私のナカに放たれた。どくどくと脈打つ塊《かたまり》から溢《あふ》れ出た熱が、私の奥に注がれる。その感触が愛おしくて、胸の奥が痛くなった。

「あ、ああ、あ」

太股《ふともも》にも、どろりとしたモノが伝わってくる。ふうと息を吐いた涼也さんが、ずるりと肉棒を引き抜いた。汗が滲《にじ》んだ彼の頬は、赤く染まっている。涼也さんにぎゅっと抱き締められた私は、彼の広い背中に手を回した。長襦袢《ながじゅばん》は、すっかり湿って重くなっている。

「……着物もいいな。すぐにお前と一つになれる」

ちゅ、と音を立ててキスを落とした涼也さんが、色っぽく笑った。

「でも、汚してしまったんじゃ……」

涼也さん、生だったもの。きっと引き抜いた時に、溢《あふ》れてたよね……太股《ふともも》熱かったし。

「大丈夫だ、洗濯に強い素材にしてる」

「ソウ、デスカ」

どこまで用意周到なんだ、この人は。半《なか》ば呆れ気味にそう思った私の耳に、不埒《ふらち》な声が聞こえてきた。

「こうやって、お前を閉じ込めるのはいいな。前々から監禁したいと思っていたから、ようやく願いが叶った」

「――は？」

私の目が点になる。え、今何か……物凄いことを聞いたような、気がしたけれど。

涼也さんの唇が、耳から頬へとキスを落としながら移動する。

「お前は目を離すと、すぐにどこかに飛んで行ってしまう。だから、他の男の目に触れないように、俺だけのモノにしておきたい。……この屋敷、買い受けてもいいな」

「ええええっ!?」

「今度はちゃんと着付けして、嫌がるお前を乱してみたい。綺麗に結ばれた帯が解けるのを見るのも楽しそうだ」

「ええええええっ!?」

それって、「あーれー、お許しくださいお代官様あ～」っていう、アレですか!?　くるくる回されちゃうの、私!?

「それとも、両手を赤い布で縛《しば》って吊り上げて、身動きできないお前の全身をくまなく触って舐《な》めて……啼《な》いて俺を欲しがるまで虐《いじ》めたい」

「えええええええええっ!?」

ちょ、ちょっと!?　だんだん高度な技になってきたんですけれど!?

「りょ、涼也さん、あの」

口籠《くちごも》る私を見下ろした涼也さんは、また——それはそれは綺麗に、そうヒロインを闇に堕《お》とすダークヒーローのように笑ったのだ。

「好きな女を閉じ込めたいというのは、男の本能だ。諦めろ」

「ええええええええっ!? ちょ、ちょっと涼也さ、んんんんんーっ！」

——そうして。またもや涼也さんの熱に流されてしまった私の生活は……『囚われた令嬢』や『悪代官に見初められた町娘』等々の実体験という理由の元、彼の監禁欲(?)を満たす、淫《みだ》らでいやらしい日々が追加される事になったのだった。まる。

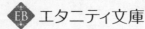

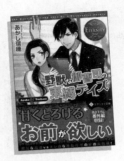

Aki Murakami
漫画 村上晶
Mizuho Akashi
原作 あかし瑞穂
姫君は王子のフリをする
Himegimi ha Ouji no furi wo suru
お前 妹の真琴だろう？
バレた…!?
んっ んぁ
はあ…んっ
高階専務
男装の姫君と一途な野獣の秘密のラブストーリーが待望のコミカライズ!!
コミックスは2019年11月刊行予定！
ETERNITY WEBMANGA
エタニティWEB漫画！
無料で読み放題！
他にも人気漫画が多数連載中!!
今すぐアクセス！
エタニティ Web漫画
検索